雪月花黙示録

恩田 陸

角川文庫
19599

雪月花黙示録

目次

第一話　春爛漫桃色告《はるらんまんももいろのびら》　六

第二話　水澄金魚地獄《みずすましきんぎょじごく》　七〇

第三話　夏鑑黄金泡雨《なつかがみしゃんぱんしゃわー》　一三一

第四話　冥府牡丹灯籠《めいふぼたんどうろう》　一八八

第五話　重陽節妖降臨《ちょうようせつあやかしこうりん》　二四八

第六話　鯱髪盛双児麺《しゃちほこ、かみもり、ついんずめん》　三〇二

第七話　幻影払暁縁起《げんえい、ふつぎょうえんぎ》　三四四

はるらんまんももいろのひら

第一話

春爛漫桃色告

今日も午前七時ぴったりに、奴らはビラを撒《ま》いていった。

いつも思うことだが、ここがパイロットの通勤路に当たっているのだろうか。それとも撒く場所の順番がきっちり分刻みで決まっているのか。

長閑《のどか》な春の空に撒かれたビラは、季節感を考慮したわけではなかろうが、目立つ派手な桃色である。数千枚のビラは明るい陽射しにキラキラと舞って、桃色の千鳥の群れが飛んでいるように見えないこともない。

その中の一枚が、気まぐれな上空の気流に乗ったのか、はぐれてひらひらと流れてくる。

まるで、四角い桃色の蝶《ちょう》のよう。

蝶は靄《もや》に煙《けぶ》る街の上を渡っていく。

見渡す限りの、黒い瓦《かわら》屋根の海。その波頭に光が当たって、ちらちらと輝く。

春はあけぼの。明るい陽射しの中で目を覚ましつつある、悠久の都。朝の静寂の中、聞こえるのは小鳥の囀《さえず》りと、自転車の澄んだベルの音だけだ。遠くにうっすらと、何層にも高くなった、ひときわ大きな瓦屋根が見え、五重塔が見え、その向こうには薄紫色のなだらかな山の稜線《りょうせん》が浮かぶ。

紙の蝶は、街の片隅にある、屋敷林に囲まれた家に向かって飛んでいく。


ひっそりとした、堂々たる日本庭園にも朝が訪れていた。

見事な苔《こけ》と土塀に、木洩《こも》れ日が射して二色の影を落としている。

そこに、先ほどの紙の蝶がくるくると回りながら舞い降りてきた。いや、ここまで降りてくると、それは蝶ではなく、鳥のような大きさだということが分かる。

屋敷の隅に、平屋建ての大きな建物がある。戸も窓も大きく開けられており、ひんやりとした空気が周囲に漂っていた。

その窓際に、誰か立っている。

桃色の鳥は、開け放たれた窓から差し出されたほっそりした手の上に、静かに着地する。

白い指が優雅に動き、桃色の紙がつまみ上げられた。

「春ねえ。ビラの色が変わったわ。いつもご苦労なことだこと」

おっとりとした柔らかな声が呟《つぶや》く。

紙を見ているのは、日本画から抜け出してきたかのような、色白の美少女である。艶《つや》やかな髪を頭の上でリボンで留め、綺麗《きれい》な額には墨で引いたような眉《まゆ》、その下には穏やかな切れ長の目があって、まっすぐに空を見上げている。若草色の着物に、臙脂《えんじ》色の袴《はかま》が凜々《りり》しい。

「色は変わっても文面は変わらないでしょ」

部屋の奥から、遠慮のないハスキーボイスが答えた。

少女はくるりと紙を裏返し、そこに目をやって美しい眉を顰《ひそ》めた。

「まあ、いつ見ても嫌ねえ、この書体って。なんとも下品だこと——意地っ張りはやめて、素顔の自分に戻っておいでよ、ハートマーク、そのままの君でいい。あら、今回のビラ、写真が付いてるわ——この夏、MACHIではクールな豹《ひょう》柄がリバイバル、アクティブでワイルドな本当の自分にレッツトライ——まあ、こんなに足とおへそを出してたら冷えちゃうわ——相変わらず品のない」

彼女はかすかに身震いし、嫌悪を覗《のぞ》かせた。

部屋の奥から鼻を鳴らす音がする。

「そもそも内容がヘンね。『素顔の自分に戻れ』っていうのに『そのままの君でいい』ってのは矛盾してない？　ホント、帝国主義者の日本語のセンスには頭痛がするわ。三色ボールペンで添削してやろうかしら。九十年代前半の公衆電話のピンクチラシのセンスよ。歳時記に『色付きのビラ』が載るのも遠い日のことじゃないかも」

「歳時記。歳時記ね」

少女は、ふと考える口調になった。

「そうねえ――ビラ？『ビラ』。『色付きのビラ』。『春のビラ』。どっちにしても、あまり語感がよろしくないわねえ？」

「やあね、本気にしないでよ萌黄《もえぎ》」

「句会が近いんですもの。ある程度考えておかないと」

「そんなことより」

突然、ヒュッと風を切る音がして、奥の暗がりから黒ずんだ竹刀が突き出された。

が、竹刀の先にはふわりと宙を舞う若草色の袖《そで》の残像があるだけ。

腰を落とし、竹刀を握っているのは、鋭い大きな目の、おかっぱ頭の少女である。歳の頃は十四、五だろうか。セーラー服姿に似合わぬ、落ち着き払った顔が載っている。

その鋭い視線が、板張りの部屋の隅に飛んだ。

「まさか、今のは不意を突いたつもりじゃないわよね？」

そこには、息も乱さず微笑む少女の袴姿がある。

「くっ」

おかっぱ頭から悔しそうな声が漏れた。

「お誕生日は来月じゃなかったかしら、蘇芳《すおう》？　それじゃあ残月《ざんげつ》はお預けね」

優雅に肩の髪を払いながら、萌黄はにっこりと笑った。蘇芳の目に殺気が浮かぶ。

「ええい」

更に強烈な三段突きが繰り出されたが、萌黄は難なくそれを避け、素早く一撃の手刀で竹刀を払い落とした。あっけなく竹刀ごと床に膝《ひざ》を突かされ、蘇芳は呪詛《じゅそ》に似た声を上げる。

「情けない」

萌黄はかすかに顔を顰《しか》めた。

「それでよく中等部の主将が務まったわね」

「萌黄が強すぎるのよ」

「蘇芳は無用な殺気を出しすぎるわ」

蘇芳は竹刀を杖《つえ》によろよろと立ち上がった。

「そんなヒラヒラしたもん着てる癖に、よくあんな速く動けるわね」

「空気抵抗も計算のうちよ。着物の袖っていうのは遠心力を得るのにはなかなか便利なものね」

萌黄は澄まして答えたが、何気なくサッと何かを放った。

カツッ、という鋭い音がして、蘇芳はそちらを振り返ったが、壁に小さな手裏剣が刺さっていたのでギョッとした。

「萌黄、あんなものどこから手に入れたのよ?」

「古武道研究会。今、鍛冶《かじ》部で伊賀《いが》物の復刻が流行ってるのよ」

萌黄はじっと耳を澄ました。

「どうしたの?」

蘇芳は窓から身を乗り出し、庭を見回す。気配を窺《うかが》うが、小鳥の声が聞こえるばかり。

「誰か、いたわ、外に」

「いないわよ」

「ううん、いたわ。選挙も近いし、気を付けないと」

萌黄は壁に近寄り、手裏剣を抜いた。よく見ると、いつのまに折ったのか、桃色のビラが蛙の形になっていて、手裏剣で貫かれている。

こんな女がいるから、あたしは残月が貰《もら》えないいんだわ。

蘇芳は密《ひそ》かに溜息《ためいき》をついた。

突然、ビリビリと窓ガラスが震えた。

二人で顔を見合わせる。

上空から降ってくる、凄《すさ》まじい轟音《ごうおん》。静謐《せいひつ》な朝は一瞬にして音の檻《おり》に放り込まれた。

屋敷全体、いや、生け垣を含む街全体が震動している。

「おう、朝っぱらから騒がしいわねえ」

萌黄が耳を押さえた。

その声も、近づいてくる大音響に掻《か》き消される。

「そういえば、まさに今日は選挙の公示日だわ」

蘇芳も耳を塞《ふさ》いで叫んだ。

「いやねえ、あの馬鹿騒ぎが始まるのかと思うと」

「紫風《しふう》はどこよ？」

「今日公聴会から帰ってくるはず」

二人は示し合わせたように天井を見上げた。


……そもそも「近代化」という言葉自体が大きな矛盾を孕《はら》んでいたことは、今更言うまでもないことであろう。この言葉が積年与えてきた印象と影響を考えると、その罪は、実に重いと言わざるを得ない。「近代化」イコール「欧米化」であったことは間違いなく、ここにかつて限りなく行われてきた、西洋と西洋以外の間でのみ当てはまる巧妙なすり替えがあった。二十世紀末から盛んに言われた「グローバル化」が「アメリカ化」を正当化するすり替えであったのと実情は近い。しかし、「アメリカ化」は二十一世紀初頭の紛争と混乱で理念と実態のダブルスタンダードの不当性を露呈した上で瓦解《がかい》し、そこから文明における多様性とその未来への方向が模索されてきたわけであるが、

「何か言ったかい？　佐伯《さえき》」

輸送機の中で、少年は文章を打つのを中断し、パソコンから顔を上げた。

「いえ、紫風先輩。今日は生徒会長選挙の公示日ですからね」

向かいの席で、窓から目を離した詰め襟の少年が答える。

紫風と呼ばれた少年は、「ああ」と低く呟いた。

「道理でいつもより集中できないと思った」

小さな窓に目をやる。その横顔は、どこかギリシャ彫刻を思わせる気高い線に縁取られ、彼が鋭利な頭脳と非凡な洞察力の持ち主であることを暗示していた。

雲の中で、何かがキラッと光った。

離れたところで、数機の円盤がひゅるひゅる飛び交っている。

その距離の近さに、紫風はあきれた。

「危ない連中だな。ニアミスもいいとこだ」

「プロパガンダですよ。電波をジャックして、彼らの主張を流してるんです。今年はなんとしても春日《かすが》一族から会長職を奪還すると息巻いてましたからね」

「ふうん。そいつは面白いな。聞いてみようよ」

「いいんですか」

紫風は手を伸ばしてスイッチを入れた。

「……目覚めよ、ミヤコ民よ！　諸君は搾取されているっ！」

若い男の興奮した声が割れていて、思わず紫風はスピーカーから耳を離した。

「改革派か」

時折雑音が入り、声が途切れて聞き苦しくなる。

「……ほとんど世襲制に等しい春日一族の支配によりぃ、この平常京《へいじょうきょう》はぁ、本来の活力とぉ、享受すべき恩恵をぅ、著しく奪われている……我々は闘争によってぇ、我々の自由をぅ、光文《こうぶん》のこの世にこの手に取り戻しぃ、規制緩和によりぃ、新しいミヤコ民の……」

紫風は小さく肩をすくめ、スイッチを切った。

「随分とまた古風なナレーションだな。全共闘マニアかね」

「噂には聞きます。安保闘争百周年からこっち、当時の立て看板を再現するレタリング定規が流行ってるらしいです」

佐伯は、落ち着きなく眼鏡に触れた。

紫風は怪訝《けげん》そうな顔になる。

「立て看板？　どういうのだい？」

「光舎《こうしや》に着けば分かります。このところ、あちこちに立ってますから」

「一週間公聴会に行ってると浦島太郎だな」

「明日の立会演説会には、ボディガードを付けたほうがよろしいでしょう。近頃、ミヤコも何かと物騒ですから」

「ああ、それなら萌黄と蘇芳を呼べばじゅうぶんだろう」

紫風はあっさりとそう答えて、再びパソコンに注意を戻した。

「萌黄さんと蘇芳さん、ですか」

少年はかすかに頬を赤らめ、コホンと咳払《せきばら》いした。

「確かにお二人はお強いですが、大事な紫凪先輩のご親戚《しんせき》を危険に晒《さら》すのはどうかと」

「そんなことないよ」

紫凪が取り合わないので、佐伯はむきになった。

「けれど、うら若き婦女子を盾にするなど、そんな」

「ああ、『そんなこと』の意味が違うよ、佐伯」

「は？」

紫凪はひらひらと手を振った。

「あの二人は『お強い』どころじゃないよ。『とっても強い』んだ。本当は、萌黄一人でもじゅうぶんなくらいだよ」

ぽかんとしている佐伯を残し、紫凪は輸送機が降下を始めたことに気付いた。

「やあ、今日はいい天気だな。やっぱりミヤコに戻ると心が和むね」

窓の外に、美しい屋根瓦の黒い海の輝きが近づいてきた。


ミヤコの最高学府である光舎は平常京の中央部に築かれている。

全てが碁盤状に整然と建設されているミヤコの中で、そこだけは三重の円形を描く敷地に建造物が築かれている。

光舎の敷地には公立私立専門学校などあらゆる学び舎《や》が集められているが、非常時にはミヤコ民の避難所及び要塞《ようさい》として使用されることも想定されているので、二重の堀と塀に囲まれ、構内は周囲よりも高台になっている。

ここにある五重塔はミヤコの数ある塔の中でも最も美しいと言われているが、管制塔や電波塔、有事の際の司令塔などを兼ねており、見た目よりも遥《はる》かに頑丈で多機能であり、ミヤコの重要な拠点でもあるのだ。

放射線状に延びる道も、東西南北に延びる中央道も全て六車線に舗装されていた。これらは常時滑走路として使用可能なのである。もっとも、今ミヤコが所有している飛行機及び飛行船は、ほぼ垂直に離着陸することが可能なので、長い滑走路は必要なくなっていた。

今しも、公用機である、橘《たちばな》の紋様を付けた黒い輸送機が、十字の影となって滑走路に降下してきた。五重塔の中にいる管制官がその様子を見守っている。

スムーズな着陸のあと、小さなタラップが横付けされ、中から詰め襟姿の少年たちが次々と降りてきた。

警備員が一列に並んでいるが、その周りには、たくさんの少女たちが遠巻きにしながらも行儀よく並んでいる。

が、色白で眼鏡を掛けた少年が出てくると、黄色い歓声が上がった。

「佐伯さまあ！」

「書記長さま！」

「お帰りなさいませ！」

佐伯は一瞬はにかんだが、気付かぬふりをして歩き続けた。しかし、その一瞬の含羞《がんしゆう》をも少女たちは見逃さず、更に嬌声《きようせい》を上げ続けた。

しかし、その嬌声も、佐伯の後ろに続く一人の大柄な少年の出現で、たちまち甲高い大歓声に飲み込まれた。

「紫風さま」

「紫風会長」

「お帰りなさい」

「紫風さまっ」

悲鳴のような歓声が、滑走路を包む。中には、紫風の名の入った紫のうちわを振っている娘もいて、まるでアイドル歌手のコンサートのようだ。

強いオーラを纏《まと》ったその少年こそ、現光舎生徒会長、春日紫風である。

光舎の生徒会長は、単なる生徒会長ではない。

光舎という独立した共同体の最高責任者であり、ミヤコの自治大臣と教育省の高官も兼ねるという、紛れもないミヤコの権力者の一人なのだ。元々、このミヤコは独自の学問を究める若者たちを中心に自治権が発達し、その周囲に街が発展し、こんにちの姿を築き上げてきたという経緯がある。ゆえに、毎年五月に行われる生徒会長選挙は、歴史と伝統ある一大イベントであり、普段は静かな学生たちも、ミヤコ民たちも、揃って狂騒の渦に巻き込まれるのであった。

紫風はミヤコを作り上げた初代主要メンバー「暁の七人」の一人であった、ミヤコきっての名門、春日家の御曹司である。代々優秀な人材を輩出し、常にミヤコの要職にあった春日一族の中でも、近年にない大物と言われている。その玲瓏《れいろう》たる容姿もあいまって、中等部の頃から絶大な人望と人気を誇り、高等部一年から生徒会長の座に就き、今年は三回目の挑戦となったのだった。

生徒会長選挙立候補者の公示となったこの日、既に図書館の窓には、三名の候補者の名前と顔写真の垂れ幕が提げられている。

巨大なポートレートの上には、漣《さざなみ》のようにダイオード文字が走り、候補者の経歴や挨拶《あいさつ》、公約などが常時読み取れるようになっていた。

一枚目はもちろん三期目の当選を目指す紫風だが、あと二枚は、先ほど円盤でゲリラ的なプロパガンダを行っていた改革派が推す長渕省吾《ながぶちしょうご》、もう一人はやはり名門だが近年帝国主義者との接近が囁《ささや》かれる及川《おいかわ》家の長男、道博《みちひろ》の甘いマスクが飾られていた。

紫風は、その三枚の写真を無表情に見比べる。

現時点では、彼が圧倒的優位にあることは間違いなかった。公示直前の世論調査では、ミヤコ民の八十パーセントが紫風の積極的な支持を表明している。

正直なところ、彼自身は再選には興味がなかったが、改革派や帝国主義者の息のかかった候補者にこの要職を譲る気もなかった。

紫風の熱狂的な支持者は、ほとんど親衛隊のように彼のスケジュールを把握し、行く先々に現れる。選挙のキャンペーンも、自発的かつ熱心に、ほとんど勝手に展開してくれる。そんな彼女たちを、紫風は特に拒絶も優遇もせず、つかず離れずに対処していたが、一週間ぶりに戻る光舎なので、ほんの少し手を振って応《こた》えると、怒濤《どとう》のような歓声に圧倒され、花吹雪が散り、クラッカーが鳴らされたのには面食らった。

が、その時、小さな閃光《せんこう》が走った。

一瞬周囲が静まり返ったのち、ごおっ、という熱風が群衆の身体に吹き付ける。

「きゃあっ」

「どうした」

「あれを見ろ！」

明るいオレンジ色の炎が、四角く燃え上がっていた。

「紫風さまの垂れ幕が！」

女子生徒たちの間から悲鳴が上がる。

紫風の垂れ幕が、炎の額縁に包まれていた。

図書館の壁に下がった三枚のポートレートのうち、紫風のものだけが燃えている。彼のポートレートが故意に選ばれたことは間違いなかった。

滑走路付近を埋める群衆が動揺し、混乱が生じ始めている。

カンカンカン、と半鐘の音が響き渡った。

「会長！　避難しましょう」

「僕は大丈夫だ。生徒たちを先に。管制塔に消火作業を」

駆け寄る佐伯を諫《いさ》め、紫風は五重塔を見上げた。

彼が指令を出すよりも先に、管制官は動き出していた。

どっ、どっ、と地面が揺れる。

構内の沿道に立ち並ぶ石灯籠《いしどうろう》が次々と宙に浮かび上がる。

「防護幕を張れ。光舎全ての門を閉じよ。放火犯を逃がすな」

半鐘の音に混じって、管制官の声が聞こえた。

空に赤い線が走った。

光舎にバリアを張る、赤い光線が網の目のように宙を走っていく。地上の生徒たちはうっすらと赤い光に照らし出された。

「B37、B38方面に放射始め」

石灯籠は、整然と空中に並ぶと、燃える垂れ幕の前に集まった。次々と水を吐き出し、燃える垂れ幕に集中放射を浴びせかける。

みるみるうちに炎は小さくなり、代わりに朦々《もうもう》と白い煙が立ち昇っていく。

「会長、これは」

佐伯が不安そうに呟《つぶや》く。

その隣で、紫風は無表情のまま、燃え残っているポートレートの中の、自分の巨大な目を食い入るように見つめていた。


「ねえ、今何か音がしなかった？」

長い石段を駆け上りながら、萌黄が蘇芳を振り返った。

「分からなかったわ」

「爆発音みたいな音が聞こえたような気がしたんだけど」

「気のせいよ」

「ううん、気のせいじゃないわ」

「萌黄は地獄耳だからね」

「五感が鋭いと言ってちょうだい」

杉木立に挟まれた長い長い石段である。

春日を名乗る生徒が光舎に入るのは、この春日乃口と決められているのだが、なにしろひどく遠回りだし、途中で参拝しなくちゃならないし、一仕事なので早く登校しないと間に合わない。なのに、今朝は桃色のビラだのプロパガンダの円盤だのに気を取られて、いつのまにかこんなギリギリの時間になってしまった。

子供の頃から上り続けているので、この石段が三百二十四段だと身体が知っているのだが、たまに体調が悪いと身体が数を数えられなくなるらしく、普段はひと息で辿《たど》り着けるはずなのに、頂上に着く前に息切れしてしまう。

しかし、隣を走る萌黄はいつも平気な顔をしているし、鼻歌でも歌いだしそうにいつも軽やかなステップだ。ネオ大正調の女子校に通う萌黄の制服は袴と草履だし、セーラー服にローファーという蘇芳に比べてもずっときついはずなのに、彼女はロクに汗も掻かないのだ。

誕生日の御前試合は憂鬱《ゆううつ》なことになりそうだ、と蘇芳は予感した。

あたしの残月！　いつになったら手に入るのかしら。

螺鈿《らでん》の入った、優美な鞘《さや》が目に浮かび、彼女は嘆息と陶酔とを同時に味わう。

春日家では、子供に刀を贈る。日本古来の製法である踏鞴《たたら》製鉄で作られ、一流の細工が施された芸術品でもあるが、何より切れ味と実用性が重視されているので、日本刀としての価値は最上級であり、歴代のコレクションは国宝級である。

しかし、その刀が実際に当人に渡される時期はまちまちだ。文武両道を家訓とする春日流の免許皆伝を得るまで——場合によっては得てからも、刀を授かることは許されない。

蘇芳についていえば、幼時から剣に対するセンスは抜群と言われていたが、その早熟さが徒《あだ》となった。技能があまりにも先走りすぎているとみなされ、その技能に見合うだけの、常人の倍の精神の成熟が求められたのである。

なんだかずるい、と蘇芳は思う。

蘇芳は九歳で免許皆伝になったのに、未《いま》だに残月を手にしていない。しかし、萌黄は十二歳で免許皆伝になると同時に、あの美しい弓雪《きゆうせつ》を授かったのだ。典雅にして清楚《せいそ》だが、実は強靭《きようじん》で、確実に一撃で骨まで断つ。そんな弓雪の風情は、萌黄にぴったりだった。

紫風に至っては、あえて元服まで弧峰《こほう》を受け取らなかったという。なんでも、本人の思想の中で剣についての体系が整理されない限り、触れる気がなかったんだとか、学問のほうが一区切りつくまで武術は手を付けなかったんだとか、なにしろあの紫風のことだから、さまざまな伝説が囁かれている。

足が三百七段を数えたところで、突然、誰かが二人の前に走り出てきた。

巨大な影に、朝日が遮られる。

「頼モウっ！」

雷のような大声が降ってきた。

二人は足を止め、目の前の影を見上げる。

でかい。

見た瞬間は、石段の上のほうにいるから大きく見えたのかと思ったが、本当に大きい。二メートル近くあるのではないだろうか。

次に、冴《さ》えざえとした青い目が目に入った。

生真面目な目の下には、鼻筋が通った長い顔がある。顔も身体もごつごつしている。髪はトウモロコシの毛のような黄色で、くるくる縦ロール状にウエーブしている。凄《すご》く髪の量が多いのだが、幅の広い鉢巻でそれを押さえつけている。よく見ると、赤い墨で「天下無双」と書いてあった。

赤い襷《たすき》をきりりと結わえ、緑の袴がとても似合っていた。明らかに着慣れている。そして、がっちりした両手に、それぞれ使いこんだ竹刀を握っている。

二人の少女は、まじまじと目の前の青年の顔を見上げた。

「留学生？」

「二刀流？」

狐につままれたような顔で互いの顔を見る。

「きっと、見た目より若いんだと思うわ」

「この時代考証のセンスからして、MANGAおたくかもよ。『バガボンド』辺りの」

「まあっ、見て見て蘇芳！」

萌黄が突然目を輝かせて、青年の足元に駆け込んだ。青年はぎょっとした顔で萌黄を見下ろす。

「この袴、ペイズリー柄よ！　可愛い！」

「ええっ？　わあっ、ホントだ。柄物の袴もいいわねえ」

自分の袴を引っ張ってキャッキャとはしゃぐ二人の少女を、青年は呆然《ぼうぜん》と見下ろしていたが、ハッと表情を引き締め、再び彼は叫んだ。

「頼モウっ！」

二人は怪訝そうに青年を見上げた。

「それって、あたしたちに言ってるの？」

「モチロンです」

青年の身体に殺気が漲《みなぎ》ったその瞬間、萌黄と蘇芳は反射的に石段を飛んで離れていた。

ピンと張り詰めた沈黙。

石段の上と下で、三人は睨《にら》みあった。

青年は、満足そうに頷《うなず》いた。

「やはり、春日流」

彼がそう呟いた時である。

突然、カンカンカン、と激しく半鐘が鳴り出した。

「火事？」

萌黄が呟く。

「ワタシの名は、フランソ／□□カンカンカンカン」

青年は何事か熱心に話しているが、なにしろ凄まじい半鐘でちっとも聞こえない。

「え？」

二人は必死に耳を傾けたが、まるで虫食い算である。

「ワタシの曾祖父《そうそふ》がKワン□□□／カンカンカン／日本の土を／カンカンカン／鎖国ジョウタイ／カンカン／成田《なりた》で／カンカン／大阪でも足止め／カンカンカン／ビザ□□□しかしようやく／カンカン□□□□」

青年は話しているうちに感極まったらしく、拳《こぶし》を目に当てて泣き出した。しかし、少女たちにはごく一部の単語しか聞こえていないので、ちっとも涙に至る経緯が把握できない。

「あっ、見てよ、萌黄」

蘇芳が天を指差した。

赤い線が空を横切り、次々と光りながら走っていく。

「バリアが作動してる。何かあったんだわ」

「選挙絡みかしら」

「まずい、門が閉まる！」

石段の終わるところで、ゆっくりと門扉が動き始めていた。やはり何か構内で異常事態が起きたことは確実だ。光舎の門が閉まることはめったにないと聞いている。蘇芳もこれまでに一度しか見たことがない。

青年は相変わらず何か大声で話していたが、少女たちは既に関心を失っていた。門扉が閉まるまでに構内に入らなければ、遅刻とみなされ、罰則が適用されてしまう。

「悪いけど、あたしたち行くわ」

「道場破りなら、『無心館《むしんかん》』のほうに行ってくれる？」

二人はパッと駆け出し、左右に分かれて大男の脇を駆け上がった。

大男が我に返り、二人を追いかけてくる。

門扉の間は、もはや人一人通る隙間より狭くなっていた。

「うわっ、間に合わない」

「□□□□、××!!」

しつこく後ろから怒号が浴びせ掛けられるのにむかっ腹を立て、蘇芳は振り向きざまに男の左手の竹刀の先端を摑《つか》んで引っ張ると、そのまま奪い取ってくるりと持ち替え、痛烈な小手・面を目にも留まらぬ連続技で食らわせた。

「うるさいっ、遅刻したらどうしてくれんのよっ」

蘇芳が本気で打った面がまともに入り、大男は一瞬気を失ったらしい。

ヤバイ、と思った時には、男はごろごろと石段を転がり落ちていくところだった。

「蘇芳、早く！」

萌黄が叫んだので、蘇芳は慌てて門をひらりと飛び越える。

ああ、またしても無用な殺気を出してしまった。

着地してから彼女はがっくりとうなだれる。

「紫風の垂れ幕が燃やされた？」

教室で、蘇芳は耳を疑った。

「そうなの、大騒ぎよ。光舎警備隊が今現場検証してるって」

おさげ髪の瑠花《るか》が目を丸く見開いて震えてみせた。

「犯人は？」

「分からないの。すぐに門を閉めたから、まだ構内に潜んでるって噂よ」

「生徒の中にいるのよ。時限発火装置を使ったから、誰でもアリバイを作れたんだわ」

少女たちが口々に声を上げる。中には、紫風を出迎えに出ていた子もいて、紫風さまに何もなくてよかった、相変わらず凜々しいお姿だったわ、と溜息をついて頷きあっている。

選挙妨害か。公示日にいきなり候補者の垂れ幕を燃やすとは、随分大胆な。

蘇芳は考えこんだ。

それって、なんだか、ヘンだ。

「一時間目は自習ですって」

学級委員が入ってきて、歓声とどよめきが混じりあった。

「今朝の事件について、話し合っているようよ」

「もしかして、休校になるかも」

期待と興奮、不安と好奇心。少女たちの中に不穏なさざなみが立つ。

「蘇芳、明日の立会演説会はどうするの？」

瑠花がそっと尋ねた。

「行くとは思うけど」

「紫風さまを手伝うんでしょう？　あたしも何か雑用があったら、お手伝いするわ」

蘇芳は首をかしげた。

「あとで聞いてみる。暫《しばら》く紫風に会ってないのよ、ずっと公聴会だったし」

「そう、電話ちょうだいね」

「うん」

突然、パッと教室が明るくなった。

少女たちが、一斉に振り返る。

スイッチの入った黒板の中から、一人の少年がこちらを見ている。

「ハーイ、よい子のみんな、元気してる？」

きゃああっ、と悲鳴のような歓声が上がった。ガタガタとパイプ椅子を鳴らして、少女たちは立ち上がっていた。

「黒板ジャックよっ」

「素敵、ミッチーっ」

「元気ようっ」

少年はウインクをした。きゃああああ、と歓喜と興奮の入りまじった嬌声が上がり、教室が揺れ、蘇芳は眩暈《めまい》がした。

「みんな座ってっ。静かにっ」

学級委員が必死に叫ぶが、誰も聞いていない。彼女は黒板に駆け寄り、強制的に電源を落とそうとしたが、少女たちが立ちはだかり、頬を赤く染めて極彩色の画面に見入っている。よその教室からも嬌声が響いてくるところをみると、どの教室の黒板も、彼に乗っ取られてしまったらしい。

「素敵、紫の薔薇《ばら》よっ」

「ミッチー、お似合いだわっ」

少年の背後は、びっしりと薔薇の花で埋められていた。いったいどこで撮影しているのだろう。

「学級委員が怒ってるね。みんな、座って座って、大丈夫、僕は逃げやしないさ」

少年が人差し指を小さく振ったので、再び大歓声が上がった。

蘇芳は、最後列の座席で、下敷きで顔を扇《あお》いだ。

なんで朝からこいつの顔を見なきゃならないのよ。

「授業は自習で退屈だね。しかも、今日は生徒会長選挙の公示。退屈なみんなの時間を、生徒会長候補の僕の笑顔で埋めてあげたい。そう思って、生中継でこの放送をお送りしています」

及川道博は、画面の中で小さく頭を下げた。

少女たちは席に着き、溜息のような声を漏らし、潤んだ目で画面を見つめている。

「ミッチー、髪型変えたのね」

「大胆、縦ロールなんて」

「似合うわ」

「白いブラウスも素敵」

「うーん、紫風さまも凄いけど、ミッチーもいいわあ」

確かに、歯の浮きそうな台詞《せりふ》で選挙公約を並べ立てる道博の髪型は、新体操のリボンみたいな縦ロールになっていた。

そういや、今朝の男も縦ロールだった。恐らくあっちは天然だろう。男で縦ロールなんかにしているのに、ロクな奴はいない。

「僕が生徒会長になったら、厳しい校則とはおさらばさ。パーマもアーガイル・ソックスもOKにしてみせる。みんな、僕を信じてくれる？」

信じるう、と媚《こ》びた声が上がった。今や、学級委員もあきらめて画面を眺めている始末だ。教師はどうしているのだろう。放火事件の対処のほうに追われて、黒板ジャックに気付いていないのかもしれない。

及川家は、旧家で財力も実力も春日家に匹敵するが、いかんせん私欲を優先し、享楽的方向に走る傾向がある。だから、帝国主義者の手先と陰口を叩《たた》かれるのだ。

だが、道博は女子に絶大な人気があるし、このへらへらした見かけに騙《だま》されてはいけない。どうかすると紫風に負けず劣らず鋭い頭脳が隠されているし、権謀術数にも長《た》けた、妙に老成したところがある。

こいつが生徒会長になったらどうなるだろう、と蘇芳は考えた。

彼のことだ、さりげなくじわじわと春日家を追い詰め、徐々に一族を閑職に回し、やがては及川家で中枢を握ろうとするだろう。生徒会長は、あくまでもその第一歩に過ぎない。

「おや、僕を信じていない子がいるね。淋しいな」

画面の中で道博はちらっと流し目をくれた。

いないわよーっ、ミッチー、と叫ぶ少女たち。

お腹空いた、と蘇芳は思った。今朝、余計な立ち回りをしたせいで、空腹感を覚えるのがやけに早い。

どうせ、誰も見てないし、自習だからいいや。

学生鞄《かばん》から餡《あん》パンを取り出し、こっそりかぶりつこうとしたその瞬間。

「おい、蘇芳、餡パンなんか食ってないで、俺の話を聞けーっ」

突然、画面の中の道博が叫んだ。

蘇芳はぎょっとして、餡パンを持った手を止める。

教室中の少女たちが、目を丸くして彼女を振り返っていた。

蘇芳は赤くなったり、青くなったりしてみんなの顔を見回した。

「ひでえなあ、俺の話は餡パン以下かよ。これでも君の親戚の紫風君と同じ生徒会長候補なんだけどねえ」

あたしの姿を見ている？

蘇芳は廊下の窓を見たが、誰もいない。

みんなもそのことに気付いたらしく、きょろきょろと辺りを見回していたが、誰かが校庭に面した窓を指差し、悲鳴を上げた。

「みんな、気付いてくれた？」

窓の外にいる少年の顔を見て、今度こそ、上を下への大騒ぎになった。

亀が浮かんでいる。

いや、正確には亀の形をした小型の円盤に、ビデオカメラを正面に装着して自分を映している及川道博が乗って浮かんでいるのだった。

「ハーイ」

「ハーイ、ミッチー」

手を振る道博に向かって、みんなが窓に殺到した。他の教室からも、少女たちが鈴なりになって道博に手を振っているのが分かった。

校庭に、うおーんという、ほとんど殺気のような少女の声が渦巻いている。

ほんとに花、背負ってるよ、と蘇芳は呟いた。

彼の座席の後ろには、薔薇の花がぎっしり詰められているし、ビラビラの服と縦ロールは、まさに七十年代少女漫画のアナクロニズムの極致である。この男は、子供の頃からこういうのが好きなのだ。

「またアナクロだと思ってるだろ、蘇芳」

黒板の中と、窓の外と、ステレオサウンドで声が聞こえてきて、蘇芳はまたぎくっとした。

「いいんだ、僕は花の二十四年組だもの。この偶然の符合！　偉大な先達に尊敬の念を示すのは当然だろ？」

「うるさいわね、とっとと帰んなさいよ。電波ジャックは重罪よ。罰金で小遣いが減るわ」

蘇芳はどしんと机を叩いて、黒板に向かって叫んだ。なにしろ、窓は女の子たちで覆われてしまって、外の本人が見えないのである。

「証拠がないよ、証拠が」

道博はゆるゆると首を振った。

「いい加減、蘇芳も素直になれば？　家柄なんて、関係ないよ。僕たち、まるでロミオとジュリエットみたいだね」

「勝手にジュリエットにしないでよ」

「いやあ、そういうところが可愛いんだけどさ。やっぱり僕が生徒会長になって、僕の愛でみんなを救済することが必要だと、蘇芳が餡パン食おうとしてるところ見て思ったよ」

「余計なお世話だわ」

蘇芳は苦虫を嚙《か》み潰《つぶ》したような顔で呟いた。

「第一さ、紫風君、危ないじゃない。彼、敵多いよ。帝国主義のスパイやテロリストがミヤコに入り込んでるって噂もあるし。紫風君、命狙われてるんじゃない？」

蘇芳はハッとして、立ち上がった。

「まさか、あんたが紫風の垂れ幕に放火したんじゃないでしょうね？」

道博は鼻で笑った。

「ああ、今朝の事件？」

「あんたが時限発火装置を仕掛けたのね？」

道博は馬鹿馬鹿しい、という表情で首を振った。

「とんでもない。そんなの、僕の流儀に反するよ。僕はあくまでも華麗なる僕のチャームで生徒会長の座を勝ちとってみせる。そんな卑怯《ひきょう》な、危険な真似なんて。僕を見くびってもらっちゃ困るねえ」

「分かるもんですか。あんたが陰で何やってるか」

画面の中の道博は、一瞬、スッと酷薄な表情になった。

「ひどいなあ、蘇芳。それは誤解だよ。俺は、ミヤコの将来のためを考えてるし、ミヤユ民のことを第一に考えてるんだ」

その冷たい目に、蘇芳は一瞬ひるんだ。

やっぱりこいつ、見た目通りの男じゃない。

「みんな！　明日の立会演説会には、来てくれるよね？」

道博はにっこりと微笑み、少女たちに笑いかけた。

再び大歓声。

「僕も、楽しみだ。直接みんなに会えるのを楽しみにしてる！　明日は見ものだよ。きっと、これまで見たことのない、楽しいものが見られるよ！　今からワクワクして、たまらないんだ！　あーあ、時間がなくなっちゃった！　この続きはまた明日ね！　明日、武道館でお会いしましょう！」

亀が少しずつ上昇し始めていた。

少女たちの中から、いやーん、ミッチー、行っちゃいやー、という金切り声が上がる。

「F18区間にて、無許可の電波を傍受」

「未確認飛行物体発見」

黒板から雑音が漏れ、映像が乱れた。

管制官の無線が混じり合って聞こえてくる。

「蘇芳も絶対来いよ！　面白いもの、見せてやる！」

道博の声が、乱れた映像の中から聞こえてくる。

少女たちの悲鳴。道博の乗った円盤が遠ざかっていくのと同時に、黒板は暗くなり、やがてぷちんと光が消え、いつものただの黒板に戻った。

「いやーん、ミッチー」

「カッコよかったあ」

「明日は行く行く、絶対行くわー」

少女たちの悲鳴と溜息が交錯する中、蘇芳は一人、座席で冷たい不安を味わっていた。面白いもの？

道博の酷薄な声が頭の中で鳴り響いている。

それはいったい何なのだ？


萌黄は人気《ひとけ》のない昼下がりの路地を歩いていた。

光舎の授業は、放火事件のせいで、どこも皆午前中で終わりになったのだ。

長閑な明るい陽射し。今はバリアも解除されて、あんな騒ぎがあったことも夢のようだ。

しかし、萌黄の目は鋭かった。

長い土塀が続き、白壁に春の光の縞《しま》が映し出されている。

近くに誰かいる。

いつも通り歩いているように見せかけてはいたが、全身が覚醒《かくせい》して周囲の気配を窺っていた。

並の使い手ではない。少なくとも、今朝会った大男の外国人ではない。これまであたしの知っている範囲で似た雰囲気の者はいない。

前を見たままゆったりと進む。

狙いはあたしか。それとも――

次の刹那《せつな》、背後で膨れ上がる殺気を感じ、身体が反射的に動いていた。

楕円《だえん》の弧を描いて、影が飛ぶ。

草履の下でがちゃん、と瓦がぶつかる。

白昼の沈黙。

明るい空に、白い月が浮かんでいる。

萌黄は、土塀の上の細い瓦屋根の上にいた。

その視線に先に、やはり彼女と同時に飛び上がった影があった。

二人の間は二十メートルほど。

萌黄は目を細め、相手を正視した。

すらりとした影。黒革のライダースーツに、忍者よろしく目だけが見えるヘルメットをかぶっている。男なのか女なのかもよく分からない。だが、その僅《わず》かな空間から見える二つの目は冴えざえとした殺気をまっすぐに放っている。

うん？　どこかで見たような気がする目だが——

その手には、スラリと抜かれた刀が握られ、その白い光が萌黄に向けられていた。

「何かご用かしら？　今日はお稽古《けいこ》があるから手短に済ませてほしいんだけど」

萌黄は目を逸《そ》らさずに言った。

むろん、普段は帯刀していないので丸腰だが、彼女の立ち姿には全く隙がない。

「それでは単刀直入に」

相手はぴくりともせず答えた。落ち着き払ったハスキーボイス。男性らしい。

「明日の立会演説会には近寄らないでほしい」

意外でもあり、予想された答えでもあった。

「なぜ？　狙いは紫風なの？」

「それは言えない。ただ、立会演説会に現れた場合の身の安全は保障しない」

「なるほど」

萌黄はじっと相手を見た。新顔のようだ。知人ではない。

「じろじろ見るな。あんたを傷つけたくない」

男は鋭く刀を握り直す。ブーツの靴底の下で瓦が鳴る。

「いい刀ね。銘はあるのかしら」

男がくぐもった声で笑った。

「噂には聞いていたが、いい度胸だな。だが、ここで腕くらべをしている暇はない」

「そのようね」

「分かったな。明日は家でじっとしてるんだ」

今度は萌黄がくっと笑う。

男は怪訝そうに萌黄を睨む。

「いい度胸はそっちよ」

萌黄は柔らかく、しかし凄味のある視線を投げた。

「いいこと、あたしは自分に向けて刀を抜いた人間のことは一生忘れないわ」

「そいつは光栄だ。警告はしたぞ」

男はサッと土塀から飛び降り——地面に着く前に消えた。

偽の映像か。ホログラフィを使ったな。

萌黄はサッと周囲を見回した。

と、土塀が切れたところでエンジン音がして、サッと黒いオートバイが走り去った。

なるほど、あそこから映像を送ったのね。距離的にいっても、この位が限界だわ。

萌黄は空の白い月を見上げる。

その目からは笑みが消えていた。

長閑な春だが、風に血の臭いを感じた。

知らないうちに、新顔が随分ミヤコに入り込んでいる。明日は本物の血を見ることになるかもしれない。

どこかで鐘が鳴っている。

ミヤコに響き渡る鐘の音は、とろりとした春の闇にゆっくりと黒い漣を立てて四方に広がっていく。

夜遅い光舎の外れである。

小さな池に囲まれた築山の上に、橋を渡って小さな門をくぐって入る、こぢんまりとした二階建ての日本家屋がある。一階は茶室、二階は月見台のようだ。

その二階に、詰め襟姿の青年が一人、腰掛けていた。

春の夜に溶け込むかのように、静かに何事か瞑想《めいそう》している。

障子を開け放ち、窓枠に座って見るともなしにミヤコの灯《あか》りを見つめていた紫風は、階下から足音が聞こえてきたので部屋の中に向き直った。

「紫風先輩、お二人がお着きになりました」

襖《ふすま》の向こうから佐伯が声を掛ける。

「入れ」

襖が開き、緊張した面持ちの佐伯が部屋の中に入るよう後続の二人を促した。

にこやかな萌黄と、仏頂面の蘇芳が並んで入ってくる。

「久しぶりだね。二人とも元気そうだ」

紫風は気さくに話し掛けた。

「ほんと、お久しぶりだこと」

蘇芳はご機嫌斜めのようだ。

「お疲れ様」

萌黄は、いつも通り柔らかな物腰である。

紫風は鷹揚《おうよう》に頷き、四人でテーブルを囲む。

「差し入れを持ってきたわ」

萌黄が風呂敷包みを取り出す。

「そいつは有難い。今日も、公聴会の報告と選挙戦の打ち合わせで、ロクに飯を食ってないんだよ」

紫風は喜んで、座布団の上に胡座《あぐら》をかいた。

「そうだろうと思ったの。佐伯さんもどうぞ」

佐伯は顔を赤らめてぴょこんと頭を下げた。

「ありがとうございます。お相伴に与《あずか》ります」

萌黄が重箱の蓋《ふた》を開けると、若竹煮や山菜のぬた、手毬鮨《てまりずし》などがぎっしり入っていて、みんなが歓声を上げげた。

「ちょっと蘇芳、なんであなたまで喜ぶのよ。あなたはお夕飯食べたでしょう」

箸《はし》を伸ばした蘇芳の手を萌黄がぴしゃっと叩いた。

蘇芳は不満そうに萌黄を見る。

「だって、ここに来るまでにまた運動しちゃったんだもの、お腹空いた」

「運動？　なんだってまた」

紫風が眉を顰めると、蘇芳はぎくっとした表情になる。

「いや、ちょっと。紫風の身辺警護の実力がどの位かと思って。ほら、最近何かと物騒でしょう。今朝の放火の件もあるし」

笑ってごまかそうとするが、萌黄と紫風の冷たい視線が突き刺さる。

「そういえば、お庭番の姿が見えませんね」

佐伯が窓の外に目をやった。

「もうちょっと強いのに替えたほうがいいわよ、紫風」

蘇芳は手毬鮨を一口で頬張った。

「その喧嘩《けんか》っぱやいのはなんとかならないかね、蘇芳。誕生日は来月だろ」

筍《たけのこ》を齧《かじ》りながら紫風は渋い顔をした。

「やあね、みんなして誕生日誕生日って。なんだか婆《ばあ》さんになったような気がするわ。はい、あたしからも差し入れ」

蘇芳は黒の学生鞄から、緑色の罎《びん》と猪口《ちょこ》を取り出した。

佐伯がギョッとした顔になる。紫風は溜息をついた。

「女子高生が学生鞄から日本酒の罎出すのはやめてほしいな」

「それ以上小言いうとあげないわよ、紫風」

「それとは話が別だ」

性格はバラバラないとこどうしではあるが、春日家の人々の共通項の一つは、酒好きであることと、酒に桁外《けたはず》れに強いことだろう。

佐伯は遠慮したが、三人は重箱の中のおかずを肴《さかな》に、ちびちびと酒を飲み始める。

「蘇芳の立ち回りが必要だったかどうかはともかく、確かにお庭番が弱いのはまずいわね」

萌黄はチラッと紫風を見た。

「何かあったのか」

紫風は至って冷静である。

「今日の午後、警告されたわ。顔は分からなかったけど」

「ほう。萌黄に警告とは、これまた身の程知らずな」

「感心しないでよ。あたしも警告されたわ。花背負った男に」

蘇芳が紫風を睨む。

「誰だ、それ」

「あたしの天敵よ」

「ああ、及川道博ね。午前中、光舎の全教室の黒板をジャックしたらしいな。けど、証拠不十分でまた逃げ切ったみたいだ。あれは現行犯逮捕でないと――ねえ、あいつ、蘇芳のことが好きなんじゃないのかい。一応いいなずけってことになってるし」

蘇芳は苦虫を嚙み潰したような表情になった。

「よしてよ。聞いたことないわ、酒飲んで隣の席の客と盛り上がって子供どうし婚約させるなんて。ほんの一瞬、春日と及川が接近した時の幻でしょ。今じゃ仇《かたき》同士もいいとこなのに」

「そうだよなあ。状況としちゃあ今が最悪だろうな」

紫風は漬物を箸でつまんだまま、天井を仰いだ。

「のんびりしてる場合じゃないわよ、紫風。命、狙われてるわ。あいつ、本気だったもの。何か知ってるのよ。あいつが本気な時はロクなことが起きないんだから」

蘇芳は真顔で紫風の顔を覗き込んだ。その大きな目で真正面から睨まれると、かなりの迫力である。さすがの紫風も、一瞬たじろいだが、萌黄の顔を見て尋ねる。

「なんて警告を受けたんだい」

「明日の立会演説会に行くな。会場に近寄ったら、身の安全を保障しないって」

萌黄はお茶を注ぎながら淡々と答えた。

「ふうん」

紫風は気のない返事をする。

「あれは帝国主義者じゃなかった。かといって改革派でもない――」

萌黄が呟いた。

「第三の勢力ってことか」

「ええ、帝国主義者の軽薄さはないし、暑苦しくてうるさいだけの改革派とも全然違っていた。かなり不気味な存在だったわ」

「明日、二人にボディガードを頼むのは止めといたほうがいいかな」

「止めたほうがいいです。みすみす危険に晒すのはよろしくありません。明日は、警備もかなり厳重になる予定ですし」

佐伯が勢いこんで口を挟んだ。

「ありがとう、心配してくださってるのね」

萌黄が微笑むと彼は耳まで真っ赤になった。

が、次の瞬間、萌黄の笑みが消え、その手から猪口が飛んでいた。

ぱきん。

窓から飛び込んできた矢が、猪口を打ち砕き、二つに割れた猪口と猪口に止められた矢がばさり、と畳の上に落ちた。

反射的に他の三人は身体を伏せ、紫風は手を伸ばして素早く障子を閉めた。

「灯りを消す？」

「いや、同じことだろう」

ひゅひゅん、と空を切る不気味な音がして、次々と飛んできた矢が障子を突き破り、部屋の中に飛び込んでくる。

「うわっ」

みんなで壁沿いに身体を縮めた。黒い矢はちゃぶ台に当たって跳ね返り、畳や手毬餡に突き刺さる。

『蜘蛛巣城《くものすじょう》』は勘弁してくれ」

紫風はバンと畳をはたくと、あっというまに二枚の畳を返して障子に立てかけた。畳にぶすぶすと突き刺さる矢の音が響く。かなりの人数で矢を射掛けていることは間違いない。

「お庭番は何してるのよ」

「蘇芳が倒したんだろうが」

「当て身を食らわせただけよ」

「誰かがそれに乗じて近寄ってきたことは確かだな。池の周りから一斉射撃ってわけだ」

紫風は畳に寄りかかって腕組みをして考え込む。

「さて、どうするか」

あくまでも冷静な紫風に、蘇芳が皮肉な口調で呟く。

「あたしが敵だったら、ここに火矢を射《う》ち込んで、火事にして、みんながいぶりだされたところを射ち殺すわね」

「どうやら、蘇芳の言う通りにしてくれるようよ」

萌黄が冷たい声で囁いた瞬間、何か明るいものが飛んできて、畳に勢いよくぶつかった。

パッと障子の紙に火が点《つ》き、燃え上がる。

「やれやれ。仕方ない」

紫風は日本酒の壜を取り上げて、障子の桟で叩き割る。部屋がむっと酒臭くなり、最初の火は消えた。

蘇芳が悲鳴を上げて飛び上がる。

「キャーッ、なんてもったいないことするのよっ。せっかくうちの親父の蔵から盗んできたいい酒なのにっ」

紫風はあきれた。

「蘇芳は自分で予想した割にこの状況の悲惨さを把握してないな」

「命より酒よっ」

「また来るわよ」

萌黄が叫ぶと、次の火矢が射ちこまれた。立てかけた畳に突き刺さり、ボッと燃え上がる音がする。

「一階に下りてくださいっ」

佐伯が、階段の脇の襖を開けて手招きをした。

「一階の雨戸を外して盾にするしかないな。だが、橋は一つだ。渡れば狙い射ちされる」

紫風は腰をかがめ、ひょいと重箱から卵焼きをつまんで口に入れると顔をしかめ、そろそろと部屋の中を進んだ。

「萌黄、卵焼きに砂糖は入れないでくれ」

「次の機会があったら覚えておくわ」

サイレンが鳴るのが聞こえた。警備隊が火事を発見したに違いない。警備隊が駆けつけるのが先か、焼け出されて射たれるのが先か。

四人は身体をかがめて階段を下りた。しかし、もう階段に煙が充満している。一階にも火矢が射ち込まれ、燃えているらしい。遮るもののない築山の上にある日本家屋という薪が燃えているのだから、周囲からは丸見えだ。外に飛び出したら、さぞかし彼らは目立つ標的になるだろう。

一階の開け放った障子の向こう――炎の向こうに、池の岸辺が照らし出され、黒ずくめの男たちが五、六人で矢を放っているのがチラリと見えた。いかにも統率の取れたプロフェッショナルであることが窺える。

「皆さん、ここに入ってください」

佐伯が、狭い土間の隅にある引き揚げ戸を開けて指さした。

「まあ、こんなところに地下室が」

萌黄と蘇芳は中を覗きこんだ。畳一畳ほどのスペースがそこにあり、壁際に幾つかの壺《つぼ》が並んでいた。

「食糧庫か何かだったんだろう。萌黄、蘇芳、ここに入ってろ。すぐに消防が来る。焼け落ちる前に鎮火するはずだ」

「紫風先輩も」

佐伯が必死に紫風の腕を引っ張るが、紫風は頑として動かなかった。

「いや、俺はいい。佐伯が入れ」

「いけません、紫風先輩を残して私が入るわけには。会長に何かあったら、私はミヤコ民に顔向けができません」

「待て。あれは？」

紫風がそう叫んだので、皆が紫風の視線の先に目をやった。

ぬおおおお、という叫び声がして、巨大な影が飛び出してきた。

規則正しく矢を射掛けていた男たちが、驚いたように射つのを止めた。巨大な影は、長い髪を振り乱し、男たちをなぎ倒すように痛めつけている。その強いこと。身体が大きい上に、動きが機敏で凄まじい破壊力である。不意をつかれた男たちはたちまちバラバラになり、芝生の上を逃げ惑い、あっというまに姿が見えなくなった。

サイレンは大きくなり、夜空をサーチライトが切り裂いた。

上空から、警備隊のヘリと円盤が飛んでくる。

巨大な影は、逃げた男たちを追うかどうか迷っていたが、燃え上がる家のそばに立っている紫風たちに気付いたらしい。

「紫風サン！　ご無事ですかーっ」

大男は両手を大きく振りながら叫んだ。

その声に聞き覚えがある。

「あれって」

「今朝の」

萌黄と蘇芳は顔を見合わせた。

池の岸辺で手を振っているのは、蘇芳が今朝、小手・面を食らわせた、あの縦ロールの大男である。

紫風は笑って手を振り返した。少女たちはぎょっとしたように彼を見た。

「紫風、あの人知ってるの？」

「ああ、今日からうちの書生になったフランソワ・フグだよ。なんでも、お祖父《じい》さんが格闘家として有名で、日本で亡くなったらしい。元々空手をやっていたらしいんだが、剣の道も究めたいとのことで、特例でうちが預かることになったんだ。なにしろ、今ミヤコに外国人が入国するのはとても規制が厳しいからね——蘇芳、彼のこと知ってるの？」

「——ちょっとだけ」

蘇芳はがっくりと頭を抱えた。

翌日もからりと晴れ上がった。

ミヤコのビッグイベント・光舎生徒会長選挙立候補者立会演説会にはぴったりの日和である。ミヤコ全体もそわそわとして、どこか浮かれた表情がある。

ミヤコの東にある武道館。

その特徴ある外観は、かつて東京にあったものを模したらしいが、更にミヤコにふさわしい大和な雰囲気に造り上げられている。

武道館に続く道路脇には、屋台や露店が並び、縁日のような賑《にぎ》やかさだ。立会演説会の客目当てに、さまざまな市が立つほどである。

もっとも、武道館の警備は厳重で、その周りだけものものしく、がらんとして何もない。幾重にも警備員が詰め、周囲の雑踏にも私服刑事が相当数紛れ込んでいる。空では円盤が監視しているし、ぞろぞろと入っていく客もスキャナーで透視され、危険物を所持していようものなら即刻つまみだされ、警察に連れていかれる。

最初はものものしい警備に驚くミヤコ民も、武道館に入る頃には浮かれ気分を取り戻している。

立会演説会がメインイベントであるものの、前座の人気はそれに勝るとも劣らない。サーカスに落語、水芸にプロレス、コンサートにチャンバラと、さまざまな演《だ》し物で一日中盛り上がる。この日の武道館は庶民の娯楽の殿堂なのである。

しかし、夕方が近づくにつれ、観客席は徐々に新たな興奮に包まれ始める。

いよいよ立会演説会が始まるのだ。

武道館の中は、制服姿の生徒たちで溢《あふ》れ返り、期待に胸を躍らせる若者とミヤコ民の熱気で膨れ上がる。

天井からは、しずしずと巨大なスクリーンが三枚下ろされた。ここに、三人の候補者の映像が映し出され、ミヤコ中に演説会の模様が生中継されるのである。

紫色のうちわを持った女子生徒たちがどっとなだれこんできた。言わずと知れた、春日紫風の親衛隊たちである。紫風のシンパであるミヤコ民たちが、拍手で彼女たちを迎え、照明を落とし気味にした武道館の中に、くぐもった興奮をもたらす。

それに対抗して、ペンライトを振る稽古をしているのは、及川道博のファンたちである。掛け声の練習をしたり、一緒に踊る振り付けまで考えてきたらしい。

揃いの鉢巻をしているのは、改革派だ。総じて、硬い雰囲気の生徒たちが多いので一目で分かる。

それぞれの生徒たちを応援するミヤコ民たちも、まとまって席を埋められる場所を求めて会場内を移動しているので、天井から見下ろしてみたならば、なにやら大きなうねりのようなものが、人の海の中を行き交っているように見えるに違いない。

また、ところどころで耳に手を当て、小さく何事か呟いているのは私服刑事や警備員たちだ。不審な動きをする者はないか、会場をチラチラと赤い蛍のように飛び回る防犯カメラが送ってくる映像を端末でチェックしている。

舞台では、TV中継を準備する黒子姿のスタッフたちが、黙々とケーブルを引き、作業を進めている。候補者の乗るブースが三つ並んで、静かにその時を待っていた。天井からは、どういうタイミングで割るのか、くす玉らしきものが幾つもぶら下がっている。

いつのまにか、会場内は静まり返っていた。

舞台の袖に、紋付袴姿の、太鼓と三味線を抱えた男たちがぞろぞろと現れ、会場内から拍手が湧いた。立会演説会の伴奏を務めるスタッフである。

ふっと照明が消え、太鼓が鳴り出した。明るいリズムが、否応《いやおう》なしに人々の期待を盛り上げる。

「皆様、大変永らくお待たせいたしました。光文四十一年度の光舎生徒会長選挙、立候補者による立会演説会を開催いたします」

ラジオの人気司会者であるアナウンサーの声が歯切れよく響き渡った。

わーっという歓声が上がり、花吹雪が宙を舞う。

「それでは候補者の入場です。一番ー、及川道博君ー」

スポットライトが花道を照らし、ポーズをとって立っている及川道博の姿が浮かび上がった。悲鳴のような歓声が武道館を揺らす。その声のほとんどは若い女性のものだ。

道博はにっこりと笑い、手を振りながら歩いてくる。その後ろには、やはり紫の薔薇の花束を抱えて彼の後ろに掲げながら進む、二人の護衛が控えていた。

「二番ー、長渕省吾君ー」

別のところにスポットライトが当たり、そこには学生服で直立不動の男が立っていた。野性的というか、直情的というか、意気込みが身体全体に漲っている。一緒に立っている二人も、鉢巻をきりりと締めた凜々しい少年たちだ。

今度は怒号のような歓声が沸いた。圧倒的に男性の声が多く、うおーんと天井に歓声がこだまする。

太鼓は荒々しくリズムを刻み、花道を歩く候補者の戦闘意欲を駆り立てるかのようだ。

「三番ー、春日紫風君ー」

怒濤の歓声。もはや、何を言っているのか分からない。

スポットライトは、悠然と立っている紫風を映し出した。

彼の脇には緊張した面持ちの佐伯と、巨体で周囲を睥睨《へいげい》するように二人の後ろに立つフランソワ・フグの姿がある。萌黄と蘇芳の代わりに、この二人をボディガードに任命したらしい。

紫風は現職の貫禄《かんろく》を見せつけながら、堂々と花道を進んだ。

会場はたちまち興奮の頂点に達し、とにかく凄まじい騒ぎである。普段はおっとりとしたミヤコ民のどこにこんな熱狂が隠れているのかと思うほどだ。

三組の候補者が舞台の上に集まり、それぞれのブースに納まると、パッと舞台の上が明るくなった。

大歓声と共に、立会演説会が始まった。司会者の進行により、次々と候補者の主張が繰り広げられる。

発言をする候補者のブースは宙に浮き、会場内を飛び回り、観客を惹《ひ》きつける。そのさまは余すところなくスクリーンにも映し出され、瞬時にダイオード文字で字幕になり、同時に他の候補者の表情も拾っているのである。

議論は白熱した。

紫風は王道たる伝統の維持を主張。ミヤコの秩序を守り、日本人のスタンダードたる生き方を貫くべく職務をまっとうすることを約束する。

改革派は、ミヤコの伝統と秩序イコール春日一族の独裁に陥っていると、紫風の続投を非難。ミヤコには新しい血と変化が必要だと訴える。

道博はあくまでも自分のチャームを前面に押し出す構えだ。確かにかつての消費享楽主義は行き過ぎであったが、人はおのれの欲望を前向きなエネルギーとして生かすべきであり、過度のストイックさは人間らしさや都市の活力を失わせると主張。

演説のテンポに合わせ、一糸乱れぬ三味線がついていく。べんべんと刻まれるリズムが、知らず知らずのうちに演説者のテンションを高め、論調をよりエモーショナルに導いていくのである。

それぞれ一歩も引かず、ますます議論は白熱していくかと思われたその刹那。

突然、武道館の全ての照明が落ちた。

アッ、という声にならないどよめきが満ち、何かの余興かと観客は黙り込み、会場はしんと静まり返った。

こんな予定は聞いていない。

紫風が反射的に天井を見上げた瞬間、背後に人の気配を感じ、振り向くより前に背中にどしんという激しい衝撃があった。

刺された。

その事実に一瞬呼吸が止まった。

まさか、立会演説会の舞台の上で。

目の前が真っ暗になる。

その時、スピーカーを通した男の笑い声が響き渡った。

「――くくくく、随分とまあ可愛らしいことを言ってるね、君たち。しょせんはコップの中の嵐。予定調和の出来レースってところか」

その低い声は、冷たく悪意に満ちていた。

会場がざわざわする。

余興ではないのか。誰の声なのだ？　不安の声が広がっていく。

突然、三つのスクリーンがパッと明るくなり、それぞれに目まぐるしく写真や映像が映し出された。過去の日本の写真——ミヤコ——帝国主義エリア——モノクロあり、カラーあり、図版あり——五重塔、田植え、瓦屋根、高層ビル、ディスコで踊る人々、高速道路、工場、ごみ処分場、鳥居、仏像、ジェットコースター、などなど。

「確かに、それぞれに言い分はあろう。かつての日本の伝統に回帰し、新たな秩序に生きる世界も、企業の利益と個人の快楽を追求する帝国主義も、構造改革派も。だが、現実はこれだ。ミヤコと呼ばれる伝統回帰主義の世界と、帝国主義の世界がモザイク状に入り混じり、それでいて混じりあわず、水際でせめぎあい、それぞれを非難しあってい る世界。事実上、ミヤコは鎖国状態。帝国主義者はいぜん二十世紀的な場当たり的浪費生活を送っている。どちらも互いに背を向け、政治も外交も二本立て。同じ国土の中で二重に乖離《かいり》してしまっているこの日本」

映像の動きはますます速くなり、見る間にスクリーンは分割されていく。無数の写真が並び、更に写真のサイズが小さくなって数が増えていく。やがてそれは、徐々に写真を使って描いた文字になる。うっすらと何かがスクリーン上に浮き出してくる。

おう、という恐怖に満ちたどよめきが上がった。

「君たち、知っているかね？　今の日本国が世界から何と呼ばれているか。ゴシック・ジャパン。そう、我々は新たな中世、新たな闇の中にあるのだ」

不気味な声は続いた。

「闇は啓《ひら》かれなければならない。我々はこの分裂した日本を改造し、統一し、導くべくして結成された。この混乱したゴシック・ジャパンを統べるのは我らだ。目的の達成のためには、多少の犠牲は止むを得まい。手始めに、この偽善的選挙を葬ることを第一の行動目的に選んだ」


パッと照明が点く。

観客の視線は舞台に集中し、そこにあるものを目にした観客は金切り声を上げた。

春日紫風が舞台の上のブースの中でうつ伏せに倒れていた。

その背中には、ナイフが突き立てられている。

「紫風さま！」

「いやあーっ」

凄まじい悲鳴。フランソワが真っ青になって紫風に駆け寄る。

「救急車を！」

佐伯が大声で叫んだ。ＴＶ中継スタッフに向かって駆けていく。

「道を空けて！　そこを通してくれ！」

「最後に名乗っておく。我々の名は、『伝道者』。この国を統べる者の名だ。以後、お見知りおきを」

三つのスクリーンそれぞれに、じわりと「伝」「道」「者」の文字が浮かび上がる。会場は大混乱になった。悲鳴とパニックで武道館が揺れている。が、その時、朗々たる声が響いた。

「みんな、落ち着いて！　着席するんだ！」

一瞬、会場の動きが止まった。観客の目に「うん？」という表情が浮かぶ。それは、誰もが聞き覚えのある声だった。これまで何年も聞いてきた、慣れ親しんだ声。

倒れていた紫風が、むくりと起き上がり、会場を見回す。

再び悲鳴が上がった。今度は、驚きと喜びの声が半分半分である。

「みんな、動かないで。大丈夫、僕は無事です。着席してください」

フランソワが混乱した表情で助け起こすと、紫風は涼しい顔で埃《ほこり》を払い、耳元のワイヤレスマイクに向かって話し掛け、両手で押さえる仕草をした。

立ち上がりかけていた観客が、波が引くように着席していく。

「──なるほどね。ゴシック・ジャパンか。そいつを統べる君らが、第三の勢力だったわけか」

紫風は興味深そうな顔でスクリーンを見上げる。

「ねえ、『伝道者』君？」

紫風はちらっと舞台の上を振り返った。

そこには、TV中継のスタッフを掻き分けようとしている佐伯の姿がある。

佐伯はピタリと足を止め、のろのろとこちらを振り向いた。

「そうだろ、佐伯？　君が『伝道者』だね？　さっきナイフを僕の背中に突きたてたのは君だったし」

紫風は、するりと学生服を脱いだ。背中に刺さったままのナイフを抜くと、先がひしゃげている。

「最新型、防刃学生服。ミヤコならではの技術は日進月歩だね。うちの刀にはかなわないだろうけど、普通のナイフだったら合格だ。試作品なんだけど、導入することにするよ。実は公聴会で薦められたんだ。君も一着どうだい？」

佐伯の表情が見る見るうちに変わっていく。

それまでの、はにかみやで心配性の少年の顔が消え、目に鋭い殺気が膨れ上がった。

「いつから僕を？」

「ゆうべから」

紫風はあっさり答えた。

「あの地下の食糧庫。壁際の壺の上には埃があるのに、床にはなかった。誰かが直前に中にあったモノを出して、わざわざ人が入れるスペースを空けておいたんだ」

佐伯はハッとした表情になる。

「本当は、昨日のうちに、あの地下室に僕らを押し込んで火事のせいに見せかけて殺してしまうつもりだったんだろう？　フランソワが来てくれたために、それは残念ながら成功しなかったけど」

フランソワはまだ状況が飲み込めないらしく、紫風と佐伯の顔を交互に見ている。

紫風は両手を広げてみせた。

「礼を言うよ。公聴会でも話題になっていたんだ。近頃、どこにも属さない集団がミヤコのみならず帝国主義者の縄張りでも水面下で活動していて、要人を暗殺する計画があるらしいと。これでちゃんと名前が分かったわけだ。インパクトはばっちりさ。みんな君らの名前を覚えてくれた」

「くそっ」

佐伯は背中に手を伸ばし、スラリと刀を抜いた。

ライトに、鈍く、濡《ぬ》れたような刃が光る。

再び周囲から悲鳴が上がる。

佐伯は、その刀を近くにいたスタッフにサッと突きつけた。

「みんな、下がれ。こいつを傷つけたくなかったら――」

が、佐伯の目が何かに気付き、彼はパッとその場を飛びのいた。

「――さすが、勘はいいわね」

黒子の頭巾を脱ぎ捨てた萌黄が刀を構えてにっこり微笑んだ。

「こんなところにいたのか」

佐伯は、同じくスタッフの服装で頭巾の前を開けた蘇芳の顔を見た。

「不本意ながら」

蘇芳は肩をすくめた。

萌黄は刀を構えたまま一歩前に出る。磨き込まれた弓雪が、照明を受けて鈍く光っている。

「言ったでしょ。あたしは、自分に刀を抜いた人間は一生忘れないわ。道理で、どこかで見たことのある目だと思った」

佐伯は小さく笑った。

「光栄だね。秘蔵の弓雪で相手をしていただけるとは」

二人は舞台の真ん中で刀を構えて睨み合った。

それぞれの刀が、冷たい光を放って爪のような弧を描いている。

両者とも動かない。間合いを計り、隙を待っているのだ。

実力は拮抗《きっこう》していた。双方の凄まじい気合に、助太刀の機会を窺っていた蘇芳も一歩も動けない。

キイン、と稲妻のような影が走り、二人の立ち位置が変わっていた。刀を合わせた瞬間を、誰も目にしていないほどの速さである。

蘇芳はゾッとした。

そんな馬鹿な。本当に、見えなかった。萌黄とこの速さで打ち合えるなんて。佐伯さん、これまで、とてもじゃないけどそんな使い手に見えなかったのに。

紫風の目が鋭くなった。彼も萌黄の苦戦を予想していなかったのだろう。チラッと彼の目が動き、手が何かを投げた。

ばこん、と音がして、天井から下がったくす玉が割れ、大量の紙吹雪と紙テープが飛び出した。

わっと広がった紙吹雪で、舞台の上が一瞬何も見えなくなる。

「萌黄！」

蘇芳が叫ぶ。

やけに紙吹雪がゆっくりと宙を舞う。

色の洪水の中で、誰もが一斉に動き出していた。

「佐伯！」

紫風の声も聞こえた。

ぶわっと風が起こり、紙吹雪が舞い上がる。

「あれを！」

みんなが宙を見上げた。

そこに、舞台の上にあったブースに乗って舞い上がった佐伯の姿がある。

萌黄は、刀を構えたまま、鋭い目で佐伯を見つめていた。

その目を、佐伯がかすかな笑みを浮かべて見下ろしている。

「勝負はお預けだ」

佐伯の声がスピーカーを通して響く。

「紫風。今回は、俺の負けだな。『伝道者』は着々と勢力を伸ばしている。これからは、もっと強いのがおまえを狙うぞ」

「おまえのファンが残念がっているぞ。僕も残念だ。君は優秀だった。まだ任期が残っているのに」

紫風は腕組みをして佐伯を見上げた。

佐伯さまー、という悄然《しょうぜん》とした声が上がる。

佐伯はクッ、と笑った。そこには、ついさっきまで紫風に仕えていた少年の面影はどこにもない。大胆で、冷徹な青年の顔がある。

「いつかまたお目に掛かる」

佐伯は少女たちに向かって投げキッスを降らせると、手を振ってブースのスピードを速めた。

「撃て！」

「いや、もし当たってブースが落ちたら大惨事だ」

「つかまえろ！」

警備員が追いかけるが、巧みにブースを操り、あっというまに出口から外に飛び出していってしまう。

チラチラと舞う極彩色の紙吹雪。

全ては夢のようだった。

会場は騒然とする。

「お静かに！　お静かに、皆さん！」

ようやく我に返った司会者が、マイクで呼びかけたが、観客は立ち上がって口々に何事かを叫んでいる。

舞台の上も、スタッフや候補者が呆然と歩き回っている。

「なんだよ、すっかりいいところ持っていきやがって。あの投げキッスは、どう見ても本来は俺の役じゃないか」

及川道博が、憮然《ぶぜん》とした表情で毒づいた。

反応するのはそっちかい、と蘇芳も毒づく。

「あんた、知ってたんじゃないの？　佐伯さんが黒幕だって」

道博に食って掛かると、彼はフンと鼻を鳴らした。

「なんで俺が知ってるんだよ」

「だって、明日は面白いもん見せてやるって言ってたじゃない」

「それは俺のパフォーマンスのことだよ。せっかくみんなで振り付け考えたのに」

道博はひらひらと手を振ってみせた。

「ほんとに？」

「疑い深いな。本当だよ。でも」

「でも、何よ」

「『伝道者』なる者がミヤコに紛れ込んでるって噂は聞いてた。そいつが何をするつもりだったのかは知らなかったけどね」

道博はニッと冷たく笑ってみせた。

蘇芳は肌寒さを感じる。

こいつは知っていた。「伝道者」が、ミヤコの要人を暗殺するために入りこんでいたと知っていたが、黙っていたのだ。それが紫風だと分かっていて、放っておいたのだ。

「さあ、巻き返すぞ。僕のチャームでみんなを虜《とりこ》にしなくちゃ」

妙な振り付けで踊りながら歩いていく道博の背中を、蘇芳は蒼《あお》ざめた顔で見送っていた。

「――紫風、いつ彼が怪しいと気付いたの」

萌黄は、刀を納めながら尋ねた。

「確信を持ったのは昨日だね。今日、萌黄と蘇芳をボディガードにつけるという話をしたのは佐伯だけだったし。そしたら、わざわざ萌黄に警告に行ったわけだろ？」

紫風は肩に付いた紙吹雪を払いながら答えた。

「もっとも、あいつも、薄々僕が疑ってるのに気付いてたかも。ひょっとして、わざと疑わせて、僕の命を助けてくれたのかもしれないな」

「そんなに甘い男かしら」

萌黄は、冷ややかな目で紫風を見る。

「さあね。まだ『伝道者』とのつきあいは始まったばかりだから」

「あなたって人は、のんびりしてるんだか冷たいんだか分からないわね」

萌黄は溜息をついた。

紫風は首をかしげる。

「どうなるのかな、立会演説会。佐伯が候補者だったら、間違いなく当選してただろうなあ。もったいないな、あれだけ鮮烈なパフォーマンスをしたのに」

「ゴシック・ジャパン」

萌黄はぽつんと呟いた。

「何？」

「知らなかったわ。そんなふうに呼ばれてるなんて」

紫風はかすかに笑った。

「いいじゃないか。言わせておけ」

ふと、その声が低くなる。

「それが闇の中世なのかどうかは僕らが決めることだ。闇と光はコインの両面。全ての人が光を選ぶとは限らない」

紫風は、どこか愉快そうだった。

萌黄は不思議そうにその横顔を見上げる。

「それってどういう意味？」

「さあ」

「分からないわ、紫風って」

二人は、会場の中をきらきらと舞い続ける紙吹雪をじっと見上げていた。

第二話

水澄金魚地獄

湿った草の匂いが足元から這《は》い上がり、全身を濃く包む。

雨上がりの朝である。

土は水分を含んでふかふかしていた。その土の上で、チラチラと明るい光の輪が飛び回る。

巨大な竹林の中だ。

女が二人、距離を置いて進んでいくのが見える。その二人を、緑色の天井がすっぽりと覆っている。

遠い上空でトンビの鳴く声が響く。その朗らかな音色が静かな竹林の朝に爽《さわ》やかな彩りを添えていた。

が、春日蘇芳は肩で息をしていた。

彼女の前を行く、もんぺ姿に鋤《すき》を担いだ白髪交じりのソバージュ頭の女性の足取りが軽やかなのとは対照的に、汗だくで足もようよう上がらない。

「ねえ、まだ採るつもりなの、茜《あかね》ぇちゃん」

蘇芳は恨めしそうな声を出し、立ち止まって呼吸を整えた。

「当たり前じゃない。それっぽっちじゃ、筍《たけのこ》づくしに足りないでしょうが」

ソバージュ頭の女性は、ちらっと蘇芳を振り返り、丸い眼鏡の奥でにっこり笑った。

「それっぽっちって——あたし、もうそろそろ限界なんですけど。ちょっと休ませて」

蘇芳はのろのろと呟き、背負っていた籠《かご》をどすんと地面に下ろした。

彼女が息絶えだえになるのも無理はない。籠の中には朝掘りの重い筍がぎっしり詰まっているのである。土にまみれた筍は、どれもずんぐりとして新鮮だ。

彼女は、茜が掘り出した筍を運ぶ役目をおおせつかっているのだった。もちろん、食い意地の張った蘇芳が酒と料理につられて請け負ったのであるが、さすがにこれだけの量を背負って足元の悪い斜面を登るのはきつい。臙脂《えんじ》色のジャージの上下を着た蘇芳の顔は真っ赤に上気していた。

茜は振り向いて一喝した。

「働かざる者食うべからず！　これしきで音を上げてたら、御前試合なんかどうすんの！　今日は気温が上がってきた上に雨上がりだから、まさに雨後の筍シーズン！　いい筍はまだまだある！」

「そんなあ。こんなところで御前試合の名前出さないでほしいのよね」

蘇芳は不機嫌な顔になる。

このところ、「御前試合」は彼女の前では禁句だ。これまで何度も名刀残月を貰《もら》いそこねているだけに、今年は一段とナーバスになっている。紫風や萌黄はそんな蘇芳に気付いている癖にチクチクと嫌味を言うので、些《いささ》か彼らとは険悪になっているくらいなのだ。もっとも、今回は、蘇芳の内面のほうにも問題がある。実は、誰にも打ち明けていないが、これまでのようなストレートな闘志が湧いてこないのだ。なんだかもやもやして、御前試合に向け突進することを逡巡《しゅんじゅん》する自分がいるのである。

あたし、いったいどうしちゃったんだろう。戦意喪失しちゃったのかしら。もう焼きが回ったってこと？　しょせんその程度だったの？

箭を背負って歩きながらも、彼女はずっとそんな自問自答を繰り返していたのだ。

「おやおや、ご機嫌斜めだね」

茜は立ち止まり、煙管《きせる》を取り出して一服した。

「しゃあないなあ、あと五キロほど採ったら帰ってやるか」

「茜ぇちゃん、殺生な」

蘇芳は悲鳴を上げた。

茜は歳の離れた叔母《おば》であるが、蘇芳は子供の頃からこの叔母に懐いていて「茜」と「姉ちゃん」をくっつけて縮め、「茜ぇちゃん」と呼んでいるのである。

「家に戻ったら、まず庭で蒸し焼きにして一杯だな」

茜は蘇芳の悲鳴を無視して独り言を言うと、ぷかりと宙に向かって煙を吐いた。

太陽が高くなってきたのか、竹林に射し込む光が強くなった。それにつれ、二人の顔に降り注ぐ緑のシャワーも鮮やかになる。

突然、景色を眺めていた茜が大きく頷《うなず》いた。

「おお、この場面、よいね。使える。今度、格闘シーンは竹林にしよっと」

その目は心なしかギラギラしている。

「今度はアクションものなの？」

水筒の麦茶を飲みながら、蘇芳が尋ねる。

「まだ構想段階だけどね」

茜は人気のダイオード漫画家だ。硬軟幅広い作風、博学に裏打ちされた堂々たるストーリーテラーぶり、加えての絢爛《けんらん》たる映像構築力は業界でも群を抜いており、「ＡＫＡＮＥ」の名は海外でも広く知られて人気がある。完成度の高いソフトには定評があるが、時折ライブでもダイオード漫画を上映しており、その即興性も高く評価されている。

そんなわけで、彼女は春日一族の中ではやや異端児的存在であるが、一族きっての金持ちであることも確かで、この辺りの山は皆彼女の持ち物であり、こうして筍を掘っているのは彼女の自宅の裏庭なのである。裏庭といっても、その詳細は彼女も完全には把握しておらず、不用意に入ると神隠しに遭うと畏《おそ》れられている一帯なので、あまり深くは分け入らないという。その癖、彼女は蘇芳らに山で肝試しをさせたりするので、どこまで本当なのかはよく分からない。

「うー、早く終わんないかな、御前試合。みんなしてやたらとプレッシャー掛けるんだから」

蘇芳はがりがりと頭を掻《か》いた。

御前試合は一週間後に迫っている。

「よし、そうか、早く終わらせたいか。じゃあ、籠を背負ってしゅっぱーつ」

茜がにっこり笑って手を叩《たた》く。

「筍掘りじゃないってば」

そう蘇芳が抗議の声を上げた瞬間である。

緑色の空間に、かすかな電流のようなものが走った。

歳は離れていても、疲れていても、そこは春日一族。茜は、早々に漫画家の道を選んだものの、かなりの使い手だったと聞いている。

二人はほぼ同時に竹に身を寄せ、斜面に沿って伏せていた。

息を潜め、周囲を窺《うかが》う。

「何?」

「分からない」

ひそひそ声で囁《ささや》き合うが、二人の身体が同時に反応した理由はすぐには判明しなかった。

「なんだろ」

「熊とか猪とか」

「動物系じゃない感じだったんだけど」

二人はいっそう身体を低めた。何かは分からないけれど、異様なものがこの近くにいる。そんな感覚だけは強まってくるのだ。

おかしい。

蘇芳は神経を尖《とが》らせた。なんだろう、この奇妙な気配。動物でもなければ、人間の殺気でもない。こんなおかしな気配はこれまでに感じたことがない。

竹林は朝の静けさに包まれたままだ。遠くのほうで、さやさやという緑のトンネルを通り抜ける風の音が聞こえるのみ。

が、二人は同時に顔を上げた。

かすかな震動を感じたのだ。

最初はかろうじて感じ取れる程度の空気の振動だったのに、やがて少しずつ大きくなり、やがて規則的なずしん、ずしん、という響きになって近づいてくる。

「なに、これ」

蘇芳は蒼《あお》ざめた顔で呟いた。

「うっ」

茜が低く呻《うめ》き声を上げた。蘇芳は茜が見ているものに目をやる。

「えっ」

思わず声を出してしまった。

竹林の奥に、鈍く光りつつ浮かび上がる黒い影。

見渡す限りの、緑の檻《おり》のような縦線のあいだに現れたのは、まったくこの場に似つかわしくないものだった。

頭は見えない。しなる竹の葉の陰に隠れてしまっている。

つまり、そいつの身長は少なく見積もっても五メートル以上あるということになる。

蘇芳はぞおっとした。二人のいる場所からはかなり距離があるのに、あんな大きさに見えるということは、近くに来たら相当な、見上げるほどの大きさに違いない。

しかも、あれは人間でも獣でもなく——機械なのだ。

その影はゆっくりと竹林の中を進んでいた。こちらに向かっているわけではなく、一定のスピードで竹林を横切っていく。

遠目にも、鈍く光る真っ黒な金属の表面。それは、分類すれば二足歩行のロボットという範疇《はんちゆう》に入るだろうが、それにしても奇妙な姿をしていた。

西瓜《すいか》の種かミズスマシに長い手足を付けた感じ、とでも言おうか。胴体は卵に似た楕《だ》円《えん》形をしており、関節のある手足が二本ずつ飛び出していて、それがぎくしゃくと折れ曲がりながら歩いている。

暫《しばら》く眺めていると、頭が竹の葉に隠れているのではなく、頭に当たる部分がもともとないのだと気付く。

そいつは時折立ち止まってウィーンと奇妙な唸《うな》り声を上げた。自分の位置を確認しているようにも、周囲を警戒しているようにも見える。そして、再び、ずしんずしんと地響きを立てて竹林の中を進んでいく。

朝の爽やかな竹林にでかいミズスマシロボット。それは、滑稽《こっけい》なようでもあり、至極不気味な眺めでもあった。

「あれ、何？　山のヌシとか？」

「知らないわよ。あのデザイン、あたしの趣味じゃないわ。そういや、鉄腕アトムの還暦祝いっていうのをこないだどこかでやってたわねえ」

二人はぼそぼそと囁き合う。

突然、そいつの動きがピタリと止まった。

二人はぎょっとして口をつぐむ。まるで、二人の話を聞きつけたかのようにウィーン、と胴体がこちらを向いたことに気付いた。

かなりの距離があるのに、蘇芳はそいつがこちらを「見た」ように感じた。そいつの中の何かが、自分たちの存在を確かに捉《とら》えたような気がしたのだ。

と、そいつがぶるっと震えた。

まるでTVの映像が乱れたかのように、身体がぶれるように揺れたのだ。

二人はびくっとして身体を縮めた。こちらを攻撃してきた、と思ったのである。

しかし、次の瞬間、ふっと周囲の空気が軽くなった。

蘇芳は恐る恐る頭を上げてみる。

そいつは消えていた。

「まさか」

「ホログラフィ？」

二人は顔を見合わせる。

「慎重に」

飛び出そうとした蘇芳を茜が押しとどめ、二人は周囲に気を配りながらゆっくりとそいつがいたほうに進んでいった。しかし、やはりそいつはどこにもいない。地響きをさせて移動していた時のような気配は消え、朝の長閑《のどか》な竹林が続いているばかりである。

「映像だったのかしら」

「見て」

柔らかい土の上に、楕円形の足跡がくっきりと付いている。

それは、規則正しく竹の根っこを避けて続いていたが、さっき二人が消えたと思った場所でふっつりと途切れていた。その先には全く足跡は見当たらず、文字通りその場で掻き消えたとしか思えない状態である。

二人は気味悪そうに辺りを見回し、空を見上げた。

静かな朝。

どこまでも緑色の、竹の天蓋《てんがい》が宙を埋めているばかりである。


「ミズスマシロボット、ねえ。いきなりそんな話を信じろと言われても」

萌黄は冷ややかな目で蘇芳を一瞥《いちべつ》した。

「だって、ほんとなんだもん。茜ぇちゃんも一緒だったし」

「だからよ」

蘇芳がむきになりかかるのを、萌黄はあっさりと制した。

「茜さんは世界でもトップクラスのダイオードアーティストじゃないの。ダイオード鑑賞の方法は年々進歩してるし、一説には、茜さんはあの広大な敷地をアトリエ兼スタジオにして、新たな立体的鑑賞手段を研究していると言われているわ。あなた、どうせ重い筍背負ってぜえぜえ言ってたんでしょ。朦朧《もうろう》としているところを騙《だま》されて、茜さんの新作でも見せられてたんじゃないの」

「そりゃ、確かに筍背負ってぜえぜえ言ってたけどさ。何よ、萌黄だって分けた筍喜んでた癖に」

「そういう誰かさんは、自分では料理しないのよね。筍は下ごしらえが手間なんだから。匂いには真っ先につられて来るけど」

蘇芳は形勢不利と見るや話題を変えた。

「実際、足跡があったんだよ。かなりの重量の足跡。あそこをあいつが歩いてたのは確かなんだから」

「それにしても、ミズスマシロボットだなんて、茜さんにしてはあんまりな趣味だわね。あたし、『龍天宙絵巻《ドラゴンヘブン》』のファンなのに」

萌黄はあくまでも茜の見せた映像だと考えているらしい。まるで相手にされない蘇芳は不満である。

確かに、以前茜のライブに行ったことがあるけれど、その臨場感は凄《すご》かった。

ライブとは言っても、予《あらかじ》め世界設定や細部の背景はシアターのディスクに入っている。茜は当日その場で、その舞台の中で登場人物たちの動きを想像し、それをシアターに実現せしめるのである。シアターの内部は天空の城や古代都市となり、観客たちは茜の脳内で繰り広げられる世界を固唾《かたず》を呑《の》んで一緒に体験するのだ。すぐそばでお馴染みのキャラクターたちが叫び、走り、アクションを繰り広げるのを文字通り「目の当たり」にした。

そりゃあ、茜ぇちゃんは凄いけど、さっきのあれはやっぱり本物のロボットだったとしか思えない。あのシンプルな造りは、現物だからこそ。あの異様な気配、地面の震動。萌黄だってあの場所にいたら、絶対に信じたはずなのに。

「とりあえず筍の話はいいよ」

ふと、蘇芳の脳裏に不気味な場面が浮かんだ。

美しいミヤコを、あの巨大なミズスマシロボットが埋めている――ミズスマシロボットは五重塔によじのぼり、瓦《かわら》屋根を手で砕き、思い切り揺さぶっている――ミヤコのあちこちから黒い煙が立ちのぼっている――

まさか、そんな。

蘇芳は身震いし、慌ててその妄想を打ち消した。そんなことが起きるはずがない。

「二人とも、いい加減私語を慎むように」

突然、不機嫌な声が降ってきた。

「あら、ご免あそばせ」

萌黄が小さく肩をすくめる。

「今日は筍ごはんだよ」

蘇芳はニッコリと笑う。

が、声の主である紫風は珍しく腹を立てているらしく、竹刀を二人に向け、その見られただけで肌を切られそうな目で冷たく睨《にら》みつけていた。

ここは午後の道場。

周囲には、ぜいぜいと息を切らしている若者たちがずらりと並んでいる。

実は、ここまでの萌黄と蘇芳との会話は、すべて彼等と打ち合いつつ、あるいは技を決めつつ、あるいは一撃で倒しつつ、その合間に為されたものなのであった。

正面に立ち、皆の稽古を見守っていた紫風は、生徒会長にも再選され、一段と貫禄《かんろく》に凄味が加わった。

ただでさえ長身白皙《はくせき》の美男子なのに、竹刀を持って周囲を睥睨《へいげい》していると、冷たい光を放射しているような抑えた迫力が漂っている。

「君らが強いのはよーく分かっている。だが、慢心は転落の一歩だということもよーく知っているはずだがね」

紫風の声は低く冷たい。

しーんと道場が無人のごとく静まり返った。

彼はきっと蘇芳を睨んだ。

「せっかく御前試合に向けて稽古をつけてもらっている立場なのに、その態度はいかがなものか。蘇芳、おまえ、今度残月を貰えなかったら、春日流を破門にするぞ」

「そっ、そんな」

蘇芳は泣き声を出した。

紫風はその鋭い視線を萌黄に向ける。

「萌黄、おまえも蘇芳の与太話につきあうんじゃない。おまえ、対戦相手の予想はしているのか」

矛先を自分に向けられ、萌黄はちらっと無表情に紫風を見ただけだった。彼をこんな目で見返せるのは、ミヤコ広しといえども数えるほどしかいないだろう。

文武両道を国是とするミヤコの中で、春の御前試合は神聖なイベントである。

さまざまな試合が行われるが、春日流の占める地位は高く、蘇芳は百人を相手にしての立ち切り試合、萌黄はよそから凄腕の剣客を招いての奉納試合が予定されている。奉納試合は当日まで相手が発表されず、しかも一種の神事を兼ねる重要なイベントだけあって、出場者にはかなりの緊張が強いられるが、今年選ばれた萌黄はいつも通りの平常心。優雅な笑みを崩すことはない。

もっとも、剣士は各地にあまたいるけれど、奉納試合を務められる者はそう多くない。各地の剣士のデータはだいたい頭に入っているから、萌黄の頭の中ではとっくに候補となる対戦相手は分析済みなのだろう。

紫風の眼が再び蘇芳に向けられた。

射貫《いぬ》かれたようで、蘇芳は思わずびくっとする。

「蘇芳、俺と対戦しろ」

紫風が一歩前に進み出ると、他の者がざざざと波のように引いた。

「御前試合に出るまでもない。もし今俺と打ち合ってみっともないようだったら、俺からおじいさまに頼んで、もっとみっともないことにならないよう、おまえの出場取り消しを申請してやる。その時点で、もう残月はあきらめろ。そのほうがおまえの名誉のため、春日の名誉のためだ」

紫風は蘇芳の喉元《のどもと》に向けて、まっすぐ竹刀を突きつけた。

蘇芳は蒼ざめた。

萌黄はその様子を無表情に見ていたが、さっさと道場の隅に下がった。

道場はしんと静まり返り、中央の二人を注視している。

紫風と対戦するなんて、いったいいつ以来だろう。

真正面から紫風の眼を見つつ、蘇芳は頭の片隅で考えた。

あれはずっと昔。まだ紫風が弧峰を受ける前のことだった——ふわりと、頬を風が撫《な》でるような感触。ふと、幼い日の少年のまなざしが目の前に蘇《よみがえ》った。

しかし、今目の前にいるのは、神々しいばかりの青年である。

大きい。紫風はなんと大きく見えることだろう。まるで巨樹を前にしているようだ。ゆるぎない強い光が、彼の内側から凄《すさ》まじい強さで放射されてくる。もっとも、これだって彼にしてみればまだまだ力を加減しているはずだ。普段の彼よりは本気だが（いや、彼はいつだって本気なのだ）、彼が本気で何かを成し遂げようと思ったら、誰にも止められないだろう。

最初はためらったものの、蘇芳は冷静だった。

失うものはない。紫風が対戦してくれることなどめったにない。実際、自分の力が本当はどの程度なのか知りたい。

蘇芳は竹刀を構えた。

道場は、ますます静まり返った。痛いほどの沈黙で、呼吸すら憚《はばか》られるほどだ。

二人とも、向き合ったまま全く微動だにしない。二人のあいだだけに濃密な空気が漂い、何も起きていないようでいて、凄まじいやりとりが行われていることが感じられるだけである。

紫風の眼がかすかに見開かれた。

まるで、仏像が目を見開いたかのような恐ろしさがあった。彼の全身から、冷たい光のような殺気が噴き出して、取り囲んでいた若者たちはたじたじになる。

しかし、蘇芳は平静だった。一歩も引かず、静かな目で紫風の眼を見据えている。

萌黄は、そんな二人を面白そうな顔で眺めていた。

いったいどれくらいの睨みあいが続いたことだろう。

不意に、紫風が竹刀を下げた。

ふっと空気が軽くなり、一呼吸置いて周囲からさざなみのような溜息《ためいき》が漏れる。

「ふうん」

紫風は、興味深げに蘇芳を見る。

「おまえ、いったい、何を迷ってるんだ？」

「え？」

自分も竹刀を下げ、蘇芳はきょとんとした表情になった。

「もうじゅうぶんなのに、何を迷ってる？」

紫風は、床に突いた竹刀の上に手を重ね、じっと蘇芳の顔を見つめた。

「迷ってはいないけど」

蘇芳は口ごもった。

「ただ、最近、ちっとも強い気がしない。昔はもっと自信があったのに」

「へえ」

紫風は反射的に萌黄を見た。萌黄も同意したように紫風を見る。

「そいつは大きな進歩だ」


「蘇芳ちゃーん、お疲れさまー」

その能天気な大声は、竹刀を背負って帰る蘇芳の疲労を倍増させた。

ずいぶん日が伸びた。明るい夕暮れ。

紫風は進歩だと言ったけれど、この不安、このよるべなさのどこが進歩なのか。

その言葉の意味を考えながら、とぼとぼと歩いていた蘇芳の後ろに誰かがやってきた。

もっとも、その声が誰かはすぐに知れたのだが。

「ハーイ、蘇芳ちゃん、御前試合大変だねー」

蘇芳が無視するのにも構わず、及川道博の甲高い声がしつこくつきまとう。

「あんたもお疲れ様ね。亀はどうしたの」

「んー、電波法に引っかかるから今日はやめといたー」

今日の道博は自転車である。相変わらず背中に花を背負っているが、今日は黄色い薔《ば》薇《ら》だった。毎回生花を背負ってくるのは難儀だと思うが、彼にとっては譲れぬ美意識らしい。

夕暮れの風に、甘い薔薇の香りがふわりと漂う。道博は器用に自転車の速度を蘇芳の歩く速度に合わせている。

「当日は、応援団連れていくね。新しい振り付け考えたんだー」

「頼むからそれだけはやめてくれる？」

思わず振り向いてしまった蘇芳は、道博の金色のブラウスを目の当たりにして目をぱちくりさせた。

うう、目が潰《つぶ》れそうだ。

が、道博は蘇芳が目に留めたのが嬉《うれ》しいらしく、ポーズをとりつつブラウスのひらひらを見せびらかす。

「見て見て、ナゴヤ万博行ってきたんだー。蘇芳にお土産買ってきたよ」

「相変わらず、帝国主義者に毒されてるのね」

「金のシャチホコ饅頭《まんじゅう》、おいしいよ。金箔《きんぱく》は美容と健康にいいらしいし」

帝国主義者が帝国主義エリアで万博なるものを開催しているという噂は聞いている。なんでも、テーマは頽廃《たいはい》と再生だとか。

「ほら、これ、お土産。向こうじゃ、もう一人が一つずつ持ってるよ」

足元に何かがかしゃんと音を立てて落ちたので、蘇芳は何気なく眼をやった。が、次の瞬間、反射的に飛びのいていた。

「道博、これ、何？」

蘇芳が鋭く叫んだので、道博のほうがびっくりしたようだった。

「えっ？ペットロボットだよ。名前忘れたけど」

蘇芳は凍りついたまま、それから目が離せない。


ミズスマシロボット。


今朝、竹林で見たものが足元にいる。

確かに、大きさは子犬くらいで今朝見たものとはくらべものにならないくらい小さい。しかし、鈍く光る卵形の胴体に、関節のある手足が付いているところは、今朝のロボットの完全な縮小版に見える。

「これがリモコン。でも、初期設定で飼い主の音声を覚えたらあとはあんまりいらない。かなりの会話もできるし、スケジュール管理や防犯ロボットとして使うこともできる優れものなんだぜ。しかも、ダンスが上手なんだ。僕の振り付けも完璧《かんぺき》に覚えたよ」

道博は自転車を降り、得意そうにリモコンのスイッチを押した。

おもむろにロボットが立ち上がり、両手をひらひら振りながらどこかで見たことのある踊りを始める。

「ミッチー、ミッチー、ラブ、ラブ、ラブ」

道博の声に合わせて左右に胴体を振り、万歳をした。

「──あほくさ」

蘇芳は絶句する。

しかし、ロボットから目が離せず、目にした瞬間の恐怖はなかなか肌を去らなかった。なぜあれとまったく同じデザインなんだろう。ここまで同じ形だと、関係ないと考えるほうが不自然だ。

蘇芳はそっと探るように道博を見る。

楽しそうにロボットと一緒に踊っている様子はあれと関係していると思えないけど、こいつは見た目では判断できない。

「これって万博で売ってたの？」

「うん、ミヤコに持ち込むのに高い関税払ったけどね」

「向こうではメジャーなの？」

「もちろん、大流行さ。ミヤコで持ってる人はまだそんなにいないと思うけど」

蘇芳は考え込む。

けなげに道博のダンスを踊り続ける小さなロボットを、しばしゃがみこんで見つめる二人。

「ねえねえ、蘇芳、気に入った？　一緒に振り付け、覚えてね」

ミッチー、ミッチー、ラブ、ラブ、ラブ。

きんぎょーえ、きんぎょーっ。

道博の掛け声にかぶさるように、遠くから売り声が聞こえてきた。

「あれえ、もう金魚屋さんが出てるんだねえ。早いなあ」

道博は、石畳の向こうにゆっくりと進む屋台に目をやった。

「道博、金魚買って──」

蘇芳は膝《ひざ》の上で頬杖《ほおづえ》を突いたまま呟いた。

「えっ？　金魚？」

道博は目をぱちくりさせている。

「このロボットはいいわ。高い関税払った貴重なものなんでしょう。せっかくの万博土産なんだから、あんたの取り巻きにあげなさいよ」

「えー」

屋台に向かってスタスタと歩いていく蘇芳を道博が自転車を引きながら追いかけ、その後ろをロボットがかしゃんかしゃんと踊りながらついてくる。

この世界はシュールだ。

蘇芳はその足音を聞きながらぼんやりそんなことを考えた。

ゴシック・ジャパン。

どこかで聞いた言葉が頭をかすめる。

金魚売りの周りには子供たちがまとわりついていた。

屋台に吊《つ》るした袋の中で、赤や黒の金魚がきらきら揺れている。

「んー、確かに金魚もラブリーだけどさぁ」

「あたし、これがいいな」

蘇芳はシンプルな赤い金魚を指さした。

小指ほどもない、小さな金魚。

道博は不満そうだ。

「このファッションセンスは今いち地味だなー。僕はもうちょっとひらひらしてる金魚のほうがいいんだけど。ほら、こっちの琉金《りゅうきん》なんかお洒落《しゃれ》じゃない？」

蘇芳は譲らない。

「これがいいの」

しぶしぶその金魚をおじさんに指さしてみせる道博を横目に、蘇芳は金魚の入った袋の表面に映る、足元の黒い物体をじっと見つめていた。

小さな赤い金魚が七匹、大きな硝子《ガラス》のボウルの中で泳ぎ回っている。

食卓には、蘇芳が身を挺《てい》して入手した筍づくしの料理が華やかに並んでいた。若竹煮に天ぷら、酢の物に炊き込みご飯。その中央に、あの青い切子のボウルがでんと置かれているのである。

「金魚って食えるのかなあ」

「猫は食べるわよね」

「あれって、うまいと思って食べてるのかな。単なる狩猟本能じゃないのかね」

筍ごはんを楽しみつつ、みんなの目が金魚に惹《ひ》きつけられていた。つい、硝子をつついて金魚の反応を見てしまう。

春日一族の子供たちは寮生活を送っているが、飛び切り多忙な紫風が夕飯で一緒なのは珍しい。

蘇芳は黙々とごはんを食べている。

「花より団子の蘇芳が金魚買ってくるなんて」

萌黄がちらっと蘇芳を見た。

「進歩だ」

紫風は一言、ぼそりと呟く。

「――佐伯さんて、今どうしてるのかな」

蘇芳が唐突に呟いたので、みんなが怪訝《けげん》そうに彼女を見る。

佐伯。

それは、しばらくのあいだ彼等のあいだで語られることのない名前だった。

食卓の上に、一瞬緊張が漲《みなぎ》る。

武道館で投げキッスをして去っていった男のことを、誰もが脳裏に思い浮かべているに違いない。

かつて生徒会で紫風の片腕だった男。誠実で純真な側近を演じていた男。しかし、実は「伝道者」を名乗る謎の団体のメンバーであることを明かし、萌黄に匹敵する剣豪であることを見せつけて消えた男。

――いつかまたお目に掛かる。

「伝道者」は、事実上鎖国状態にある「ミヤコ」派の日本と、かつての経済大国の残滓《ざんし》を引きずる「帝国主義」を貫くエリアとのモザイク状態にある日本を、統べてみせると豪語したのである。

「伝道者」の噂は、いっときミヤコを席巻《せっけん》した。

なにしろ、佐伯はミヤコ最大級のイベントである生徒会長選挙立候補者立会演説会での派手なパフォーマンスを置き土産に、その名を人々の記憶に焼き付けたのだから。

しかし、いったいどのくらいの規模の団体なのか、具体的に何をどう目指すのか、どのようなメンバーが所属しているのかは誰も知らなかった。「帝国主義者」たちのあいだでも彼等の存在は謎らしく、「帝国主義」公安警察のあいだでも永らくその存在を確認できなかったと言われている。

「まあ、奴のことだから元気にやってるだろう。で、いきなりなんでその名前を？」

紫風が淡々と答える。

「『伝道者』って、帝国主義者のあいだにもいるってことよね？」

蘇芳は独り言のように呟いた。

「それはそうでしょう。第三の勢力なんですから。今、日本には『ミヤコ派』でも『帝国主義者』でもない空白域も複数存在していますから、そこに潜んでいるということも考えられます」

佐伯の後任に書記となった浜田《はまだ》が口を挟んだ。

凜々《りり》しい日本男児で、濃い眉《まゆ》とどんぐりまなこが印象的だ。かつての書記が紫風の命を狙ったことから、今回は徹底的に身辺調査が行われたらしいが、彼はそれを承知で紫風に仕えることを強く希望したのである。

「別に、彼等は科学技術の進歩を否定してるわけじゃないのよね？」

蘇芳は浜田に尋ねた。

「そのようです。詳しい方針は明らかにされていませんが。噂によると、『伝道者』は『伝道者』であることを他人に明かしてはならず、互いに分かる符丁だけで活動しているようです」

「じゃあ、佐伯は例外だったわけだな」

「佐伯さんは『伝道者』の中でも、かなりのポジションにいるんじゃないでしょうか」

「だろうな。あれだけの腕と演技力だ。でないと困る。あんなのが下っぱだったら、とうていかなわないよ」

紫風はあっさりと認めた。が、蘇芳の顔を見る。

「どうして蘇芳はそんなことを？」

「ええと、ミズスマシロボットが――」

そうもごもご呟くと、萌黄があきれ顔になった。

「あなた、まだそんなこと言ってるの？」

「なんだい、ミズスマシロボットって」

「蘇芳が今朝、茜さんの庭に筍掘りに行って目撃したっていうロボットよ」

紫風と浜田は顔を見合わせる。

「よく分からない。さっきも道場でそんなことを言っていたけど、ちゃんと聞かせてくれないか」

蘇芳は口ごもりつつ、今朝見たものを説明した。

紫風は馬鹿にせず黙って聞いている。

「ふうん。二足歩行。いきなり消えた、と」

彼は暫く考え込んでいたが、顔を上げて萌黄を見た。

「で、萌黄は茜さんのダイオード技術の一つだと思ってるわけだね」

「ええ、そう考えるほうが自然だと思うわ。第一、そんなロボットが実在して勝手にミヤコをうろついてたら、とっくに話題になっているんじゃなくて？」

「確かに」

蘇芳は、さっき道博が持っていたロボットのことはなんとなく口にできなかった。その話をすれば、彼に金魚を買ってもらったことを話さなければならないからだ。

ナゴヤ万博。大小のロボット。伝道者。

彼女の頭の中ではそんな言葉がぐるぐるとまわっていたが、そのことを紫風に言わなければならないと思いつつも、とうとう夕飯のあいだは口にできなかった。


ミヤコの夜は暗く、濃い。

遠くで犬が吠《ほ》える。

月の光が、ひっそりと瓦屋根の海を照らし出す。

見回りの当番の声が響く。

碁盤の目のように延びている石畳も、鈍い月の光に照らされている。

そのミヤコの路地を、かしゃん、かしゃん、という規則正しい音が移動していく。

闇の中でチラッと金色の目が光った。

猫が路地を横切る。

が、何かに気付いたようにびくっとして動きを止めた。

にゃーお、と闇の中にいる何かを威嚇する。

土塀の陰の暗がりに、何か黒っぽい塊が潜んでいた。ウイーン、という鈍いモーター音のようなものが響く。

猫は首を突き出し、それに近づこうとしたが、小さな火花のようなものが光り、悲鳴を上げて飛び上がった。よほど痛みを感じたらしく、石畳の上にもんどりうって転がり、慌てて立ち上がると、一目散に路地の奥に逃げていく。

ウイーン、という音がもう一度響き、そいつはゆっくりと動き出した。

土塀の陰から出てきて、その鈍く黒光りする胴体を月夜にさらけ出す。

かしゃん、かしゃん、と音を立ててそいつは動き出した。

さっきよりも速度は上がっている。目的地に向かっていっしんに道を急いでいる様子である。

この暗がりでは、道の隅を進んでいくそれは、それこそ猫か何かに見えただろう。

通りすがりの酔っ払いが「うん?」と呟いたが、あっというまにそれは足元から消えてしまった。

暗い空をゆっくりと雲が動いている。

明るい月に雲が掛かってゆき、ミヤコの街は黒い幕に覆われたようだった。

かしゃん、かしゃん、かしゃん、かしゃん。

規則正しい音が夜のミヤコの底を移動していく。

迷いのない動き。やがて、目指す地点に着いたらしい。ウィーンというモーター音が響く。

そこは、長い塀の続く、鬱蒼《うっそう》とした木々に囲まれた堂々たるお屋敷である。

立派な門構えの表札には「春日」とある。

しかし、門はしっかりと閉ざされており、塀も高い。

そいつは、門から離れ、塀に沿って道を進んだ。まるで侵入経路を探しているみたいに。

じりじりと塀に沿って進んでいたそいつは、突然立ち止まり、跳んだ。

文字通り、蛙が柳の枝に飛びつくように、宙に飛び上がったのである。

見ようによっては空を飛ぶ蛙に見えないこともないそいつは、軽々と塀を飛び越え、屋敷の中の苔《こけ》の上をバウンドして着地した。

がしゃん、という無粋な音が響いたが、苔と周囲の木々が防音の役割を果たしてくれ、屋敷の中の人間には聞こえなかったようである。

そいつはしばらく様子を窺ってから、ゆっくりと動き出した。

外を歩いていた時よりも歩くテンポを遅くし、庭をのろのろと移動していく。

屋敷からは灯《あか》りが漏れていた。灯りの中から、笑いさざめく若者たちの声が聞こえてくる。

そいつは、その声にじっと耳を澄ませつつ、じりじりと屋敷に近付き、縁の下に潜り込んだ。

夜はゆっくりと更けていく。

そいつは闇の底で、静かに時が来るのを待ち続けた。みんなが寝静まり、食堂から人がいなくなる時を。


どこかでポン、ポン、と軽やかな音の花火が上がっている。

しかし、蘇芳は夢の中で脂汗をかいていた。

今日は御前試合の日だ。急いで会場に行かなければ。そう思って歩調を速めようとするのだが、足が地面に粘つくように重くて、どうしても前に進めない。

どうして。困るわ。なんでこんなに身体が重いの？

蘇芳は夢の中で苛立《いらだ》ち、必死に足を持ち上げようとするが、いっこうに動けない。

ふと足元を見ると、そこはずぶずぶと足が沈みこむ沼地である。微妙な深さで、彼女が歩くのを妨げているのだ。

いやだ、ひどいぬかるみ。最近、こんな雨降ったかしら。

蘇芳はソックスに泥がはねるのに舌打ちしながら歩き続けた。

いつのまにか、あたりは鬱蒼とした竹林になっている。そこここに生えている、雨上がりの筍。

筍だ。ヤバイ、十キロ掘らなきゃ、茜ぇちゃんに叱られる。

蘇芳は約束を思い出し、慌てて鋤を探した。確かどこかに置いておいたはず。

きょろきょろ鋤を探していると、突然地面が揺れ始めた。

うわ、地震？　でも、ここは竹林だから、大丈夫。蘇芳は近くの竹につかまった。

が、揺れているのは地面から生えている筍だと気付く。

いつのまにか、筍は、黒光りするミズスマシロボットに変わっていた。地面のそこここから、楕円形の頭を覗《のぞ》かせ、ぶるぶると震えながら鈍く光を放っている。

うわっ。気持ちわるっ。

蘇芳は悲鳴を上げて逃げ出そうとするが、ミズスマシロボットは、土を掻き分け、地面の上に次々と出てきて蘇芳を追ってくる。

蘇芳は逃げる。竹林の中を、右往左往して駆け回る。

しかし、彼らの数はどんどん背後で増えていく。

かしゃん、かしゃん、かしゃん、かしゃん。

彼らの歩く音が重なりあい、じわじわと背中に迫ってくる。

「やだっ」

そう叫んで飛び起きた蘇芳は、今のが夢だったことに気付き、次に今日が御前試合当日だったことに気付いた。

なんて素敵な夢。しかも、御前試合の朝に。

蘇芳はげっそりした顔で首すじの汗を拭《ぬぐ》った。

遠くで花火が鳴っている。今日の一日を祝福する花火だ。

そっと障子を開けると、爽やかとは言いがたい、どんよりとした天気である。

曇り空を鳥が低く飛んでいく。低気圧が近づいているのだろうか。

ガタガタと障子を揺らす隙間風は、湿気を帯びて生暖かかった。

なんだか嫌な感じ。身体が重くなりそうだ。湿度が高いと集中力が途切れるし、疲労が倍増する。

そんなことを考えたものの、いったん目が覚めたからには、さっさと気持ちを切り替えるのが蘇芳。手早く着替えて髪をとかした。

が、何かが気になって動きを止める。

朝の静まり返った和室だ。陽射しがないので部屋は薄暗く、今が朝なのか夕暮れなのか分からない。

なんだろう、この感じ。

蘇芳は眉をひそめ、ゆっくりと部屋の中を見回した。

何もない殺風景な部屋。集団生活なので私物が制限されていることもあるが、蘇芳は全くといっていいほど物欲がなかった。

怪しいものはないし、誰かが隠れているはずもないのだが、ここのところ彼女は肌にまとわりつく嫌な空気にしばしば注意を促されていた。うまく言えないが、誰かに見られている気がする。まるで、すぐそばに、悪意を持った透明人間がいるような。この部屋に、彼女以外の誰かがいるような。そんな感じがするのである。

よほどあのミズスマシロボットが生理的に合わないのか、あのロボットが歩くかしゃんかしゃんという音が耳について離れない。

家の中でもあの音を聞いたように思うことがあって、振り向いたり、びくっとしたりするので、他の者が気味悪がっていた。どうやら蘇芳の空耳らしく、誰もそんな音など聞こえないというのだ。

あーあ。今日で春日流も破門かも。

蘇芳は憂鬱な気分で洗面所に向かった。

萌黄は既に起きて着替えていた。

いつも通り道場で身体を温め精神統一をして、食堂に向かう。

御前試合だろうが何だろうが、彼女は相変わらずの平常心である。

が、萌黄は食堂に入った時に違和感を覚えた。

思わずぐるりと中を見回す。

何が違うんだろう。

暫く考えた末、硝子のボウルから金魚が消えていることに気付いた。

ゆうべまではいたのに。

萌黄はボウルを覗き込む。水もない。空っぽだ。

ふと、彼女は庭に目をやった。

猫でも入り込んだのだろうか。

苔の上に、赤いものがあることに気付き、彼女は縁側に出た。

金魚が皆、苔の上で絶命していた。誰かがボウルの中身を庭に金魚ごとぶちまけたらしい。

どういうことだろう。なんのため？

萌黄は空っぽのボウルを見ながら考え込む。


目に痛いような白砂が広がっている。

整然と掃き清められたそれは、剣士たちが腕を競うコロシアムだった。

「無心館」は春日流の道場でもあり、武道家の聖地でもある。

白砂を囲むように、橘《たちばな》の紋の入った白の垂れ幕が続いている。

「無心館」の巨大な庭を見下ろせる長い座敷には、来賓たちが笑いさざめきながら並んで座っている。お弁当を食べながら、今は御前試合を祝う舞を見ているところだ。

試合場を囲む仮設の客席は、一般客のものだ。こちらも、大賑《おおにぎ》わい。若者や年寄りなど、鍛え抜かれた精鋭たちを一目見ようと集まってきた観客である。

華やかに着飾った来賓の中で、異様なオーラを放っている老人は、春日流のトップであり、紫風たちの祖父でもある春日流斎《りゅうさい》である。物静かで瘠《や》せた風貌《ふうぼう》は穏やかだが、その肩までの白髪や静かな目は、ただものではない凄味を感じさせる。

ミヤコの大臣たちも揃って来賓席を埋め、抑えた興奮がそこかしこに漂っている。

飲み物を運ぶ女性たちの間を縫って、紫風が現れた。目敏《めざと》く見つけた観客から歓声が上がり、彼はさりげなく手を振って応《こた》える。

紫風は流斎の隣に茜が座っているのを見つけ、二人に挨拶《あいさつ》して間に座った。

「おじいさま、ご機嫌よろしゅう」

「おまえも忙しいようだな」

流斎は容貌通り、淡々とした声で孫に声を掛けた。

「雑事に追われております。皆よくやっています」

「今年はどうかしらね、蘇芳」

茜が煙管に火を点《つ》けながら紫風に尋ねる。

「大丈夫でしょう」

「まあ」

紫風があっさりと答えたので、茜は驚いたように彼を見た。

「あんたが保証するなんて、よほど腕を上げたんだわね」

「ええ。随分精神的に成長しました」

「よかったよかった。残月は？」

「あそこに」

紫風がちらりと視線を投げると、床の間の前に、見事な鞘《さや》に包まれた刀が並んでいる。他にも免許皆伝を目指す者たちがいるのである。

「喜ぶわねえ、蘇芳」

一番奥にある残月を見ながら、茜は顔をほころばせた。なんのかんの言っても、彼女は蘇芳を可愛がっているのだ。

「茜さん、ちょっとお聞きしたいことがあるのですが」

「何よ、真面目腐って」

紫風が声を潜めて顔を近づけたので、茜は怪訝な顔になる。

「蘇芳と筍掘りに行って、おかしなものに遭遇したとか」

「ああ、あれね」

茜は渋い顔になり、頭を掻いた。

「実は、あれ、開発中のダイオード投影機なのよ」

「やっぱりそうですか。萌黄はそう予想してましたが」

紫風は納得したように頷いた。

「企業秘密だから、蘇芳には黙ってたんだけどねえ」

茜はポンと煙管の灰を落とした。

「まだ完全な実用段階じゃないんだけど、自走式なのよ。コンピューター制御で、それ一台で完結しているわ。ダイオードの投影は固定が普通だけど、固定されていなければ、更にダイオードの使用範囲が広がるでしょう」

「なるほど、自走式ね」

紫風は何度も頷く。それなら、蘇芳が見たものの説明がつく。

「だけど、変なのよ」

今度は茜が声を潜めた。

「あの時、あの投影機はメーカーに戻してたところだったの。月に一度か二度、あたしのところに持ってきてあたしが使って試し、まだフィードバックを繰り返している段階だからね。なのに、なぜあの日あの場所に現れたのか分からないわ。しかも、消えたしね」

「本当に消えたんですか」

「恐らく、垂直に飛ぶ機能を持っているんだと思う。だから、空に消えたのよ。だけど、そんな高度な機能が付いているなんて話聞いていないし、その後開発チームから何も言ってこないし、不思議に思ってたところ」

「ふうん。そのメーカーは」

「もちろん、弁天堂《べんてんどう》よ」

茜は古参の大手メーカーの名を挙げた。

「帝国主義者ともつきあいがありますね」

「まあ、一大産業だからね。あそこは輸出もしてるし」

「弁天堂、ね」

紫風は探るような目つきで考え込む。

舞が終わり、周囲の客が歓声を上げ、拍手を贈っても、紫風は思索に没頭したままだった。


空気は相変わらず湿っており、どこか雨の予感を含んでいる。

どおん、と腹に響く太鼓の音が「無心館」に響き渡った。

誰もが姿勢を正し、表情を改める。

垂れ幕の前に、剣士たちが整然と並んで入場してきた。中には、萌黄と蘇芳の姿もある。

いよいよ御前試合の始まりである。

第一部は、腕に自信があり、剣士として名を上げることを目指している若者たちの勝ち抜き戦である。今年も四十八名が参加し、頂点を目指す。ここに来るためには、予選を勝ち上がってこなければならないので、残っている者はかなりの腕と考えていい。優勝者は、会場の誰かを指名して戦うことができる。名うての名剣士が揃うこの御前試合は、新人にとって名を売るチャンスなのだ。

襷掛《たすきが》けに鉢巻姿の凛々しい剣士が次々と現れ、四つに分けられたエリアで激しい戦いを繰り広げ始めた。

息もつかせぬ熱戦に、あちこちから歓声が上がる。

「やけに強いのがいるわね」

茜が呟いた。

「どれですか」

暫く席を外していた紫風が尋ねると、茜が、試合を終え挨拶を済ませて立ち去ろうとする青年を示した。

長い黒髪で、顔が半ば隠れており、表情がよく見えない。

すらりとした色白の青年。試合を終えたばかりだというのに、息も切らさず顔もしらっとしたままだ。その涼しげな風情は、若さに似合わずただものではないオーラを滲《にじ》ませている。

「確かに。不思議だな。あれだけの使い手なのに、見たことがないとは」

日頃の訓練から、強い者がいるとなんとなく噂が伝わってくるものなのだ。

「いいルックスね。漫画に使えそう」

茜はそちらに関心があるらしい。

試合が進み、剣士が勝ち残っていくにつれ、その青年の強さはいよいよ際立っていった。他の者もかなりの手練れのはずなのに、格の違いを感じさせる強さである。しかも、涼しい顔で全く表情を変えない。

観客も次第にその青年に注目するようになり、だんだん歓声が高くなっていく。

「凄いな」

「初出場じゃない？　そんなこと有り得るかしら、初出場でここまで勝ち上がってくるなんて」

「ノーマークだったたな。名前は？」

「ええと、秋野《あきの》草雨《そうう》って書いてあるけど」

茜は剣士たちの対戦表を見る。

「秋野草雨、ね。おじいさま、ご存じでしたか」

「聞かんな。よそから来たかな。ふうん、面白い――春日流も入っているが、それだけではない。昔、どこかであみいう型を見たことがある」

流斎も、興味深げに青年の対戦を見守っている。

青年は、ついに決勝戦まで勝ち上がってきた。

今や、白砂は大歓声に包まれている。青年の涼しげな容姿は、女性ファンを一気に獲得したようだ。その中には少なからぬ嬌声《きょうせい》が含まれていた。

「決勝戦の相手は？」

流斎が尋ねる。紫風は対戦表を見た。

「懐柳《かいりゅう》です」

「全くタイプが違う。楽しみだな」

春日流の高弟の名を上げると、流斎はニタリと笑った。

どおん、とひときわ大きく太鼓が響き渡った。

静まり返る「無心館」。

広い白砂の真ん中に対峙《たいじ》する二人。

相変わらず涼しげな長髪の青年と、短く髪を刈り上げた偉丈夫との対戦は、確かに対照的だった。

ここまで来ると、もはや技量の勝負ではない。精神的な駆け引きが、一瞬の勝負を決めるのである。

静まり返った人々の視線の中心で、二人は全く動かなかった。

もう対戦は始まっているのだが、凄まじい心理戦が繰り広げられているのだ。

双方の隙のなさは互角だった。互いにつけこむ瞬間を探しているのだが、どちらもそんなものを与える気はさらさらない。

見ている者の呼吸すら憚られるような緊迫した時間が続く。

延長戦に入った。勝負はサドン・デス。決着がつくまで終わらない。

あまりの緊張に、息苦しさすら覚えた刹那、ほんの一瞬で勝負はついた。

電光石火。

長髪の青年が、自分よりも大柄な青年の鼻先に木刀を突きつけている。

「参りました」

大柄な青年は、崩れるように手をつく。

おおっ、というどよめきが漏れ、大歓声が「無心館」を揺らす。

「凄い。あの懐柳を」

さすがの紫風も感嘆の声を漏らした。

春日流斎がすっと立ち上がり、拍手をする。

「お見事であった。見かけぬ顔だが、どちらで修行を？」

流斎に向かって頭を下げる青年に、よく通る声で尋ねる。

「暫くミヤコを離れていたもので、こちらに来るのは久方ぶりでございます。父について修行をいたしました」

低く答えるその声は、これまでに長時間戦ってきたとは思えぬほど落ち着いている。

「昔見たことがあるな、その型は」

流斎が低く呟くと、青年はぴくりとした。

「我流でございます。お恥ずかしい」

「たいしたものだ。では、対戦したい剣士を指名なさるがよい」

流斎がぐるりと周囲を見回すと、再び辺りはシーンとし、かすかな緊張が走った。

腕に覚えのある者ならば、誰でも指名される可能性がある。今年の覇者は、並の使い手ではない。果たして彼と戦って勝てるのかどうか、という不安がその中に含まれている。

「それでは」

青年はゆっくりと口を開いた。

「春日萌黄どのに」

ワッとどよめきが起きた。驚きと興奮。萌黄がミヤコきっての使い手であることを知らぬ者はない。その萌黄に真っ向から挑もうというのだ。そんな申し出をした者はこれまでいなかった。

「よかろう」

「おじいさま、よいのですか。萌黄はこのあと奉納試合が」

紫風がそっと口添えするが、祖父は横顔でかすかに笑った。

「いい奉納試合になるぞ。それでは、第二部の最後で対戦するがよろしい」

「ありがとうございます」

青年は静かに頭を下げ、下がった。

垂れ幕の前では、萌黄もまた涼しい顔で、剣士の控える列に戻ってきた青年を見つめている。

どおんと太鼓が打ち鳴らされ、第二部が始まった。

いよいよ、蘇芳の百人立ち切りが始まる。

白い鉢巻を締めた蘇芳が、かすかに蒼ざめた顔で中央に現れた。

彼女に打ち込む、二十人の剣士もぞろぞろと周りに集まってくる。彼らは入れ替わり立ち替わり、彼女に打ち込んで延べ百人に達するまで相手を務めるのである。中には、あのフランソワ・フグもいた。身体が大きく、縦ロールの髪型は目立つ。

「蘇芳ちゃーん！！！」

突如、客席から黄色い声が上がった。

言わずと知れた及川道博で、今日も金色のブラウスを着て、親衛隊を引き連れている。

「頑張って、蘇芳ちゃん！」

道博は大きく手を振るが、蘇芳はすっかり集中していて、その声すら耳に入らないようだ。

「なんだ、あの男は」

流斎が紫風に尋ねた。

「及川道博ですよ。一応、蘇芳の婚約者だと聞いていますが」

「あいつの息子か。見る度に面妖《めんよう》になっていくのう」

流斎はあきれた声を出した。

太鼓が打ち鳴らされ、百人立ち切りが始まる。

小柄な蘇芳に、身体の大きな男たちが次々と打ち込んでいくが、蘇芳の動きは超人的である。目にも留まらぬ、という言葉がそのまま当てはまり、あっというまに打ち返し、勝負を決めていく。たちまち、打たれて転がる者が続出。その技のスピードは、観戦している者がきょとんとするほどだ。

「うむ。いいな」

流斎が呟いた。

蘇芳の動きには、全く迷いも無駄もない。流れるような動き。表情一つ変えず、次々と相手を捌《さば》いていくさまには、老練さすら感じられる。幼い頃から天才と言われてきただけあって、その剣さばきは呼吸しているような自然さである。

彼女の超絶的なテクニックがかもし出す美しさに、観戦する客たちも次第に興奮していく。

十九人！　二十人！

見る間に立ち切りは進み、客たちも叫ぶ。

二十四人！　二十五人！

「蘇芳、ステキ！　痺《しび》れるぅう！」

道博も大興奮だ。親衛隊も声援を送っている。

三十人！　わあっと割れんばかりの大歓声が上がった。全く蘇芳のスピードが衰える気配はない。

打ち掛かる男たちは必死の形相だ。彼らとて、並の剣士ではない。小柄な少女に打たれてばかりではいられないのである。

四十人。

更に大歓声。しかし、蘇芳の集中力は途切れない。四十二人、四十三人。

「さあ、みんな！　僕らの踊りで蘇芳を盛り立てるんだ！」

道博が興奮して叫んだ。親衛隊も悲鳴のような声で応える。

あまり蘇芳の応援とは関係なさそうなのだが、みんなでヒラヒラと奇妙な振り付けで踊り、シュプレヒコールを唱える。

「なんだあれは」

流斎があぜんとした顔になった。

「まあ、その、彼なりの応援です」

紫風はそう答えたが密《ひそ》かにこめかみを押さえた。相変わらず悪目立ちする男だ。

「ミッチー、ミッチー、ラブ、ラブ、ラブ」

「ミッチー、ミッチー、ラブ、ラブ、ラブ」

ミッチー、ミッチー、ラブ、ラブ、ラブ。空気を震わせ、怒号のような大歓声が「無心館」を嵐のように包んでいる。

蘇芳は打ち込む男たちをひたすら倒し続ける。四十九人、五十人。

突然、空の隅がピカッと光った。

稲光？

客の一部が空を見上げる。曇り空だし、遠雷だと思ったのだ。

が、何かがヒュッと空をかすめる音がした。

ドン、とどこかに何かがぶつかる音。しかも、それは一つではなく、あちこちで重なり合って聞こえてくる。

「なんだ、あれは」

黒い煙が幾つか立ち昇った。

ヒュッ、ヒュッ、と空を切る音がして、何か黒いものが垂れ幕を越えて白砂に飛び込んできた。

「うわっ」

地面に、どすん、どすん、と黒い塊が突き刺さる。

悲鳴が上がり、立ち切りは中断された。

蘇芳は木刀を構えたまま、周囲を見回す。

ミズスマシロボットが、白砂の上を歩き回り始めていた。客席や、来賓席に向けて火を吐き出す。

「どうしてこんなところに」

蘇芳は目を見開いて、ロボットを見つめた。次々と黒い塊が飛び込んできて、たちまち十数体ものロボットが白い砂の上を蠢《うごめ》いている。

客たちが悲鳴を上げて逃げ出した。

遠いところからも悲鳴が聞こえてくる。ミヤコのあちこちで、似たような光景が繰り広げられているのは間違いない。

蘇芳はすぐに反撃に出た。

更に飛び込んでくるロボットを木刀で空中で打ち、白砂の上に叩きのめす。

他の剣士たちも蘇芳に倣った。ロボットは丈夫だったが、中には破壊されてバラバラになるものもある。

仮設の客席が、燃え始めていた。ロボットがよじのぼり、逃げた客の残したジャケットに火を吐いている。

「火を消せ！」

紫風が叫んでいた。誰かがホースを持って走ってくる。

白砂は大混乱に陥っていた。逃げ惑う客、次々と飛び込んでくるロボット、そのロボットに打ちかかる剣士たち。

空を黒い線と煙が埋めていく。ミヤコに飛来するロボットは相当な数らしい。

蘇芳は、ふと、いつか見たイメージが蘇《よみがえ》るのを感じた。

炎上するミヤコ。塔をよじのぼるロボット。あれは予感だったのか。


「蘇芳！」


朗々たる祖父の声を聞いて、蘇芳はハッと振り向いた。

流斎が床の間から刀を一振り持ち出してこちらに差し出している。

「これを使え。今日からおまえのものだ。そいつの切れ味は凄まじい。鉄でも斬れる」

残月。

祖父は大きく刀を放って寄越した。

蘇芳は素早く駆け寄って、しっかりと受け取る。

残月。ついにあたしのものに。

つかんだ刀は、初めて手に取るのにしっくりと掌《てのひら》に馴染《なじ》んだ。

鉄でも斬れる。そう、この世で春日家の刀に斬れないものはないのだ。

蘇芳はスラリと剣を抜いた。鈍い光がなまめかしく、吸い付くようだ。

何年も使っていたかのような愛着を覚え、蘇芳はたちまち手の一部のようにその刀を使いこなした。

「ハアッ」

飛んでくるロボットに一振りすると、バッサリ半分に斬れ、金属の部品がバラバラと白砂に落ちていく。確かに凄まじい切れ味だ。ひやりとするほどよく斬れる。

紫風と萌黄もそれぞれの剣を抜いて加わった。次々とロボットを一刀両断していく。

「外へ」

垂れ幕を押しのけ、三人は外に飛び出した。

あちこちで火の手が上がっている。いったいどれくらいのロボットがミヤコに入り込んでいるのか見当もつかない。

「いつのまに、こんな」

紫風が呆然《ぼうぜん》と声を上げた。

道路を、わらわらとロボットが進んでくる。まるで、びっしり並んだ西瓜の種だ。

「蘇芳、大丈夫？」

道博が遠くで叫んでいる。彼自身は親衛隊が守ってくれているようだ。女は強い。

突然、ロボットたちがびくっと反応した。一斉に、同じ動き。

奇妙な振り付けで、踊り始める。

ミッチー、ミッチー、ラブ、ラブ、ラブ。

ミッチー、ミッチー、ラブ、ラブ、ラブ。

「なんだこりゃ」

紫風が呟いた。蘇芳はハッと閃《ひらめ》いた。

「分かった。あんたの声がスイッチだったんだわ」

「え？」

「道博の声に反応して、ミヤコに攻撃を仕掛けたのよ。あんたが御前試合に来ることを見越して」

「ええっ？」

道博は目をぱちくりさせている。

「やっぱり、近くにいたんだわ。これだけの数、これまでもどこかに隠れていたに違いない。屋敷の中にもいたんだ」

蘇芳は今朝部屋で感じた気配を思い出す。床下だろう。どこか近いところに、こいつは潜んでいたはずだ。

ロボットは踊り続ける。どのくらいかは分からないが、これを踊り終えたらまた攻撃に掛かるのだ。

「凄い数だ。斬ってるだけじゃ追いつかない」

紫風が呟く。

「なんだってこんなことに」

いつのまに来たのか、茜が呆然と佇《たたず》んでいた。

「茜ぇちゃん」

蘇芳が茜を見る。

「弁天堂は」

紫風が乾いた声で言った。

「近年、軍需産業との接近が噂されている。ダイオード漫画が戦場シミュレートに使えることには茜さんだって気付いていたでしょう。弁天堂は、更にそれを一歩進めて、敵地に幻影を送り込み、兵器として使えるロボットを開発していたんだ。茜さんはそれに利用されていた節がある」

「そんな」

「さっき弁天堂を調べさせたところ、内々では兵器産業への転換を図っているらしいという噂がありました」

ロボットは踊り続ける。ミッチー、ミッチー、ラブ、ラブ、ラブ。

「そうだわ」

茜はハッとしたように顔を上げた。

「ダイオード投影機の電子頭脳はとても高価なの。こいつら、こんなにたくさんいるけれど、実際に指令を出してるのはたった一台のはず。あとは単なる子機に過ぎない。その一台さえ破壊してしまえば、他のロボットは動けない」

「どうやって見分ければいいの？」

蘇芳が尋ねた。

「分からない」

ミッチー、ミッチー、ラブ、ラブ、ラブ。

黒光りするロボットの群れ。数はいよいよ増えている。

「でも、電波で指令を飛ばしているから、他のロボットはそいつよりもほんの少し動きが遅れるはず。逆に言えば、そいつは他のロボットよりも僅《わず》かに動きが速いはず」

「この中の一台」

蘇芳は絶望した声で呟いた。

今や、道は整列したロボットでいっぱいだ。まるで、盆踊りをしているみたい。

「集中しろ、蘇芳」

紫風が低く囁いた。

既に、彼はその一台を探し始めたらしい。いつものように冷静な紫風の横顔を見て、蘇芳もようやく落ち着きを取り戻してくる。

そうよ、試合と同じ。相手が打ちかかってくると分かる瞬間だって、いつもほんの僅かな時間、ほんの僅かな動きなのだ。それと同じ。こいつらの中で、指令を出している奴は、ほんの少し動きが違うはずなのだ。

蘇芳は深く息を吸って、残月を大きく構えた。

「萌黄どの」

蘇芳たちを後方から見守っていた萌黄は、すぐ後ろから声を掛けられ、反射的に弓雪を構えて向き直った。

そこには、さっき勝ち抜き戦を制したあの青年が立っている。

冷たい殺気。

「すぐ後ろに立たないでくれる？　後ろに立たれるのは好きじゃないの」

萌黄は静かに呟く。

「約束を果たしていただきたい。あんたと対戦するのが今日の目的だったのでね」

「あなた」

萌黄は青年の顔を見据えた。

髪型を変え、顔を隠してはいるが、彼女は勝ち抜き戦を見ているうちに薄々彼の正体に気が付いていた。

「佐伯ね」

男は肩をすくめる。

「分かりましたか」

「分かるわ。今、向かい合って確信した。あたしは自分に刀を抜いた人間は一生忘れないと言ったはずよ」

「そいつは光栄だ」

青年は小さく笑った。

「なぜ戻ってきたの。わざわざ御前試合に潜り込んで」

「あんたときちんと対戦したかった――その弓雪と」

二人は冷たい視線を絡める。

「あなた――『伝道者』だと言っていたけど、それだけじゃないわね」

青年は怪訝そうな顔になった。

「それだけじゃない、とは？」

「何かもっと――うちと何か古い因縁があるのね。おじいさまが、あなたの剣に見覚えがあると言っていた――それって、ひょっとして」

青年は、苛立ちを覗かせ、刀を抜いた。

「そんなことはどうでもいい。流斎は約束した。対戦しろ」

二人の刃が鈍く光る。

「このロボットもあなたの仕業？」

「さあ、それはどうかな。いろいろな者がミヤコを狙っているから」

「絡んでいるわね」

「そうかもしれない」

二人はじりじりと立ち位置を変えていく。

蘇芳は半眼の構えで、じっとロボットの群れの気配を感じていた。

見ても分からない。感じるしかない。

辺りの景色からどんどん色が消えていく。音も消えた。

完全な無音の世界。

ほんの一瞬の動き。そこに手掛かりがあるはず。

感覚を全開にし、集中する。

踊るロボットが、まるでスローモーションのような動きに見えてくる。時間の感覚が限りなく引き伸ばされ、一秒一秒が一分にも感じられるようだ。


ミッ…チー…ミッ……チー……ラァブ、ラァァブ、ラァァァァブ……

ミッ……チー……ミッ……チー……ラ……ブ、ラ……ブ、ラ……ブ……


かすかにぶれる動きがある。

一糸乱れぬ動きの中に、ノイズのように挟まる異質な動き。

蘇芳はゆっくりと刀を振り上げた。

一撃で倒すのだ。

そいつが新たな指令を下す前に。

「そこだあ！」

蘇芳は飛び上がり、ロボットの群れに飛び込む。

ひゅん、と刀が空を切る音。

重い手ごたえ。

一台のロボットが真っ二つに斬られ、バラバラと部品が落ち、ぱっくりと左右に倒れた。

ピタッとロボットの群れが止まる。

沈黙。

かしゃかしゃかしゃと、将棋倒しのようにロボットが倒れていく。

てんでんばらばらの方向を向いて、ただの鉄の塊となって地面に転がっていく。

遠くからも、かしゃかしゃとロボットが落ちたり、倒れたりする音が響いてきた。

蘇芳は大きく溜息をついた。

どうやら蘇芳の選んだロボットは正解だったらしい。

「お見事。残月は伊達《だて》じゃないね」

紫風がにやりと笑って、弧峰を鞘に納めた。

ピーピーピー、という電子音が鳴り響いた。

青年は――いや、佐伯はハッとしたように胸を押さえた。そこに何か入っているらしい。

彼はかすかに顔を歪め、小さく舌打ちした。

「またしても中断された」

「どういうこと？」

萌黄が静かに尋ねると、佐伯は苦笑した。

「この勝負、お預けだ。ロボット作戦は失敗したらしい。たいしたことないな、あいつらも」

「あいつらって誰？」

「ま、気を付けるにこしたことはない」

佐伯は二、三歩退くと、一瞬、やけに優しい顔で萌黄を見た。

「またな。命と刀は大切に」

萌黄は鼻を鳴らした。

「あなたに言われたくないわね」

「全くだ」

佐伯はパッと背を向けると、たちまちどこかに駆け出して見えなくなった。

萌黄は刀を構えたまま、暫くその場に立ち尽くしていた。

「何箇所かまだ燃えているが、損害はそんなにひどくないらしい」

光舎と連絡を取っていた紫風がそう言った。

「ゾッとしない眺めだわねえ」

蘇芳は、台車に載せられて運ばれていくミズスマシロボットを横目で眺める。

「スクラップにすれば、再利用可能だね。思わぬリサイクルだよー。最近、また鉄くずの値段上がってるから、よかったんじゃない？」

道博が腕組みをして「無心館」の後片付けをしている剣士たちを見た。

「道博、あれ、ほんとに万博で買ってきたの？」

蘇芳が残月を突きつけて睨み付ける。

道博は震え上がった。

「うわっ、蘇芳、そんなもの突きつけないでくれよ。鋼鉄も斬れる名刀なんだろ？　本当だってば。ほんとにナゴヤ万博で買ったのっ」

「本当に？」

蘇芳は刀を持つ手を緩めない。

「ほんとだってば」

「ふーん」

蘇芳は渋々刀を納めた。

「たぶん、道博は最初から狙われていたね。有名な帝国主義者だし」

紫風がじっと道博を見ていると、彼はどぎまぎした。

「そんな。僕だってミヤコを愛しているのに」

「恐らく、君にわざとあの本体のロボットを売りつけたのさ。ミヤコに入り込み、他の子機を呼び寄せるために」

「そんなことできるかな」

「やったのさ——こいつはほんとに——大掛かりで複雑だ。ひょっとすると、ミヤコは包囲されつつあるのかも。『伝道者』——弁天堂。軍需産業に、帝国主義者、万博まで」

紫風は顔をしかめ、暗い表情になる。

「道博、金魚買って」

「えー、こないだ買ったじゃん」

「ロボットに食われちゃったの。また新しいの買ってね。火を吐くロボットよりはずっといいでしょ？」

「うん、まあね」

無邪気な話を続ける蘇芳と道博の背中を見ながらも、紫風の表情は険しい。

次はどう来る。

紫風は、まだ立ち上っている黒い煙に目をやった。

なつかがみしゃんはんしゃれー

第三話　夏鑑黄金泡雨

日本の夏。緊張の夏。である。

真っ青な空、白い雲。

じりじりと照りつける陽射し。

時間が止まってしまったかのような昼下がり。全てのものの輪郭が濃く、張り付く影もくっきりと濃い。

青々と成長した水田には溢《あふ》れ出しそうな稲が広がり、遠くで蝉の鳴く声が聞こえる。時折、つい、と小さなトンボが飛んでいく。

気温は相当高く、軽く三十度は超えているだろう。

昼食時なのか、辺りに人影はない。あくまでも長閑《のどか》で、どこにでもありそうな夏の盛りの田園風景である。

しかし、蘇芳は息を殺し、身体をかがめてじっと周囲を窺《うかが》っていた。

古い蔵の並ぶ一角の、小さな納屋の中である。

手押し車や、竹箒《たけぼうき》や、鎌や鋤《すき》などが整然と並べられている。

蘇芳の目は恐怖と混乱に満ち、せわしなく周囲を見回す。白いセーラー服の衿《えり》に汗が滲《にじ》んでいた。手は残月の柄を握り締め、いつでも抜けるように力が込められている。

納屋の壁の隙間から外を窺うが、全く人影もなく、生き物の気配もない。

暑い。日陰ではあるが、空気が動かず、蒸し風呂のような暑さだ。全く風がなく、風景が写真のように静止している。

蘇芳の顎《あご》から、残月の柄を握った手にぽたりと汗が落ちる。

彼女の後ろに、静かに黒い影が忍び寄り、そっと手を伸ばした。

蘇芳が素早く反応して身をかわす。

「何すんのよ」

声にならない声で鋭く叫ぶ。

「何って」

両手を広げて彼女に覆いかぶさろうとしていた及川道博が、不満そうに蘇芳を見る。その左腕には布がぐるぐるに巻かれ、血が滲んでいる。

「だってさあ、もしこのまま死んじゃったら、あんまりじゃん。俺、このまま蘇芳と何もできないまま死ぬなんて、死んでも死に切れない」

「何もできないままって、あんた、どうするつもりだったのよ。このクソ暑い、ド田舎で、バケモノに殺されかけてるところで」

「せめてキスくらいしたいなあと思って」

蘇芳はスラリと刀を抜いた。薄暗い納屋の中でも、隙間から射し込む光に鈍く光沢を帯びた刀は、この世のものならぬ不思議なオーラを発している。

蘇芳は冷たい怒りを滲ませて低く呟《つぶや》いた。

「そんなたわけたこと言ってると、あんたからたたっ斬るよ」

「わわわ。刀を向けるな、刀を。鋼鉄も斬れる刀を婚約者に向けるなんてあんまりだ。なんでたわけたことなんだよ。キスのどこが悪いんだよ。愛の行為じゃん、愛の。この世で最も崇高な」

「じゃかあしい」

蘇芳は吐き捨てるように一言呟くと、再び納屋の外に注意を向けた。

紫風たちはどこにいるのだろう。この状況を把握しているのだろうか。そして、あのバケモノは。

ふてくされてしゃがみこんだ道博を横目に、蘇芳は気配を窺う。

ふと、彼女の目が動いた。

空気が揺れたように思えたのだ。

彼女の五感は、遠くから近づいてくる何かを、姿が見えるよりも先に捕らえていた。来る。

最初は震動だった。かすかな震動が、やがて規則正しい震動音に変わる。

そして、あの音が聞こえてきた。気味の悪い、ごぼごぼごぼという、くぐもった音が、重なりあって、遠くから地面を伝わってくる。

来た。

蘇芳は目を見開き、羽目板の隙間から、遠くに現れたそいつの姿を見た。

事の起こりは、あと一週間で終業式という七月の下校時に、突如蘇芳の前に現れた、ド派手な双子の女である。

最初、蘇芳はそれが何だか分からなかった。ミヤコの中では、色彩の多用は制限されている。ミヤコ全体が風致地区であるから、人工色には規制があるし、景色を変えたり乱したりするものには厳しい罰則が設けられているのだ。

なんだか派手な立て看板があるなあ、おまわりさんに怒られるよ、と思って通り過ぎようとした時、その看板が動いて、彼女の前に立ち塞《ふさ》がったのである。

ぎょっとして目をやると、立て看板だと思ったのは、実は、とても背の高い二人の女が並んでいたのだと気付いた。

でかい女だなあ。

蘇芳は怪訝《けげん》そうに二人を見上げた。

ピンクのラメの入った、揃いのミニスカートのワンピース。ピンヒールの白いサンダル。茶色の長い髪の毛は、片方は緩やかなパーマを掛けて大きく頭の上に結い上げており、もう片方はストレートに伸ばしていた。

外国人？

蘇芳は眉《まゆ》を上げて二人の顔を見た。

どうやら、ハーフらしい。薄い茶色の目は、ガラス玉が入っているみたいに大きく、マスカラを付けた睫毛《まつげ》が極端になっている。高い頬骨に、厚い唇。顔も派手なら、化粧も派手だ。顔がそっくりで、背格好も瓜二つ《うりふた》ということから、双子であることは一目瞭然《りょうぜん》。グラマラスで人形のような美人であることは確かだが、あまりにも人工的なので、一瞬、背中にネジでも付いているのではないかと疑ったほどである。

が、問題なのは、この人工的な美女二人が、強い怒りに満ちた目で蘇芳を睨《にら》みつけていることであった。

こんな知り合い、いないんだけど。というか、もしこの二人をどこかで一目でも見ていたら、死ぬまで忘れないわ。

蘇芳は当惑した面持ちで、二人を避けて通り過ぎようとした。

しかし、再び二人はサッと動いて蘇芳の前に立ちはだかる。さすがに蘇芳もムッとした。

「あたしに何か用？」

「あなたね」

二人揃ってそう叫んだので、蘇芳はびっくりした。声も高くてそっくりなので、ステレオサウンド状態である。

「ミッチを誘惑してるって女は」

「こんなに子供っぽいとは思わなかったわ」

「ミッチもどうかしてるわね」

「でも、確かにこういう古典的なタイプは、ミッチのようにゴージャスな男性には新鮮かもしれなくってよ」

派手な二人は、上品なんだか下品なんだか分からぬ気取った口調で交互に話している。どっちも同じ声なので、まるで独り言を言っているようだ。蘇芳はあっけに取られた。

が、二人は同時にキッと蘇芳を睨みつけた。

「いいこと、わたくしたちが来たからには、いい気にさせてはおかなくってよ」

「今後、ミッチに少しでも近寄ったら、月に代わっておしおきよ」

どこかで聞いたようなフレーズだ。

鳥の巣のような頭をしたほうが、フンと鼻で笑った。

「でも、安心したわあ。誰かが美少女だって言ってたから、どの程度かと思ってたら、こんなおちびさんだったなんて」

ストレートヘアのほうも、クックッと含み笑いを漏らす。

「ほんとほんと。ミッチも、たまには違う味を試してみたくなっただけなんじゃないかしら。やっぱり彼の本領はゴージャス路線ですもの」

ほーっ、ほっ、ほっ、と甲高い笑い声を上げて二人は去っていった。下校する他の生徒が、気味悪そうに二人を見上げている。

蘇芳は呆然《ぼうぜん》とその場に立ち尽くしていたが、やがて猛然と腹が立ってきた。

「なんなんだあ、あいつら」

思わず学生鞄《かばん》を地面に叩《たた》きつけた彼女を、他の生徒が驚いたように見た。

及川道博がそのド派手な二人を引き連れて、紫風を訪ねてきたのはその夜のことである。

白い浴衣を着て最初に玄関に出た萌黄も、道博の派手なことには慣れていたものの、さすがにあっけに取られて目の前の三人を見た。

「やあ、萌黄ちゃん、お久しぶり。紫風いる？」

道博がにっこり笑ってそう言うと、彼の両腕にぶらさがるようにしている二人が萌黄を敵意に満ちた目でねめつける。萌黄が和風の美人なのが気に食わないらしい。

「ええ、いるわよ。呼んでくるわね。ええと、そちらのお二人は」

萌黄はさりげなく二人を交互に見た。

「フランシス・オイカワですわ」

「ジュヌヴィエーヴ・オイカワですの」

鼻に掛かった声が、ステレオサウンドでねっとりと響く。萌黄は目をぱちくりさせ、廊下の奥に消えた。

萌黄は紫風の部屋の戸をノックし、返事した紫風に低く囁《ささや》いた。

「紫風、なんだかすさまじきものが玄関に来てるわよ」

「はあ？」

浴衣姿で本を読みながら寛《くつろ》いでいた紫風は、うちわで扇《あお》ぎながら玄関に出た。

三人を見て、「確かに」と小さく呟く。

「何か言った？　紫風」

道博が聞きとがめるが、紫風は無視して小さくお辞儀をした。

「はじめまして、お嬢さんがた。春日紫風です。道博の親戚《しんせき》でいらっしゃるとお見受けしましたが」

「フランシス・オイカワですわ」

「ジュヌヴィエーヴ・オイカワですの」

双子は、紫風を見るなり、たちまち目を輝かせ、身を乗り出した。

「まあ、素敵。ミヤコにもこんな素敵な人が」

「ほんとに。ぼんそわ。しふうってどういう字をお書きになるの」

「紫の風と書きます」

「んまあ、とれびあーん」

二人は揃って叫んだ。紫風は反射的に身体を引いた。

「ええと、パリに住んでる僕のいとこなんだ。久しぶりに日本に来たから、ミヤコを案内してるんだよ。そしたらやっぱり、紫風には紹介しなくちゃと思ってさ」

道博は早口でそう言った。

紫風は不思議そうに道博を見た。彼が紫風を訪ねてくることなんてめったにない。何かの魂胆があることは確かだが、それが何なのかよく分からない。しかし、道博が何かを訴えかけるように紫風を見るので、とりあえず話を合わせることにした。

「そうですか。ミヤコは暑いでしょう。じゃあ、いただきものですが、お嬢さんがたに水羊羹《みずようかん》でも差し上げましょう。どうぞお上がりください」

「んまあ、上品な声が素敵」

「ゆっくりお話ししたいことよ」

双子は道博から離れ、今度はがっちりと紫風の両脇を固めてついてくる。紫風は面食らって道博を振り返るが、道博は手で拝む仕草。

紫風は双子にはさまれて、客間に入っていった。

「なんなの、あの二人」

「いやあ、参った参った。苦手なんだよね、あのいとこ」

麦茶の載った盆を持って、萌黄が道博に囁くと、道博は溜息《ためいき》をついて肩を揉《も》む。

「あなたでも苦手なものがあるのね」

「派手すぎるよ、あの二人」

「あなたに派手と言われてもねえ。分かった、あの子たちを紫風に押し付けに来たんでしょう。いかにもミーハーっぽいものね、あの二人」

萌黄はくすりと笑った。道博はお盆の上から麦茶の入ったグラスを取り上げ、ひと息に飲み干す。

「ルイ・ボトン・モア・ヘレネーグループのヨーロッパCEOの娘だからねえ。あのオイカワ姉妹は向こうの社交界では有名なんだよ」

「まあ、あのコングロマリットの」

萌黄は麦茶を足そうと台所に戻ったが、道博もついてくる。

「あの二人、僕と結婚するつもりなんだよ」

「ええ？」

「親戚一同は大乗り気なんだ。なにしろ、凄《すご》い財力だから、及川家としては願ったりかなったりだしね」

「いいじゃない、帝国主義寄りの及川家にはぴったりだわ」

萌黄は冷蔵庫からクーラー・ポットと水羊羹を取り出す。

「冷たいなあ、萌黄ちゃん」

道博は椅子を引いて腰掛けると、テーブルの上で頬杖《ほおづえ》をついて恨めしそうな声を出した。

「僕には蘇芳がいるもん」

「あら」

萌黄は意外そうに道博を見た。

「あなた、本当に蘇芳と一緒になる気なの？　蘇芳はからかうと面白いから、適当にからかってるだけかと思ってた」

「確かに蘇芳をからかうのは面白いけどさ。結構本気なんだけどなあ」

「でも、実際問題、今の春日と及川家じゃ無理ね」

「シビアだねえ、萌黄ちゃんは。そういや、蘇芳、今、何してんの」

道博は溜息をつき、辺りをきょろきょろ見回した。

「フテ寝してるわ」

「フテ寝？」

「なんだか嫌なことがあったらしくて——あら、そういえば、帰り道に大女二人に馬鹿にされたって言って、カンカンに怒って帰ってきたけど——まさか」

萌黄と道博は顔を見合わせた。

「——何しに来たのよ、あんた」

突然、恐ろしく機嫌の悪い声が台所の入口で響いた。

「やあ、蘇芳。ぼんそわ」

道博は作り笑いを浮かべたが、蘇芳は無視してのろのろと台所に入ってきた。

一目で寝起きと分かる顔で、流しに伏せてあるコップを手に取り、萌黄の手からクーラー・ポットを受け取ると、どぼどぼ乱暴に麦茶を注ぐ。

「うー、蒸し暑いし、気分悪い。くそう、夢にまであの大女が出てきたわ。声まで聞いたような気がする」

「蘇芳、寝癖がついてるよ」

道博は蘇芳の機嫌を取るように、彼女の髪を手で梳《す》こうとした。

「触らないでちょうだいっ」

蘇芳は猫みたいに毛を逆立てる。

道博は慌てて飛びのいた。

蘇芳はフン、と鼻を鳴らし、麦茶をぐびりと飲む。

「全く、なんなのよ、あいつら。ミッチを誘惑しただのなんだのって」

麦茶を飲みながらそう呟き、ふと、何かを思いついたように道博を振り返る。

道博は反射的に首をすくめた。

「ミッチって——まさか、あんたのこと？」

「ええと、その」

「萌黄、水羊羹まだ？」

その時、疲れた声で紫風が声を掛けた。その両腕には、うっとりした目の双子がぶらさがっている。

蘇芳の目が見開かれ、まじまじと目の前の三人を見つめ、次に道博を見つめた。紫風と萌黄は顔を見合わせる。双子はねっとりした表情で、他の四人を見る。

台所には、しばし冷ややかな沈黙が下りたのであった。


「で、なんで美作《みまさか》に行かなくちゃいけないの?」

道博が双子をぶらさげて帰っていったあと、蘇芳はますます機嫌の悪い顔で紫風を睨み付けた。紫風は麦茶を飲みながら、あきれ顔になる。

「おまえ、残月を貰《もら》っただろう。刀を貰ったら、夏は合宿があるのは知ってるだろうに」

「あ、そうか」

蘇芳はようやく普通の顔に戻って頷《うなず》いた。

春日流では、刀を渡された年から、師範クラスの合宿に参加できるのである。合宿は、春日流の古い道場のある、美作の古い寺で行われる。

「夏休みに入ってすぐよ。よかったわね、紫風。あのゴージャス双子も合宿まではついてこられないでしょう」

萌黄はにやにやしながら紫風を見た。

紫風は浴衣の衿を直し、溜息をつく。

「道博には同情するよ。確かにあの二人にずっと張り付いていられたら、逃げ出したくなるのも無理はない。かわいそうに、あと二週間もミヤコにいるらしいよ」

よほど双子に懲りたらしく、珍しく疲れた声を出した紫風の浴衣の匂いを、蘇芳はくんくんと嗅《か》いだ。

「紫風、大女の香水がついてる」

「やれやれ」

蘇芳は窓を開け、これみよがしにうちわで空気を扇ぐ。紫風は自分でも浴衣の匂いを嗅ぎ、顔をしかめた。

「萌黄は合宿に最初から参加できるか？」

「あたしは二日目からね。紫風は？」

「俺も会議があるから初日は無理だな。蘇芳、悪いけど一人で先に行ってくれ。大丈夫だな？」

紫風が蘇芳を見ると、蘇芳は大きく頷いた。

「大丈夫よ、山陰回りで行けば帝国主義エリアは通らないし」

「切符は手配しとく」

紫風は立ち上がり、伸びをした。萌黄と蘇芳も腰を上げて手早く洗い物を始めた。

「さっきのあの子たち、及川道博と結婚するつもりらしいわよ」

萌黄がさりげなく呟く。

「道博と？　趣味悪いけど、お似合いだわね」

蘇芳はまた双子を思い出して機嫌が悪くなる。

「いいの？」

「何が？」

蘇芳がきょとんとした顔をすると、萌黄は小さく溜息をついた。


汽笛が響き、黒い貴婦人と呼ばれるクラシカルな列車がホームに滑りこんできた。

夏休みとあって、着物姿の親子連れがホームに溢れている。

蘇芳は些《いささ》か緊張した面持ちで、白い衿の夏服姿でホームに佇《たたず》んでいた。弁当やラムネを売る声が、天井の高い駅舎に響き渡る。ビールが飲みたいな、と思うが、さすがにセーラー服姿ではまずいと考え直す。

弾道新幹線で帝国主義エリアを通って美作まで行けば三時間ほどで着くけれど、このところ物騒なので、蘇芳はミヤコ寄りである山陰ルートを半日掛けて行くことを選んだ。紫風は蘇芳に個室の切符を奮発してくれた。ようやく残月を授かったことへのお祝いも兼ねてくれたらしい。

あのゴージャス双子はたちまちミヤコで有名になってしまった。二人は道博と紫風とに交互にまとわりついているため、双方の親衛隊から激しい非難を浴びているが、なにしろ二人もいるし、大金持ちの娘、しかも半分外国人とあって、どこ吹く風。ただでさえ暑苦しい夏が、ますます不穏で暑苦しくなっているのであった。しかも、道博と紫風が夏休みに入ったとあって、二人がまとわりつく時間はますます増加している。

先ほども駅前で、双子にがっちり脇を抱えられた道博を見かけ、さすがに蘇芳も、このクソ暑いのに、両脇から香水攻めにあうのはしんどかろう、と同情した。紫風も必死に双子から逃げ回っており、合宿に行くのを半日早める、と決心したほどである。

一人旅は初めてだ。

革張りのソファが向かい合わせになった個室に入り、腰を落ち着けると、旅の興奮が胸の中に湧き上がってくる。列車が動き始め、麦藁《むぎわら》帽子をかぶった子供や絽《ろ》の着物を着た母親たちがたちまち遠ざかる。

車窓の風景は、明るい田園地帯にさしかかるが、遠くの方に、黒くもやが掛かった摩天楼の群れが見え、確かに帝国主義エリアが今も存在していることを改めて認識するのだった。あんな高いところに住むというのは、どんな感じがするものなのだろうか。

ゴシック・ジャパン。

どこかで聞いた言葉がふと頭を過《よぎ》った。

相容《あいい》れない価値観を持つ世界が、モザイク状に続いていることは知っている。帝国主義エリアが、前世紀から続く頽廃と欲望の混沌《こんとん》の中に生きているらしいことも。ミヤコを作った若者たちは、規律ある、ストイックな、かつての古きよき日本を再現しようとした。それは果たして成功しているのだろうか。

突然、バタンと個室の扉が開いたので、車掌が来たのかと切符に手を伸ばし、振り返った蘇芳はおのれの目を疑った。

汗だくで憔悴《しょうすい》した及川道博が、ぜえぜえ言いながら立っている。ブルーのシャツに白いズボン。シャツは汗でべったり濡《ぬ》れていた。スタイリッシュな道博にしては珍しい。

「蘇芳——かくまってくれ——駅でやっと双子をまいてきた」

「あんた、いつのまにこの列車に乗ったの？」

「駅のトイレを借りるふりして、飛び乗った」

呼吸を整えつつ、道博は蘇芳の向かいにどすんと座る。

「どこの部屋もいっぱいで——でも、蘇芳を見かけたから、きっと、個室だろうと思って」

あまりにすごい汗なので、蘇芳は思わずハンカチを手渡す。

「双子にこの列車に乗ったこと、バレてないの？」

「たぶん、大丈夫」

道博は虚ろな目で頷いた。蘇芳はぐいと身を乗り出して、道博を睨み付けた。

「この先、どうするのよ」

「合宿なんだろ？　俺も行く。修行する。剣の道に精進する」

その悲壮《ひそう》な顔を見るに、よほど双子に恐ろしい目に遭わされたらしい。蘇芳は意地悪そうな笑みを浮かべた。

「でも、双子のどっちかと結婚するんでしょう？」

「やめてくれ」

道博は怯《おび》えた目で蘇芳を見た。

「そんなことになるくらいなら、美作で出家してやる」

その声があまりに真剣だったので、蘇芳はおかしくなってくすくす笑い出した。

「笑いごとじゃないよ。蘇芳だって関係あるんだからさあ」

道博は不満そうな声を上げた。

「なんであたしが関係するのよ」

「だってだって、俺たち婚約中だしぃ」

「まだそんなこと言ってるの。よし、分かったわ」

「えっ？　婚約？」

「違う違う。この部屋に乗せてあげる。生ビール三杯で手を打つわ」

蘇芳は三本、指を立ててニッと笑った。


夏の日本海を愛《め》でつつ、道博が食堂車で買ってきた生ビールを飲んで、蘇芳はすっかり機嫌がよくなった。道博もようやく双子から逃げ切れたことを確信したのか、いつもの軽口を叩けるようになった。

「うーん、なんだか夏休みっぽいね」

「うん」

窓を開け、風を受け、二人で窓辺に頬杖をつく。

水平線はキラキラと輝き、光が波と戯れている。岩場が続いているのか、海岸で泳ぐ人影はなかった。

目的の駅に着いたのは、午後一時を回った頃である。

本線からローカル線に乗り継いで無人駅に降り立ったのは、道博と蘇芳の二人のみ。

小さなホームを、さあっと爽《さわ》やかな風が吹き抜けた。

青い空、白い雲、広がる田園。絵に描いたような日本の夏である。

「なんにもないなあ。駅前にも、お店ないじゃん。僕がお買い物するようなところ、どこにあるんだろ」

道博が、いきなり目の前に広がっている田園地帯を不安そうに見回した。

「さ、歩くわよ」

「えーっ。車、呼ぼうよ。俺が金払うからさあ」

「駄目駄目、車なんか使ったら、あたし、お寺に入れてもらえない」

蘇芳は麦藁帽子をかぶり、刀を背負い、先に立って歩き出す。

「ええと、どこまで歩くの？」

道博が恐る恐る尋ねた。

「あそこまで」

蘇芳は正面に見える山の上を指差した。道博は悲鳴を上げる。

「えーっ。登りじゃん」

「そうよ。山の上のお寺だもの」

「そんなあ。ますます車呼ぼうよ」

「じゃあ、あんた一人で乗っていきなさい。泰山寺《たいざんじ》と言えば、運転手さんも知ってるはずだから。紫風を訪ねてきたって言えば大丈夫」

蘇芳は道博に構わず、田んぼの中の道をスタスタ歩き出した。

道博はあたふたしていたが、大声で叫ぶ。

「待ってよ、蘇芳。蘇芳が歩きで、俺一人で車に乗るのなんて、あんまりじゃん」

ぶつぶつ言いながら道博がついてくる。

「誰もいないなあ」

「お昼どきだからじゃないの」

風のない昼間だ。鮮やかな稲の海の中を通り過ぎ、緩やかな丘陵地に入った。

小さな集落に通りかかる。じりじりと照りつける陽射しの下、恐ろしく静かである。

なんとなく、空気が重いような気がした。

濃密な静寂。

「——なんだか、ヘンじゃない？　蘇芳」

急に道博が声を潜めたので、蘇芳は「えっ？」と耳を近づけた。

「ここ、なんだかヘンだ」

道博はもう一度そう呟いて、そっと周囲を見回した。

蘇芳も一緒に辺りを見回す。

一瞬、辺りがふっと暗くなったような気がした。

確かに、静かすぎる。道路の脇に瓦《かわら》屋根の家が並んでいるが、何の音もしない。お昼どきならば、ラジオの声や水を使う音がしそうなものなのに。

「そうね」

蘇芳は短く答え、表情を引き締めた。道博は更に声を低めた。

「蘇芳、前にもここに来たことあるの？」

「子供の頃に」

「別に廃村になったってわけじゃないよね？」

「そんな話は聞いてないわ」

二人はひそひそ話をしながら慎重に道を進んでいった。

「見て」

蘇芳は、道の前方を指差した。

道の真ん中に、乗り捨てられた軽トラックがある。ドアは開いたままだ。

近づいて中を覗《のぞ》きこむが、無人であり、何か事件でもあったような形跡はない。

「どうしてこんなところに」

「あっちにも」

もう少し先にも、古い軽トラックが一台、路肩にはみ出す形で止まっていた。こちらもドアが開いたままで、無人である。

「車を放り出して、慌てて逃げたって感じだな」

道博が呟く。

「何かあったのかしら」

蘇芳は残月の柄に手を掛けた。この感触だけが信頼できる。

「家の中はどうなんだろう」

「見てみる気？」

「あの家に入ってみる」

道博は顎で示した。

前方に、立派な日本家屋が見えた。

大きな前庭に、開いたままの縁側。確かに、あの家なら、簡単に覗いてみることができそうだ。

「気を付けて」

蘇芳は背中から刀を下ろし、左手で握り、道博の後ろを少し離れてついていった。

道博は足早に縁側に向かうと、「誰かいませんか」と声を掛けて暫《しばら》く中を覗きこんでいたが、やがてサッと靴を脱いで中に入っていった。

蘇芳は周囲を見張りながら、道博の靴の前に立つ。靴を脱いだり、履いたりする時に人は無防備になるからだ。

「誰もいない。ついさっきまで人がいたみたいなのに」

道博が首を振りながら出てきて、縁側から降りる。

「そうね。長い間留守という感じじゃないわ」

蘇芳は、玄関先に積んである新聞にサッと目を走らせた。一番新しいのは一昨日の日付である。

再び二人で歩き出す。

坂道を進むと、次の集落が現れたが、こちらも無人である。十数戸の家が並んでいたが、どこも人の気配がない。

山間に青々と繁る、水田や畑がかえって不気味に感じられてきた。

「どういうことなの。田んぼの世話をしていた人たちは？」

蘇芳がかすれた声で呟いた。

「お寺まであとどれくらい？」

道博が低い声で尋ねる。

「まだ二十分くらいかかると思うわ」

「そこは大丈夫なのかな」

「え？」

「そこのお寺にいる人たちは、無事なんだろうか」

二人は思わず山の上に目をやる。

林の中を抜けてきた風が、一瞬ひやりと頬を撫《な》でた。


公用機の中で、紫風はパソコンの画面を見つめていた。

考えごとをしながら、ぼんやりと、画面に流れてくるニュースを眺めている。

ふと、何かが目に留まった。

何だろう。文字を意識する。

ルイ・ボトン・モア・ヘレネーグループ

紫風は一人で苦笑した。あの双子のせいに違いない。だからこんな単語が目に留まったのだ。

紫風は首を振った。

全く、あの双子には辟易《へきえき》させられている。ゴージャスな美女でパワーがあることは認めるが、ほとほと疲れた。あの道博でさえ、逃げ回っているのだから、たいしたものだ。

二人の付けているきつい香水の匂いが蘇《よみがえ》り、彼は思わず顔をしかめた。

パソコンを閉めようとしたが、やはり何かが気に掛かる。

「変ですね」

書記の浜田が、近くの席で手に持った受話器を見つめながら呟いた。

「どうした？」

紫風がそう尋ねると、浜田は首をひねる。

「さっきから何度も掛けてるんですけど、泰山寺、誰も電話に出ないんです。呼び出してはいるんですが」

「泰山寺が？」

「おかしいなあ。この時期は、全国から泰山寺に人が集まってるはずですよね」

浜田はもう一度電話を掛け始めた。

紫風は訝《いぶか》しげな表情でパソコンの画面に目をやった。そこに、ニュースが流れていく。

ルイ・ボトン・モア・ヘレネーグループ、日本のゲーム機メーカー弁天堂を傘下に
紫風はかすかに目を見開き、画面をクリックした。

蘇芳と道博は、警戒しながら山の中の道を進んだ。

ごく最近、何かが起きたことは確からしい。集落の人々は、いったいどこへ消えてしまったのだろうか。

山の中は静かで、相変わらず人の気配はない。

しかし、それでいて、何かの不穏な気配はある。濃密な、禍々《まがまが》しい気配だけは。

「犬もいない」

道博が呟いた。

斜面に建つ一軒家の門柱のところに犬小屋があり、ご飯の入った小さな鍋《なべ》が置いてある。しかし、鎖は残っているのに犬の姿はなかった。

「動物も？」

蘇芳は気味悪そうに、ご飯の入った鍋を覗き込んだ。まだご飯は腐ってはいない。

「動物もだね」

道博は頷き、二人はまた歩き出した。

えんえんと続く道は曲がりくねっていて、視界がなかなか開けない。

「泰山寺まで二キロメートル」と書かれた小さな看板を見て、二人は進んだ。

「あそこよ。見えてきたわ」

目の前が開け、蘇芳が遠くを指さした。

遠くからは一つの山かと思ったが、どうやらここはふたこぶらくだの背のようになっているらしく、小さな峠を越えてきたその場所は平地になっていて、田んぼが広がっていた。その向こうに小高い山があり、上のほうに鐘楼が見える。

「あれか」

「急ぎましょう」

二人で田んぼの中の道に入る。

相変わらず辺りは静かで、トンボがついっと滑るように稲の上を飛んでいる。遠くの林から、蝉の声が響いてくる。こうして見ると、ただの長閑な夏の風景に思えるのだが、あの異様な気配は肌にまとわりついて消えない。

なんだか、暑いのに寒い。

蘇芳は全身を冷や汗が覆っていることに恐怖を感じた。こんなに強い陽射しが降り注いでいるのに、冷たい気配がすっぽりとこの辺りを包んでいる。

前方に、並んでいる蔵が見え、幾つかの納屋が見えた。共同で使っているものだろうか。

その向こうに、寺に向かう石段が見えている。

「あと少しよ。あそこの石段を登るの」

蘇芳がそう囁いた時、道博が「しっ」と唇に人差し指を当てた。

「どうしたの」

「何か聞こえる」

二人は足を止め、耳を澄ませた。

ごぼごぼ、ごぼごぼごぼ。

何かが泡立つような音。洗濯機の排水のような音だ。

その奇妙な音は、近くから聞こえてくるように思えた。

「何かしら、これ」

二人はのろのろと周囲を見回す。

ごぼごぼごぼ、ごぼごぼごぼごぼ。

音は徐々に高まり、二人の表情は硬くなっていく。

「何の音だ?」

そう道博が乾いた声を上げた時、青い田んぼの海がゆらりと揺れたような気がした。

赤いボンネットバスが、砂埃《すなぼこり》を上げて走り去る。

暑い陽射しの降り注ぐバス停に降り立ったのは、萌黄一人だった。

珍しく、Ｔシャツにジーパンという姿なのは、帝国主義エリアの弾道新幹線を利用してきたからだ。全国を貫く高速道路と弾道新幹線は、数少ない共用地帯である。もっとも、ミヤコ民か帝国主義者かは、一目見ればすぐに分かってしまうのだが。萌黄も目立たなくしていたものの、艶《つや》やかな黒髪とその気品溢れる容貌《ようぼう》ですぐにミヤコ民と知れてしまう。座席も分かれているし、両者の間には互いに干渉しないという不文律があるが、駅で好奇と嫌悪の目を向けてくる帝国主義者も多い。

萌黄は人知れず小さく溜息をついた。弾道新幹線は確かに速いけれど、疲れる。

手に持ったボストンバッグを地面に置き、日傘を取り出して広げた。

遠くから響いてくる蟬の声に汗を拭《ぬぐ》う。

それにしても、帝国主義者の色彩感覚は理解できない。どうしてああも下品で美しくないもので身を包むのだろう。姿勢も悪いし、皆顔つきも下品だ。しかも、じっとしていられないらしく、落ち着きなく動き回っている。ゲームと携帯電話の電子音がしじゅう鳴っていて、あまりのうるささに閉口した。喋《しゃべ》っている言葉もよく分からない。ひょっとして日本語ではないのだろうかと耳を澄ましてみたが、かろうじて聞き取れる単語は確かに日本語だった。帝国主義者の日本語は前世紀末から末期的に乱れてきていたらしいが、そのうち、帝国主義者とは会話も通じなくなってしまうのではないだろうか。

ともあれ、あんな連中と離れられてホッとした。帰りは蘇芳と一緒に日本海経由で帰ろう。

再びボストンバッグを持ち上げようとした萌黄は、何かの気配を感じてすぐにバッグと日傘を放り出し、反射的に背中の弓雪を抜いた。

曇りのない刃に、太陽光が跳ね返る。

何かしら？

刀を構え、周囲の気配を窺う。

「萌黄、あたしだよ」

そう声を掛けられ、萌黄は振り向いた。

向日葵《ひまわり》の陰から、長身の女がスッと出てきた。稽古《けいこ》の途中だったのか、袴《はかま》姿である。

他にも三人、若い男の子が続けて出てきた。

「まあ、銀嶺《ぎんれい》。どうしたの、どうしてそんなところに隠れていたの？」

長い髪を耳の後ろで一つに結わえた銀嶺は、連れの者たちと視線を交差させた。

張り詰めた緊張感が漂っている。

「何かあったの？」

萌黄は先回りして尋ねた。彼らの視線には、ただごとではない雰囲気が漂っていたのだ。

銀嶺は、普段は博多に住む、萌黄にも引けを取らない手練《てだ》れの女剣士である。

「あんたたちが着くのを阻止したかったんだけど、間に合わなかったようだね」

銀嶺は切れ長のエキゾチックな目で、困ったように萌黄を見た。

「阻止？」

「今、泰山寺は空っぽなんだ。バケモノに襲撃されてね」

「バケモノ？　襲撃？」

萌黄は眉をひそめた。いつぞやの、ミヤコを襲ったロボットたちを思い出したのだ。

「みんなで分散して寺を抜け出した。どうやら、辺りに住む住民たちは喰《く》われちまったか、逃げたらしい。警察に連絡して、一帯を立入禁止にしてもらってるんだけど、警察がなかなかあたしたちの話を信じてくれなくってね」

銀嶺は仲間を見た。皆が小さく頷く。その目には異様な恐怖が浮かんでいた。

「バケモノって、どんな？」

萌黄が尋ねる。

「ちょっと一言では説明できないな。ゲル状というか、液体状になって、形を変えられるんだよ。だから、どこに潜んでいるかちょっと見当がつかなくて、みんなで疑心暗鬼になってたところなんだ」

「待ってよ、蘇芳は？」

萌黄はハッとして叫んだ。

「蘇芳は泰山寺に着いた？」

「いいや、まだだ。着く前にみんな抜け出したからね」

「そんな。もう着いてるはずなのよ。あの子は日本海経由で来たから、駅から向かってるはず」

萌黄は、遠くに見える小さな駅のホームを見た。

「まずいな。もしかして、モロにバケモノと出くわしてるかもしれない」

銀嶺がガリガリと頭を掻《か》いた。

「蘇芳のことだから、簡単にはやられないと思うけど」

「だけど、意表を突かれたら分からないな。なにしろ、得体の知れないバケモノだから」

「いったいどこから現れたの、それ」

「分からん。いきなり道場に流れ込んできて、一人が喰われそうになった」

「紫風は？」

萌黄は、バッグと日傘を拾い上げた。

「まだ来てない。きっと泰山寺に連絡が取れないのを不審に思ってるだろうよ」

「蘇芳を探さなくちゃ。あたし、駅から泰山寺に向かってみる」

「あたしたちも一緒に行くよ。萌黄はあいつを見たことないから危険だ」

「ありがとう」

「行くよ」

萌黄と銀嶺たちは、日の高い午後の道を歩き出した。

辺りは、とんでもない状況にあるとは思えない長閑な夏の風景である。


「なんなの、これ」

蘇芳と道博は、目の前の光景を信じがたい心地で見つめていた。

「気持ち悪——というか、これ、なんかどこかで見たことあるなあ」

道博が独り言を言った。

透明、ではない。

半透明。くすんだガラスのような色だ。ラムネの壜《びん》のような、淡い緑がかったブルーをしている。あちこちに気泡のようなものが見えるし、何か灰色のものが幾つも浮かんでいる。

田んぼの中に、淡いブルーの噴水のようなものがわらわらと湧きあがったと思ったら、巨大な柱のようなものが立ち上がった。それは、大きな人形のようにも見える。

しかし、形は定まっていない。ぶるぶると震える、巨大なゼリー状のものが田んぼの中に聳《そび》えている、という状況なのである。

その奇妙なバケモノの体中の気泡が、太陽の陽射しを浴びて、きらきらと輝いている。

二人はぽかんとそれを見上げていた。かなり大きい。ざっと見ても建物三階分はある。

「おい、あれ、人間じゃないか」

道博がひきつった声を出した。

「えっ」

蘇芳は言葉を飲み込んだ。

まじまじと目を見開き、ゆらゆらと震えている目の前のバケモノを見つめる。

「あっ」

蘇芳は思わず身体を引いてしまった。

バケモノの中に、ざっと見て十数人の人が浮かんでいる。子供や犬まで、ゼリーの中に、虚ろな表情で浮かんでいるのだ。

「ひょっとして、あの、無人の集落の人たちなんじゃ」

「喰《く》われちゃったのか」

二人は蒼白《そうはく》になった。自分たちが見ているものが、想像以上にとんでもないものだと気付いたのである。

「逃げよう」

蘇芳が呟いた。

「どこへ？」

「どこでもいいわ。あれじゃあ、斬るわけにいかない」

蘇芳は冷や汗を感じた。ヤバイ。普通のバケモノならたたっ斬ればいいけれど、中に人が入っているとなれば、迂闊《うかつ》に刀を振り回すわけにはいかない。

「泰山寺へ行きましょう。走るのよ」

蘇芳はそう道博に囁き、先に立って走り出した。

「おい。泰山寺に行ってどうにかなるのか」

「みんなと合流できればなんとかなるわ」

叫びながら、畦道《あぜみち》を駆け出す。

ずしん、ずしん、と地響きが背中を追ってくる。ごぼごぼごぼ、という不気味な音も。

あれは、バケモノの呼吸の音なのだろうか、と蘇芳はチラリと考えた。

後ろを振り返ると、そんなに速くはないが、身体が巨大なので、一歩一歩が大きく、震えながら半透明のバケモノが二人を追いかけてくる。その全身が、ぐずぐずとして不定形なところが不気味だ。

蘇芳は、あまりのおぞましさに、口の中が苦くなった。

冗談じゃないわ。なんでこう次々と、見たことのないバケモノが出てくるのよ。

二人は懸命に駆けたが、バケモノとの距離はなかなか広がらない。

陽射しが暑く、全身汗だくだが、足を止めるわけにはいかない。二人とも、呼吸も荒く、心臓がバクバクいっている。

誰もいない。世界にこのバケモノと二人しかいないようだ。

が、そのうちに地響きが聞こえなくなったことに気付き、どちらからともなく足を止めた。振り向いたが、あのブルーグリーンの姿は見えなくなっている。

「いない」

「まさか」

呼吸を整えながらも、二人は背中合わせに立ち、周囲の気配を窺った。

中天にある太陽が、二人の影を小さくしている。無人の田んぼに、ざあっと風が渡り、白いうねりを作った。

静かだ。しかし、心臓の音が全身に鳴り響いており、二人の頭の中は心臓の鼓動でいっぱいだった。

ごぼごぼごぼ。

かすかな音だったが、蘇芳は瞬時に反応する。

「うわっ」

二人の目の前に、ブルーグリーンの波が押し寄せてきた。田んぼの中から、速い潮のようにあっというまに流れ出してきたのだ。

二人は踵《きびす》を返して、元来たほうに再び駆け出した。バケモノは、いったん田んぼの中に身を隠してから、先回りをしたのだ。

こいつ、知能がある。蘇芳はゾッとした。

走りながら、蘇芳は別の可能性にも思い当たっていた。

こいつ、ひょっとして、泰山寺を狙っていたんじゃないかしら。この時期この辺りで、目立つものと言えば泰山寺、春日流師範合宿。まさか、みんなも喰われてしまったのでは。

そう考えると居ても立ってもいられなくなり、あのバケモノの内部に知っている顔がいるかどうか確かめたくなってくる。

しかし、あのバケモノに喰われるわけにはいかないし、ゆっくり姿を拝んでいるわけにもいかないのだ。

ようやく残月を貰ったと思ったら、バケモノの歓迎か。

うんざりした気分になる。

御前試合で授かった残月で斬ったものといえば、ミズスマシロボット。今相手にしているあれが、果たして残月で斬れるものなのかどうか。

「わあっ」

道博が悲鳴を上げてつんのめった。

見ると、彼の片足が半透明のゼリーに捕まっている。

それは強力な吸引力があるらしく、見る間に道博の身体が引きずられ、田んぼの中に引き込まれようとしていた。

「ええい」

蘇芳は蒼《あお》ざめ、刀を抜いた。稲の生え際の透明な部分を狙い定めてたたき斬る。

ぬちゃっという、重い手ごたえがあった。

引きずりこまれそうになっていた道博が、パタリと地面に倒れた。

切り離された部分を残し、田んぼの中に何かがざざざと消えていく。

ごぼごぼごぼ、というくぐもった音がそこここで悲鳴のように上がった。ダメージはあったらしい。

蘇芳はホッとして、額の汗を拭った。

切り離され、道博の足を捕らえていた部分が見る間にしわしわと小さく縮んでゆく。

中から子犬が現れ、けたたましく吠《ほ》え出した。パニックに陥っているらしく、ぴょんぴょん飛び跳ね、倒れている道博の腕に噛《か》み付く。

「ひいいっ」

「こらっ」

蘇芳は慌てて犬を追い払った。犬はきゃんきゃん吠えながら、畦道を凄い勢いで走ってゆき、たちまち見えなくなった。

「いてて。ひでえなあ、いきなり噛み付くなんて」

「びっくりしたんでしょう、犬も」

道博のシャツの腕から血が滲んでいる。

「どこかで消毒しなくちゃ」

蘇芳は道博を助け起こす。

「あーあ、土だらけだ」

バケモノに地面を引きずられたせいで、道博は全身土だらけ。二人でシャツをはたく。周囲を見回すが、ごぼごぼという音もしないし、気配がない。どこかに逃げていったのだろう。

それにしても、走り回ったせいもあって凄《すさ》まじい暑さだ。遮るものがないため、消耗が激しい。水分も摂らなければ。

ぎらぎらと照りつける太陽に、眩暈《めまい》がした。

どうしよう。蘇芳はしょぼしょぼした目で辺りを見回した。

陽炎《かげろう》の立つ田んぼの向こうに、小屋が見える。

「あそこに納屋があるわ。日陰で休まなくちゃ」

「ごめん、蘇芳。俺、足手まといかも」

「大丈夫よ」

二人で足早に納屋に向かう。

幸運なことに、納屋の脇に水道があり、道博は傷口を洗うことができたし、水も飲めた。ようやく陽射しを避けることができて、二人とも納屋の中でホッとする。ここも凄まじい暑さであることは変わらないが、炎天下にいるよりはずっとましだ。

この先どうすればよいのだろう。

蘇芳は残月の柄を握りながら考えた。この感触だけが確かで信じられる。他に身を隠すところはない。ここから出たら、どこに行けばいい？

泰山寺は今いったいどうなっているのか？　誰かに連絡は取れるだろうか。紫風は、萌黄は、今どこに。

「あっ」

突然道博が叫んだので、蘇芳はぎょっとして振り返った。

「どうしたの」

道博はパチンと指を鳴らした。

「思い出したよ。あれ、子供の頃に流行ったおもちゃに似てる。スライム三世。ねちゃねちゃした感触が楽しくて、緑色の半透明で、いろんな形に作れるんだ」

おもちゃ。ふと、頭の中に何かが過る。

「ひょっとして、あれも弁天堂じゃない？」

「うん、確かそうだった」

またしても弁天堂の名前だ。弁天堂は、いったい何を企んでいるのだろう。紫風は兵器産業への転換と、帝国主義者や「伝道者」との結びつきを疑っているらしいが、詳しいことは分からない。

「ねえ、蘇芳」

「なあに」

蘇芳は考えるのに忙しくて、生返事をする。

しかし、道博は改まった口調で蘇芳ににじり寄ってきた。

「こんな状況で、二人でいるのも何かの運命だと思うんだ」

「そうね」

「僕のことをチャラチャラした快楽主義者だと思ってるかもしれないけど、それは違う」

「そうなの」

道博は、努めて真面目な声を出した。

「そりゃあ、ミヤコは美しいし、伝統回帰は正しかったと思う。僕だって、美しい日本の伝統は守りたいし、帝国主義者の全てがいいとは思わない。だけど、ミヤコは停滞しているんだ。帝国主義者のいいところは取り入れるべきだし、そうすることによってミヤコもよりいっそう進歩していくんだよ」

「そう？」

「完全な統合は難しいかもしれないけど、友好的な協力関係は築けると思う」

道博はそっと蘇芳のそばに寄り添うと手を伸ばした。

「それって、春日と及川両家――つまり、僕たちについても言えるんじゃないかな」

「そう――待って！」

蘇芳は反射的に刀の柄に手を掛けた。道博も反射的に伸ばした手を引っ込める。

「あいつ？」

蘇芳は羽目板の隙間から外を見る。何かの気配を感じたのだ。

かくして、冒頭の場面へと戻るのである。


「最近、春日に対する悪意を感じる」

薄暗い山道を登りながら、銀嶺が呟いた。

用心しながらの道行きは、張り詰めた空気に包まれている。

「春日をミヤコの旧体制だと考える人は多いでしょうね」

萌黄はそう言って頷いたが、銀嶺は首を振る。

「いや、そういう意味ではなくて——旧体制だとか、支配層だとかをミヤコ民が不快に思っている、というようなものではなくて、文字通り、我々を憎み、倒したいと思っている組織的な存在がいるように思える」

「『伝道者』とか」

「うむ。あれも気になるが、見えないところで、誰かがスクラムを組んでいるみたいだ。日に日に包囲されているような、不安な心地になる」

「博多にいても感じるの？」

「うむ」

銀嶺は、憶測めいたことはあまり口にしない女だ。彼女がここまで言うのだから、よほどの危機感を覚えているのだろう。

「かつて、悪貨は良貨を駆逐する、という言葉があった」

銀嶺は独り言のように呟いた。銀嶺は、こう見えて、経済学が専門の大学生なのである。

「ほんの五十年ほど昔、経済が全ての覇者だった。早い、安い、簡単、と、水が低きに流れるがごとく世界は均質化され、美しいものは経済的でないというお題目のもとに姿を消していった。わずか五十年だよ——日本はその先頭を走っていた——日本人もお手軽で薄っぺらな知能に均質化されようとしていた。それに反旗を翻したのが『暁の七人』だ。彼らに賛同する者が徐々に増えてゆき、我々は美しきミヤコ、美しき日本人を取り戻した。だが、『美しい』ということを善しとしない人間はいつの世にも存在するらしい。かつてのように、安くて簡単なものへ流れていこうとする存在が」

萌黄は、弾道新幹線で目にした若者たちを思い浮かべた。

「帝国主義者は、もはや思考する能力、批判する視点すら失っているわね。ただ欲望に反応し、獣のようにそれを満たそうと反射するだけ。帝国主義者の中からでないとすれば、そういう存在はどこから来るのかしら」

「それがよく分からない。外から来るのか、我々の内側に潜伏しているのか」

杉木立から射し込む光が、思いがけないほど強く頰を打った。

萌黄は佐伯の顔を思い浮かべていた。

日本を統べる。そんなことが可能なのか。彼の描く統一された日本とは、どのような姿をしているのか。

「銀嶺、あれを」

先頭を歩いていた青年が叫んだ。

「あいつだ」

小さな峠を越えたところに田んぼが広がっていて、その向こうにキラキラと太陽に反射して光る、奇妙なものが立っている。それは、少しずつ移動していた。

「萌黄、あれだ」

銀嶺が促す前に、萌黄はそれを目撃していた。

青っぽい影。それは、巨大な幽霊のように見えた。

「なんなのあれ——透き通ってる」

「中に、取り込んだ人間がいっぱい入ってるんだ」

萌黄はゾッとした。斬れないということか。

「そう。あたしたちにあれは斬れない。中の人間まで斬ってしまう」

銀嶺は萌黄の表情を見て頷いた。

「弱点が分かればいいんだが」

「まさか、蘇芳もあの中に」

萌黄は蒼ざめた。

その時、上空からバラバラバラバラという硬い音が聞こえてきた。

「紫風だわ」

みんなで顔を上げる。

遠い青空の隅に、黒い点が見えてきた。ミヤコの公用機である。見る間に、みんなの表情が明るくなった。紫風が来る。彼ならきっとなんとかしてくれる。

「双子が役に立ったわね」

萌黄の独り言に、銀嶺が不思議そうな顔になるが、萌黄は空を見上げたままだ。紫風が来るのを早めてくれたんだもの。

ずしん、ずしん、ごぼごぼごぼ。

ずしん、ずしん、ごぼごぼごぼ。

心なしか、その足音は怒っているような気がした。

あたしが身体の一部を斬ったことを怒っているんだわ。

蘇芳はそんな気がした。

このまま通り過ぎてほしい。このままどこかに遠ざかってくれれば。

徐々に大きくなる足音に合わせて、心臓の鼓動も大きくなっていく。

だいじょうぶ。あたしたちがここにいることに気付くはずはない。きっと大丈夫。

蘇芳は、道博にじっとしているよう合図する。もちろん、道博も汗だくの顔で頷く。

半透明の巨大な影が納屋の前を通り過ぎる。半透明であっても、一瞬、太陽が遮られ、辺りが薄暗くなったような気がした。

一瞬の沈黙。バケモノが足を止めた？

次の瞬間、ばきばきばき、と納屋の天井が落ちてきた。

「うわあっ」

二人の頭上に、木屑《きくず》と埃が落ちかかってくる。

射し込む光を見上げると、屋根にぽっかりと穴が空き、その向こう側に誰かが浮かんでいた。

バケモノが、屋根を叩き破ったのである。

「出て！」

二人は転がり出るように納屋を飛び出した。

まさか、居場所がバレてたなんて！

バケモノが、手を振り回す。今度は納屋の壁に当たり、凄まじい音を立てて小屋全体が崩れた。蘇芳はひやりとした。

なんというパワーだ。あんなに力があるなんて。

「走って！」

刀を構えつつ、必死で走る。再び炎天下に放り出された二人は、畦道を走った。

バラバラバラ、というプロペラ音に気付く。

視界の隅に、黒い影を捉《とら》えた。

紫風だ。一瞬希望が湧くが、すぐさま絶望に変わった。紫風にもこの状況はどうにもできまい。第一、あたしたちがこいつにつかまる前に着陸できるかどうか。

怒りがバケモノの速度を上げていた。このまままっすぐ走り続けていたら、追いつかれるのは時間の問題である。

蘇芳は覚悟を決めて足を止め、残月を手に振り向いた。

斬れるだけ斬って、力を弱めるしかない。さっきも、斬ってからここに来るまで時間があった。

半透明の巨大な影が、視界いっぱいに広がった。こんなに大きいなんて。

蘇芳は思わず立ちすくんだ。しかも、中にたくさん人が浮かんでいて、斬りつける気力が萎《な》えてしまう。

「蘇芳？」

走っていた道博が、蘇芳がついてこないことに気付いたらしい。悲鳴のような声が上がった。

「蘇芳、何やってるんだよ」

「道博、とっとと逃げて」

「そんなっ。嫌だよ、ここで蘇芳を置いて逃げる俺って何？」

「何でもいいわ、紫風が近くまで来てる、紫風を探すのよ」

「じゃかあしい、四の五の言ってると、あんたからたたっ斬るよっ」

くどくど言う道博に腹を立て、蘇芳は怒りを爆発させる。一瞬、注意を逸《そ》らした蘇芳の上に、半透明の腕が降ってくる。

「蘇芳！」

道博の悲鳴と共に、蘇芳は電光石火でその腕を斬り落としていた。幸運なことに、中には何も入っていない。しかし、凄まじい手ごたえに、腕に痺《しび》れを感じた。こいつを斬るのには、相当な体力がいる。

ごぼごぼごぼ、と激しい音を立て、バケモノは身体をうねらせ、大きく揺れた。

地面に落ちた腕がみるみるうちに縮んで消えてゆく。

ごぼごぼごぼ。

バケモノは怒っている。その怒りが、暗い光のように蘇芳の上に降り注いでくるように思えた。

公用機が、どんどん降りてくる。どこに着陸するつもりなのか。機体の橘《たちばな》の紋が、肉眼で見分けられるほどになってきた。

間に合わない。

蘇芳はひどく冷静な気持ちで考えていた。

「蘇芳、一緒に逃げよう」

「立場逆じゃんか」

「道博、行って」

蘇芳は低く叫んだ。

「早く。お願いだから。あたしではあんたを守れない」

蘇芳の腕を引いていこうとする道博に、蘇芳は顔も見ずに言った。

その時である。


「お待たせ、ミッチ！　あなたを救うのはこのわたくしですわ」


突然、天から甲高い声が降ってきた。

「ええ？」

そう言って声を上げたのは、蘇芳と道博だけではなかった。


「ええ？」

公用機の中で、紫風を始め生徒会のスタッフも声を上げた。

ようやく泰山寺に戻ってきたスタッフと連絡が取れ、下界が陥っている状況を把握したばかりだったのである。

「今のはどこから聞こえてきたんだ？」

紫風は周囲を見回した。

「会長、後続機がいます」

浜田がレーダーを見てギョッとしたように叫んだ。

「後続機？　そんな馬鹿な。これまで全く探知できてなかったぞ」

スタッフがざわめいた。浜田は口をぱくぱくさせる。

「しかし、確かに今はいます。我々の機の後方二百メートルのところに」

「ご免あそばせ紫風さま、わたくしたちの船は最新鋭ステルス機ですの。特殊なピンクの塗料が超音波を乱反射させているのですわ。恐らくあなたの機では、わたくしたちの船は探知できませんわ」

マイクから聞き覚えのある甲高い声が入ってくる。

「電波もジャックできるようだね、オイカワ姉妹」

紫風は落ち着き払った声で答えた。

「あら、あまり驚きにならないのね」

「んまあ、クールで素敵」

双子が顔を見合わせつつ交互に喋っているのが目に浮かび、紫風は苦笑した。

「で、ルイ・ボトン・モア・ヘレネーグループは、弁天堂を傘下に収めていったい何をしようというのかな。そもそも、下界で暴れているあいつは、君たちの発明品かい？」

「紫風さま、先にわたくしの婚約者を助けてもようございますかしら」

「わたくしの婚約者よ。そろそろ危ないですわ」

「おっと、失礼」

紫風が肩をすくめると、スッと彼らの公用機の後ろに隠れてついてきていたピンク色の円盤が降りていくのが見えた。

「うわあ、さすがに高性能だなあ。凄い加速だ」

「降下も速いです」

みんなで窓からわいわいと円盤を眺める。

「行くわよ、フランシス」

「ええ、ジュヌヴィエーヴ」

「一回、こういうのやってみたかったのよね」

「月に代わっておしおきよ（二人でハモる）」

「キューティーハニー、モモレンジャー、ももいろクローバーZ。二人でいつも見てたわねえ」

「やっぱりアイドルはピンクですわ」

まだマイクが入っている。

「シャンパンからミサイルまで。これが、ルイ・ボトン・モア・ヘレネーグループの新たなるテーマですわ」

「我々は、皆さんに役立つ兵器、人間の代わりとなる兵士を日々開発しておりますの。いかがでしたかしら、ジュレ兵士は。シャンパンの泡から思いついたんですのよ」

「ミッチが悪いのよねえ、婚約者を放っておいて逃げ出したりするから」

くすくす笑う声が聞こえてくる。

「ジュレ兵士を退治するにはやっぱりこれですわよねえ」

二人の声がぴったりと重なった。


「シャンパン・シャワー」


ピンクの円盤から、きらきらと輝く光の粒が降ってきた。

と思ったのは、霧状になった大量のシャンパンが降ってきているのだった。

辺りに甘い香りが立ち込め、爽やかな霧が、午後の陽炎の中に降り注ぐ。

「本物のシャンパンだ」

銀嶺が口を開け、舐《な》めてみて呟いた。

シャンパン・シャワーの効果は劇的だった。

たちまち、バケモノは溶け出していた。まだ歩こうとしていたが、前に出した足も溶けている。炭酸に弱いということなのか、かろうじて保たれていた輪郭が失われ、中の人間が次々と地面に転がり落ち、あちこちから呻《うめ》き声が上がった。

蘇芳と道博は呆然と畦道に立って、甘い霧を浴びていた。

「うまい」

蘇芳は思わず口を開けてシャンパンを飲もうと試みる。酒好きの悲しい性《さが》だ。

そこここで、バケモノの身体から飛び出した人々が目を覚まし、起き上がっていた。

「なんだ？」

「どうしてここにいるんだ？」

誰もが首をひねっている。

やがて、ド派手なピンクの円盤が、狭い畦道に着地し、中からド派手な双子が降りてきた。このローカルな風景の中では、目が潰《つぶ》れそうな色彩である。

「ミッチ！」

にこやかな声がステレオサウンドで響き、道博はハッとしたように身体を硬直させた。

「さあ、帰りましょう。あなたを助けたのはこのわたくしよ」

「いけない人ね。あなたを助けたのはこのわたくしよ」

双子が同時に話しながら近づいてくるのを見て、道博は我に返り、慌てて走り出した。

双子の表情がアンドロイドのごとく険しくなり、同時に走り出す。

「蘇芳、助けて」

道博が叫ぶが、蘇芳は「あんたを助けたのはその二人よ」とそっけなく呟き、遠くから近づいてくる萌黄に気付いて大きく手を振った。


「泰山寺に向かうぞ」

「降りなくていいのですか」

「うむ」

道博が双子に捕まったのを見届けてから、紫風はそう指示を出した。わざわざ降りていって、双子に余計な餌を投げてやる必要はあるまい。

許せ、道博。小さく手で拝む。

再び公用機は上昇し、山の上に見える鐘楼に向かう。

それにしても。

紫風は冷静になって考える。

あの双子があの兵士を送り込んだとなれば、先回りして準備をしていた人間がいたはずだ。美作くんだりまで、あんな短時間であんなものを送り込めるとは。

それとも、最初から美作にいたのだろうか？

不吉な思いつきに、ひやりとした。

我々は包囲されている。何者かがひたひたとすぐそこまで忍び寄っている。本当に、すぐ近くのところに彼らはいる。ミヤコは狙われている。そして、春日一族も。

紫風は、双子にがっちり脇を固められた道博を窓から見下ろした。

及川道博。彼はいつもどこかで接点があるな。

ふと、そんなことを考える。

彼も奴らの手先なのだろうか。春日一族を追い落とし、ミヤコの実権を握り、ゆくゆくは帝国主義者にミヤコを売り渡そうというのか？　それとも、単に蘇芳にまとわりついているだけか。彼は本気で蘇芳と一緒になる気なのか。

窓から離れ、紫風はパソコンを開ける。

調べてみなければ。及川家の実情。ミヤコを包囲する者ども。

泰山寺の鐘楼が近づいてきた。ヘリポートはもうすぐである。


「さっきのシャンパン、おいしかった。もう残ってないの？」

蘇芳は円盤に乗り込んだ双子に話し掛ける。双子にがっちり脇を固められ、蘇芳にすがるような視線を送る道博など既に眼中にない。

双子は蘇芳ににっこりと笑いかけた。

「刀を抜いているところは、素敵でしたわ」

「さすがヤマトナデシコ。戦闘美少女はやはり日本のお家芸ですわね」

双子も、残月を持った蘇芳の立ち姿には感心したらしい。

「これ、シャワーの残りですけど、うちの最上級のシャンパンですの」

「紫風さまによろしくですわ」

双子は、座席から巨大なシャンパンのボトルを取り出し、蘇芳に渡した。蘇芳は大喜びである。

「とれびあん」

思わずそう叫んでボトルに頬擦りする。

「蘇芳」

道博は情けなさそうな顔で叫んだが、蘇芳はボトルを抱えてすたすたと立ち去っていく。

ピンクの円盤が、キラキラと太陽の光の中に飛び上がるのも見ず、蘇芳は銀嶺と萌黄に上機嫌で合流し、公用機が降り立とうとする泰山寺の鐘楼目指して歩き出した。

めいふぼたんどうろう

第四話

冥府牡丹灯籠

その門の前に立った時、紫風は奇妙なねじれのようなものを感じた。

何がそう感じさせるのか。

紫風はわざと離れたところで足を止め、全景を視界に収めようとした。

夏も終わり、秋風が吹き始めていた。辺りの野も勢いを失い、水分を失った黄色い草が揺れている。

そこは廃墟《はいきょ》だった。厳重に保存されてはきたものの、廃墟特有のがらんとした空気が覆っている。かつての生き生きとした営みの気配を感じることは難しい。せいぜい半世紀前のことだというのに。

紫風はちらりと後ろを振り返る。

ここは聖域というよりはむしろ——禁忌だな。しかも、相当強力な。

空は曇って、雨の予感がした。

紫風は、髪が風に乱されるままに、じっとその場に立ち尽くしていた。

現地に来てみるのは初めてだったが、想像していたのと全く異なる場所だ。これまでの考えを改めなければならないかもしれない。

歩き出そうとした瞬間、その声が降ってきた。

——本当にここに来るのは初めてなのだろうか。

紫風はぎくっとして足を止め、思わず弧峰のつかを握りしめた。

なんだ、今の声は。

反射的に腰を落とし、彼は周囲を窺《うかが》った。無人の野原。遠くに黒い森と、なだらかな丘陵地が見えるだけ。

誰もいない。では、今の声は俺のものなのだ。

紫風は背筋を伸ばした。五感を研ぎ澄ませたまま、おのれの内側にも意識を集中させる。

なるほど、最初に感じた「ねじれ」の正体はこれか。

暫《しば》くしてそう思い当たった。

夢の中で見た風景に出くわした気分なのだ。かつて、子供の頃に見た悪夢が現実になってしまったような感覚。俺は、どこかでこの風景を目にしている。映像資料だけでなく、俺の内側か、それに近いところで。

記憶を探るが、イメージのピースの埋もれていた箇所を探るのは、それこそ昔見た夢を思い出すようで、まるでつかみどころがない。

いったいどこで？

更に自分に問い続けたが、その答えを得ることはできなかった。

その時、何かが光った。

紫風はハッとしてその光のほうを見た。

一瞬のことで、見間違いかと思ったが、何かに身体が反応したことは確かだ。珍しく神経質になっているな。紫風は苦笑した。が、苦笑はすぐに緊張に変わった。


誰かが歌っている。


その声は、遠くから風に乗ってきれぎれに流れてきた。か細い声ではあるが、空耳ではない。男？　女？

紫風は、反射的に門に向かって進み出していた。

美作の合宿から戻ると、紫風は夏休みの公務の合間を光舎の図書館にこもりきりで過ごすようになった。

周囲は訝《いぶか》しがったが、紫風は理由を説明せずに黙々と図書館に通い続けていた。

ゲームメーカー――コングロマリット――そして「伝道者」。これらはバラバラのものではない。

明るい夏のミヤコの陽射しを感じながらも、彼はどこかに肌寒さを覚えていた。

何かが迫っている。ひたひたと、静かに打ち寄せる波のように。

人気《ひとけ》のない夏の光舎の中を歩き、冷たい木洩《こも》れ日を頬に感じる。

一瞬、世界の全てが幻のように思えた。

根は深そうだ。昨日今日に始まったことではない。思いもよらぬ因縁が潜んでいるような気がしてならない。それを推理するためには、過去を知る必要がある。

子供の頃から出入りしていた光舎の大図書館は、ミヤコの中で最も落ち着く場所だった。

古文書に古書、二十一世紀初めに転換が進んだデジタルアーカイブはもちろん、最新のダイオードデータまでが網羅された図書館は、回廊の中にずらりと書籍とパソコンが並ぶ一般閲覧用と、ゆるやかな螺旋《らせん》の塔になった専門書架とに分かれている。

あちこちに設けられた書見台や床机、畳敷きのスペースでは、子供たちや学生が思い思いに本をめくっており、中にはすやすや居眠りをしている子もいる。開け放たれた窓から網戸越しに爽《さわ》やかな風が抜け、紫風を見ると慌てて姿勢を正して挨拶《あいさつ》する学生もいた。

軽く会釈を返し、紫風は長い回廊の奥に向かう。

そこには司書が一人いて、専門書架のある塔への出入りをチェックしており、紫風は掌《てのひら》をモニターに当てると、開いた自動扉を抜けた。

そこは、回廊の一般閲覧用のスペースとは異なり、厳密に湿度と採光を管理された独特な空気の場所だ。

免震構造の塔を支える中央の心棒をぐるりと囲み、二重螺旋状に上り下りできる緩やかな階段が延び、塔のてっぺんの天窓から柔らかい光が注ぐ。見たところ、人気がない。研究者たちは検索ブースに入っているのだろう。

「誰じゃ」

突然、頭上から声が降ってきた。紫風は肩をすくめる。

「春日紫風です」

「なんだ、何を探しとるんぞな」

「個人的に、ミヤコの成立過程を調べたいと思いまして」

「ふん」

天窓の光の中を、すうっと小さな老人が降りてきた。

せいぜい一メートルほどの、きちんとツイードの三つ揃いを着た、見た目は子供くらいの大きさのダイオード映像である。丸眼鏡に白いチョビ髭《ひげ》は、なんだか年取った猫のように見える。

老人は眼鏡をずりさげ、からかうように紫風を見た。

「ホホウ、こいつは珍しい。生徒会で忙しくてこんな埃臭《ほこり》いところは見限ったと思っとったぞな」

「忙しいのは事実ですが、見限ったわけじゃありませんよ。塔先生もお元気そうで」

「ふん」

本当の名前は知らない。

ただ「塔の老人」と呼ばれている、博覧強記の学者である。本人はどこか他のところに住んでいるのだが、映像を図書館に送って、こうしてしょっちゅう中の資料を閲覧しているのだ。住所も不明で、光舎のどこかに部屋があるとも言われているし、もっと遠くだとも言われている。実体を見たことのある人間がほとんどいないことから、本当は、図書館に棲《す》む幽霊なのではないかと噂されているのである。

その素性も、あまり知られていない。元々は帝国主義エリアで働いており、「転向」してミヤコにやってきたのはミヤコ成立後暫くしてからだと言われているが、真偽のほどは分からない。

「どこから調べる」

口調は皮肉っぽいが、塔先生は紫風の調査に興味を持っているようである。

「そうですね」

紫風は、肩のところでふわふわ上下する塔先生の映像を眺めつつ、何気なく口を開いた。

「まあ、『暁の七人』から始めましょうか。彼らはここ光舎のご先祖様ですからね」

「違うぞな」

「え？」

あっさり否定されて、紫風は思わず塔先生の顔を見た。

「奴らがいたのはここじゃない」

「まさか。ここ光舎が『暁の七人』が最初に学び舎を据えたところということになってますし、そのように聞いています」

塔先生は肩をすくめて両手を広げてみせた。

「まあ、そのほうが何かと都合がよいからだろう。実際、ここも重要な場所だったし。特に嘘というわけじゃないぞな」

「どういうことです。ここでなければ、『暁の七人』はどこでミヤコを始めたというんですか」

紫風は腕組みをして塔先生を睨《にら》みつけた。

「おっとっと。余計なことを言ったぞな」

塔先生がすうっと浮かびあがろうとしたので、紫風は更に眼光鋭く先生を見据えた。ごまかしきれないと思ったのか、塔先生は渋々口を開いた。

「ミヤコの始まり。そいつは『黒の楔《くさび》』だぞな」

「なんですって？」

紫風がそう叫ぶよりも前に、塔先生の姿は消えていた。


黒の楔。

確かにそう言った。まさか、あんな場所が。

一人になって検索ブースに入った紫風は、混乱したままミヤコの地図を呼び出した。

古代から現在まで、現存する全ての地図と文献から復元したミヤコの歳月が、斜め上空から俯瞰《ふかん》した形で、凄《すさ》まじい勢いで再現されていく。

古代神話の世界、開墾、戦乱、農耕、戦乱、焼き討ち、遷都、成熟、爛熟《らんじゅく》、戦乱、荒廃、都市化、都会化、荒廃、廃墟――

ブースいっぱいに浮かび上がるイメージは、いつも人の世の無常さを実感させる。

なぜかくも人は愚かなのか？　なぜ我々は同じ過ちを繰り返してしまうのか？　知識と経験を得た今もまた？　なぜ美しいものは美しくないものに駆逐されるのか？

延びるビル、張り巡らされる道路網、空を覆うケーブル。

蜘蛛《くも》の巣のようなイメージを眺めながら、紫風は考える。

ミヤコの朝もやに浮かぶ、黒い瓦《かわら》屋根の海も。

紫風の玲瓏《れいろう》とした肌が、モニターの光に淡く照らされているさまは、ある種の酷薄さを湛《たた》えている。

日本を統べる？　佐伯は――伝道者は、何を目指しているのだ？

今の日本のあり方も一つの手だ。いびつではあるが、棲み分けは為されている。帝国主義者の主張も分かるが、彼らはいつも失敗してきた。伝道者の主張は、全てを台無しにしかねない。そんなことは佐伯だって分かっているはずだ。それとも、混乱そのものが彼らの狙いなのか？　いつの世も混乱を望む輩《やから》は絶えない。混乱に乗じて、どさくさまぎれで天下を取ることを夢見る連中だ。未《いま》だかつてそのパターンが成功したことはないのだが、そういう輩はえてして前例を研究していないものである。

佐伯の涼しげな笑みが浮かぶ。いや、あいつはそんな鉄砲玉というタイプじゃない。むしろ、深謀遠慮のタイプだ。祖父はあいつの剣をどこかで見たことがあると言っていた――

映像が変わり、最新のものになった。

モニターを操作し、画面を拡大する。

黒の楔。

光舎から遠く離れた――いや、ミヤコの中心部から見て北部にある、忘れられた遺跡である。この辺りには古墳が数多く残っているのだが、その古墳の一つにある遺跡だ。

確かにミヤコの創立期に関係する遺跡だと知ってはいたが、特記すべき事柄はなかったと記憶している。そもそも何に使われた場所だったろう。

黒の楔のデータを呼び出す。

「暁の七人」の一人、三輪雪野《みわゆきの》がミヤコ成立後、「暁の七人」の家族（主に女性と子供）と共に過ごした。

三輪雪野は晩年ほとんどここで隠遁《いんとん》生活を送った。「黒の楔」は、雪野がこの地に新たなミヤコが根付くことを祈って数種類の樹皮の黒い木を植えたことからそう呼ばれる。

なるほど、こういうことか。道理で印象に残っていないわけだ。

三輪雪野。絶世の美女で武芸の達人、優雅で頭も切れたという。ミヤコの創立メンバーでは二人いた女性の一人だ。

なんとなく、萌黄を思い浮かべた。萌黄をもっと派手にした感じかな。

紫風は更に詳細なデータを求めた。が、いっこうにデータが出ない。映像もない。

なぜ絵が出ない？

紫風は、自分が「黒の楔」に行ったことがないことに気付いた。遠足でも、生徒会でも。

言葉にできない不安が込み上げてきた。

そのほうが何かと都合がよいからだろう。

さっきの塔先生の言葉が蘇《よみがえ》る。そこに何かがあるような気がする。これは、一度訪ねてみなくては。

「黒の楔」

「何深刻な顔してんの、紫風」

突然、蘇芳がモニターを覗《のぞ》きこんだので紫風はギョッとした。

「おまえ、いつのまに。ＩＤ認証はどうした」

「司書の人が通してくれたわ。だって、紫風がじじむさく図書館にこもっててつまんないんだもん。はい、さしいれ」

蘇芳が取り出したのはおにぎりである。

「おお、確かに腹が減ったな。気がきくじゃないか」

紫風は海苔《のり》の香りを吸い込み、おにぎりにかぶりついた。

「へへへ。実はお願いがあるんだけど」

蘇芳のキラキラした目を見て、ご飯が喉《のど》につかえる。

「おまえがそういう顔をする時は、何かろくでもないことを頼む時なんだよな」

紫風は警戒の色を強めた。

「そんなことないって」

蘇芳はヒラヒラと手を振る。

「ちょっと顔貸してもらいたいの」

図書館を出ると、まだ夏の陽射しは鋭かった。

蘇芳は麦藁《むぎわら》帽子をかぶり、機嫌よく歩いていく。

「どこに行くんだよ」

ずっと薄暗い室内にこもっていたせいか、陽射しがやけに眩《まぶ》しくて、目につらく感じる。

「紫風は、お香にも詳しいでしょう？　あたし、お呼ばれしてるんだけど、全然自信なくて。紫風を連れていけばみんな喜ぶからさあ」

「俺は客寄せパンダか。おまえ、香りのきついもんは嫌だって言ってたじゃないか」

「うん。でも、オイカワ姉妹のシャンパンで目覚めたの。洋風の香りがあってもあんな美味《うま》い酒があるなんて。これから究めるわ。ワインだって飲んでみる」

蘇芳はうっとりと両手を握り合わせる。紫風はあきれた。

「酒とお香は違うだろ」

「あたしには同じよ」

蘇芳はきっぱりと言い切る。

そういえば、オイカワ姉妹はフランスに帰ったあとも滞在の御礼にとシャンパンを山ほど送ってくれ、蘇芳は狂喜乱舞していたっけ。

「誰が主催するお香の会なんだ。こんな夏場に珍しい」

及川道博は、あの姉妹の訪問がよっぽどショックだったのか、ひっそり北海道に神経を休めるためのバカンスに行っているらしい。

「えっと、誰だったかな。瑠花ちゃんが紹介してくれたんだけど」

「あのおさげ髪の子か」

「瑠花ちゃんち、お茶のおうちなんだよね。おじさんが家元じゃなかったっけ」

遠野《とおの》瑠花。確か、蘇芳と同級生だったはず。おっとりとしたおとなしそうな子だ。蘇芳と気が合うというのも不思議だが、対照的なタイプだからだろう。

残暑の街には人気がなかった。

ふと、紫風は思いついて尋ねる。

「なあ、蘇芳。おまえ、『黒の楔』って行ったことあるか？」

「『黒の楔』って？」

「北のほうにある遺跡だよ。『暁の七人』の頃の」

「うーん。どうかなあ。でも、あっちのほうに子供の頃行ったような気がする。うん、近くに黒のナントカがあるって聞いた覚えがあるもん」

蘇芳は目をくるくるさせて考えこむ。

「子供の頃？」

「うん。春日の子供がいろいろいたような気がする。紫風もいたよ」

「え？」

ざわっ、と鳥肌の立つ感覚があった。

「何の話だ」

蘇芳はあっけらかんと続ける。

「そういえば、ずっと行ってないよねえ。あれ、なんだったんだろ」

やがて蘇芳は目を輝かせた。

「そうだ、山のおばちゃん、って言ってたよ。年齢不詳の、凄《すご》く優しそうで綺麗《きれい》なおばさんがいる家。子供の頃は、年に一度みんなでわいわい遊んだよ。お泊まりしてさ。怖い話とか、トランプとかやったじゃん」

山のおばちゃん。

何かが記憶の底で蠢《うごめ》く気配があった。にもかかわらず、紫風はその情景を思い出せなかった。確かに、子供たちで集まって遊んでいたことは覚えている——そして、子供たちを見ながらニコニコしていた女がいたということも。

しかし、何かがおかしかった。客観的に見ても紫風の記憶力はずば抜けており、二歳くらいからはっきりと記憶がある。その彼が、なぜ蘇芳が覚えているイベントを失念しているのだろう。子供たちが集まって泊まり込みで遊ぶ。楽しい、特別な行事だったはずだ。紫風ならば、年少の子供たちの世話をしただろう。なのになぜ？

この時、紫風は直感した。

俺の記憶は、どこかで操作されている。自分で無意識のうちに何かを拒絶したのか、誰かにされたのかは分からないが、意図的に封印されたものがある。

背中を冷たいものが走りぬけた。

「着いたよー」

蘇芳の声で現実に引き戻される。

彼女が指さした家は、涼しげな竹林に囲まれた、趣のある数奇屋造りのどっしりした日本家屋だ。

「立派な家だな」

「でしょう？　だからちょっと怖くってさー」

蘇芳は珍しく気弱な顔で笑った。剣は強いが、かしこまった席にはめっきり弱い娘なのである。

水を打った敷石を踏んで玄関に向かうと、そこはかとなくいい香りが漂っていた。

「蘇芳ちゃん、いらっしゃい。まあ、紫風さままで」

涼しげな絽《ろ》の着物を着た瑠花が紫風を見て顔を赤らめた。

「嬉《うれ》しいです、こんなところまでお越しいただいて」

瑠花の着物や玄関のモダンな花を見るに、結構くだけた会らしい。

「こちらこそ、いきなり人数を増やした上に手ぶらで申し訳ない」

「そんな、かしこまった会じゃないんです。一緒にお稽古《けいこ》しているお友達どうしで、見よう見真似で、やってみようってことになって。恥ずかしいですわ、正式な作法をご存じの紫風さまに」

瑠花は慌てて手を振った。

「それを聞いてホッとしたよ。気軽なほうが僕も大歓迎だ。では、お邪魔します」

ほの暗い廊下を抜けると、気持ちのいい座敷に出た。障子が取り払われ、濡《ぬ》れ縁の向こうに素晴らしい庭が広がっている。

そこには、十代から二十代と思《おぼ》しき娘たちが行儀よく並んで座っていた。

いきなり現れた紫風に驚き、顔を赤らめ、黄色い歓声を上げる。

「きゃあ、紫風さま」

「なんてラッキー」

「もっといい着物着てくればよかったわっ」

きゃあきゃあと興奮する娘たちに、紫風は苦笑し手を振った。

「お構いなく。僕は無作法な蘇芳のただの付き添いですので」

蘇芳がムッとした顔になる。

「無作法とは何よ、無作法とは」

「本当のことだろうが」

「蘇芳ちゃん、麦茶どうぞ」

瑠花がクスクス笑いつつ、絶妙なタイミングでグラスを差し出した。

静かに、みんなで順番にお香を聞く。

典雅な空気が、すっきりとした座敷に漂い、娘たちのゆったりとした手の動きに催眠術にでもかかっているような気分にさせられる。

暑い時にどうかと思ったけれど、夏のお香も意外といいもんだな。結構気分がリフレッシュされる。

きちんと正座し、静かに庭を見つめていた紫風は、やがて何かがおかしいことに気が付いた。

うん？

ふと、周囲を見回し、紫風はハッとした。

止まっている。

娘たちは動きを止めていた。

まさか。紫風は腰を浮かした。

すうっと全身から血が引いていく。

そんな馬鹿な。

隣の蘇芳を見ると、蘇芳はかすかに畳に目をやったまま静止していた。それこそ、フィルムを止めたかのように、ぴくりとも動かず人形のように座っている。

紫風はのろのろと立ち上がった。

他の娘たちも、時間が止まっていた。

香合《こうごう》を手にした娘は、とてもつらかろうと思われる中途半端な姿勢で静止していたし、着物の袂《たもと》は手を動かしている途中らしく空中で横に浮かんでいた。

瑠花はおさげ髪がかすかに斜めになっているし、何か言いたそうに口を開けていた。

誰も瞬きしない。

何が起きているんだ。

紫風は青い顔で娘たちを見回した。

しかし、かすかなお香の匂いは漂っているし、庭の木々を風が揺らしている。あくまでも、娘たちだけが止まっているのである。

紫風は、何かの気配を感じてハッと振り返った。

「誰だ」

思わずそう叫んで身構えるが、辺りは静まり返っている。

何かが強く香った。

急に鼻を捉《とら》えた香りに、紫風はウッと唸《うな》った。反射的に鼻を押さえたが、その妖艶《ようえん》な香りは指の隙間から侵入してくる。

香りは、濡れ縁のほうからやってくるようだった。

紫風は身構えたまま、ゆっくりと縁側に出た。座敷で座っている時は分からなかったが、縁側はずっと先まで続いていて、渡り廊下になっている。

外に出ると、香りの道が見えるようだった。

この眩暈《めまい》のするような匂いは何だ。うっとりするようでもあり、ゾッとさせられるようでもあるこの香りは。

紫風は、渡り廊下を進んでいった。ジグザグに続く廊下は、少しずつ斜面を下りながら、離れのような小さな家に続いている。

遠くに、障子の開いた部屋が見えた。

あそこに誰かいる。

紫風はそう確信した。この道はあの部屋に続いているらしい。

息を殺し、いつでも動けるように身体の重心を低くする。

その香りと異様な気配に、空気が重く感じられた。

異形のものがいるとしか考えられなかった。ふと、頭の中に、最近遭遇したロボットやジュレ兵士が浮かんだ。もしや、またしてもああいうものが？

恐らく、紫風が近づいていることは、向こうでも気づいているはずだ。いくら息を殺し、足音を忍ばせても、障子には影が映る。

どうする？　いったん庭に飛び降りて部屋を見るか？　それとも——

考えながらも足は近づいていく。止めることができない。

「紫風さま」

その声は、突然紫風の頭の中に響いてきた。

直接、声が飛び込んできたのだ。紫風はハッとして立ち止まった。

しっとりとした、愁いに満ちた、美しい声。

紫風は、いつのまにかその部屋の前に立っていた。


「あなたを待っていましたの」


再び、声は紫風の脳に直接響いてきた。何かが頭の中に突き刺さったようで、紫風は思わず顔をしかめた。

誰かがゆっくりと部屋の暗がりで身を起こした。

そこには、白い浴衣を着た一人の少女がいた。

病弱なのか、顔は透き通るように蒼《あお》く、浴衣から覗く足は血管が指でなぞれそうだ。

しかし、その少女は、恐ろしく美しく、この世ならぬもののように妖艶だった。

漆黒の闇を持った二つの目に、紫風は戦慄《せんりつ》と快感とを同時に感じた。文字通り、身体の中を冷たく温かい光が走りぬけた。

闇の生き物の目。どこまでも昏《くら》く、果てしない虚無を抱えているのに、熱病患者のようにキラキラしているのだ。

地の果てまで続いていきそうな美しいカーブの眉《まゆ》、顔の片方に掛かるように無造作に流れる豊かな黒髪、ふっくらとした金魚のような唇、吸い付きそうな白い肌。

これは誰だ、と紫風は自問した。

俺はこの顔を見たことがある。どこかで知っている。ずっと昔、とても昔、どこかでこの顔に出会っている。


「おまえは誰だ」


紫風は身震いしたいようなおぞましさと、ゾクゾクするような快感とに引き裂かれそうになっていたが、いつのまにかそう尋ねていた。

少女はかすかに眉を顰《ひそ》め、哀しそうな笑みを浮かべた。

「忘れてしまったの」

「おまえなんか知らない」

「思い出してちょうだい」

少女はじりじりと腕を広げて紫風に近づいてくる。

紫風は全身に冷たい汗を掻《か》いていた。いったいなんだ、この気配は。こんな凄まじいものには出会ったことがない。

黒い二つの闇が近づいてくる。

身体が動かせない。虚無と狂騒に縁取られた二つの目が。

不意に手が動いた。

脇に携行している小刀を無意識のうちに振りぬいていたが、ヒュッという空を切る音が耳に聞こえただけだった。

「うっ」

黒い塊が、ドンと天井に当たり、床に跳ね返り、目にも留まらぬ速さで庭に飛び出していった。

小刀を構え、庭を見るが、黒い影はアッというまに竹やぶの中に飛び込んでいってしまった。

庭を、青い風が吹き抜ける。

さやさやと、全ての音が蘇ったような気がした。

今のはいったい何だったのか。

紫風は汗を拭《ぬぐ》い、小さく溜息《ためいき》をつくと部屋の中を振り向いた。

そこには、もぬけの殻の布団と、夏用の上掛けがある。誰かがそこに寝ていたことは確かだ。

用心深く部屋の中に入ると、枕の側で何かのお香を焚《た》いているのに気づいた。さっきの強烈な香りは、そこから漂ってくるのだ。紫風はその香りを確かめようと顔を近づけた。

「ねえ、紫風の番だよ」

紫風はハッとして我に返った。

蘇芳がきょとんとした目で彼の顔を覗き込んでいる。

「え？　あっ、ああ。すまん」

「やあね、ぼうっとしちゃって。図書館にずっとこもってるからよ」

蘇芳がバンと紫風の肩を叩《たた》いた。

紫風は呆然《ぼうぜん》と部屋の中を見回した。

さっきの座敷。

娘たちは、何事もなかったかのように澄まして座っており、くだけたお喋《しゃべ》りを交わしている。

今のは夢だったのか？　いや、違う。

紫風はそっと鼻に手を近づけた。今聞いている香ではなく、さっきの香りがまだ鼻に残っている。やはり俺はあの部屋に行ったのだ。ということは、あの白い浴衣の娘も存在していたということだ。そして、俺の刀をかわし、庭へ逃げていった――

獣のような身のこなし。いや、獣そのものだ。あのおぞましさ。妖艶さ。だが、あの顔には見覚えがある。

紫風は上の空でお香を聞き続けた。

「ごめんね、紫風。やっぱ、疲れてたんだね」

帰り道、蘇芳がしおらしく紫風に声を掛けた。

「図書館で根つめてんのも身体に悪いと思ったんだけどさ」

「いや、気分転換になったよ。夏のお香もいいもんだと思ったし」

「ほんと？」

紫風は蘇芳の顔を密《ひそ》かに観察していた。さっきのことは、少女たちの謀《はかりごと》だったのではないかとかすかに疑っていたのだ。しかし、彼女たちは静止状態だったのだし、何かができたとは思えない。

蘇芳は暫く黙り込んでいたが、やがて「ごめん！　紫風」と大声を出したので紫風は面食らった。

「なんだよ、ほんとに疲れてないってば」

「そうじゃなくて、あたし、紫風のこと騙《だま》してたの」

「え？」

蘇芳は手を合わせて早口で喋りだした。

「ほんとはね、瑠花に頼まれたの。瑠花のいとこで、身体の弱い女の子がいて、この夏は瑠花の家の離れで療養してたんだって。近くにいいお医者さんがいるからだって。それで、その子はほとんど学校にも行けないんだけど、紫風の大ファンなんだって。だから、一目でも姿を見せてあげたいし、よかったらたまたま寄ったんだってことで話をしてあげてくれないかって」

紫風は絶句した。

いとこ。あの子が遠野瑠花のいとこ？

「あたし、いいわよって安請け合いしちゃって。でも、正直に言ったら、紫風はそういうの嫌がるでしょ、だからお香に誘ったの」

「で、その子はどうしたの？」

「でも、今日はずっと熱を出していて、お薬で眠っていて話をするどころじゃなかったらしいの。だから、瑠花もそのまま何も言わなかったんだよ」

「そうだったのか」

病弱。確かに、透き通りそうではあったが、とても身体が弱いようには思えなかった。それとも、あれは熱に苦しむ少女の生霊が見せた幻だったのだろうか。

蘇芳はしょんぼりした。

「ごめんね、紫風。反省してる」

「いいよ。最初から言ってくれてもよかったのに」

「じゃ、今度また機会があったら会ってあげてくれる？」

「うん」

「ありがとう、紫風」

蘇芳はホッとしたような顔で紫風を拝んだ。が、やっといつもの調子に戻って小さく笑った。

「でもね、すっごい美少女だって言ってたよ、その子」

確かに、物凄い美少女だった。思わず紫風は頷《うなず》きそうになる。

「その子、名前なんていうの?」

それをごまかすために、そう質問する。

「ええと、なんていったかな。そうだ、ゆきかちゃん。雪の花と書いて雪花《ゆきか》。瑠花とお揃いみたいだねって言ったから。そうそう、思い出した。三輪雪花ちゃんていうの」


三輪雪花。

紫風は、寮の自分の部屋で再びパソコンを開いた。

「暁の七人」の家系がずらずらと並んでいる。

春日、及川。えんえんと続き、枝分かれしていく生命の系譜。

だが、三輪雪野の欄は、空白になっていた。

彼女は三輪雪野の子孫に違いない。

絶世の美女。確かにあの歳であれなら、末恐ろしい。吸い込まれそうな目を思い出し、ぞくりとする。

なぜだろう。あの娘は「黒の楔」と繋《つな》がっているように思えてならない。

風のない、蒸し暑い夜だ。

紫風は寝付けず、麦茶でも飲むかと台所に出た。

「あら、紫風」

萌黄がテーブルの前で肩をすくめる。

「おや」

彼女はこっそりビールを飲んでいたらしい。

「ずるいな。俺にもくれ」

「冷奴《ひややっこ》出しましょうか」

二人は静かにグラスを合わせた。と、萌黄が鼻をくんくんと鳴らす。

「あら、隅に置けないわね、紫風。誰かと逢引でもしてたの?」

「違うよ、今日は蘇芳とお香の会に行ったんだ」

しかし、萌黄はにやりと笑って意味ありげに紫風を見る。

「ううん、これは香水。このあいだ、シャンパンと一緒にオイカワ姉妹が送ってくれた香水と同じ香りよ」

「なんだって?」

「確か、『運命の女』じゃなかったかしら。新製品ですって」

運命の女。これはまた、凄い名前だ。

「本当に同じ匂い？」

「ええ。完全に同じでなくても、かなり似ていることは確かだわ」

萌黄は自信ありげに頷いた。

紫風は混乱した。またしても、コングロマリットの影か。頭を整理しながら、葱《ねぎ》とかつおぶしを載せた豆腐をつまむ。

「萌黄は『山のおばちゃん』を覚えている？」

「『山のおばちゃん』？　ああ」

なぜそんな質問をされたのか不思議に思ったのだろう、萌黄はきょとんとした顔で頷いた。

「あれって、どこにあったっけ。あの家」

「紫風がそんなこと聞くなんて不思議ね、何でも覚えてるくせに」

覚えてないから聞いてるんだよ、と紫風は心の中で呟《つぶや》いた。

「今はもう誰もいないのよね、あの家。だって、あの家、『黒の楔』の中にあったんだもの。今はあそこ立入禁止だし」

「『黒の楔』の中に？」

紫風は思わず聞き返した。

「ええ。今は『黒の楔』全体が重要文化財になっちゃって、立入禁止でしょ。周りに壁まで作っちゃって、考えてみれば随分厳重よね。確かに老朽化がひどくて、石造りの部分も崩落の可能性があるから仕方ないのかもしれないけど。だったらちゃんと補修すればいいのにね」

萌黄は淡々と話しながらビールを飲む。

「いやだ、なんだかお腹が空いてきちゃったわ。何かないかしら。油揚げと梅干しかないけど、それでいい？」

萌黄は席を立って、油揚げに梅肉を塗って焼き始めた。

「萌黄」

「なあに？」

「俺たち、『山のおばちゃん』のところで、何して遊んだんだっけ？」

「ええ？」

萌黄が目を丸くして紫風を振り向いた。

「なんだか今夜は変ね、紫風。さては、『運命の女』の香りをさせた相手に腑《ふ》抜《ぬ》けにされたんでしょ」

そうかもしれない。

紫風は胸の中で呟いた。

「あれって、春日の教育の一環だったのよね、今はもうやってないけど。『山のおばちゃん』は精神感応力が強くて、子供たちにそれを伝授していたのよ。かつては強力な霊媒だったそうなんだけど。実際の効果はよく分からないし、場合によっては危険だっていうんで、確か数年でやめたのよ。催眠術とか、記憶の退行みたいなことまでやってたから、心配する親もいたみたい。あたしも掛からなかったわ、催眠術。結局、みんなでゲームやってわいわい遊ぶのが楽しみだったのよ。みんな、別にそんなの信じてなかったわ。おばちゃん優しかったし、子供で集まって泊まるほうがよっぽど楽しかったわよ」

精神感応力。霊媒。催眠術。

紫風の中で、何かが弾《はじ》けた。

「黒の楔」への立入許可を取るのは紫風でも予想以上に大変だった。

なにしろ、中に入るのは法に触れる上に、今はシールドでも保護されているというのである。

「ここだけの話ですが」

と職員が声を低めた。

「かつて、あの場所から疫病が発生したという話がありましてね。裏づけはできていません。確かに、ミヤコ成立当時、流行病が起きたのは記録に残っていますが、当時はあの場所からだと言われていたんです。それで、これほど厳重に」

「なるほど」

それならば、確かに壁もシールドも説明がつく。しかし、逆にそれは人に立ち入らせないための有効な隠れ蓑《みの》とも言えるのではないか？

更に押し問答が続いた後、ようやく職員が折れた。

二時間以内に戻り、入場前と入場後、法的手順にのっとったしかるべき消毒を行うという条件である。

まるでバイオハザード施設並みだな、と紫風は思った。

しかし、庭に飛び出していった影や「運命の女」のことを考えると、いったい何が起きるのか分からない。

紫風は背筋を伸ばし、弧峰を握る手に力を込めた。

このあいだの三輪雪花のことを考え、今日は護身用に最も信頼できる相棒を持参することにしたのである。

いったい何が出てくるのか。

ゆっくりと、「黒の楔」に入る巨大なゲートが陰鬱《いんうつ》な音を立てて開き始めた。

山門は、歳月のせいで炭のように黒く朽ちていた。

屋根の瓦にはぺんぺん草が生え、大きく傾《かし》いでいる。

たかだか十数年でこんなに朽ちてしまうものだろうか。

紫風は違和感を覚えた。

確かに手入れが為されていなければ、木造の建造物はたちまち朽ちていく。それにしても、この消し炭のようになった門が異様に感じられるのは、場所の雰囲気のせいなのだろうか。

全身の神経をオープンにしたまま、紫風は山門をくぐった。

淋しい風景だ。古い石畳の道が丘をぐるりと巡るように続いている。終わりかけた萩《はぎ》の繁みがえんえんと灰褐色に並び、足元にはやはり盛りを過ぎた桔梗《ききょう》が思い出したようにぽつんと咲いている。

辺りは静まり返っていて、今更ながらに「黒の楔」に一人きりでいることを意識した。

不意に寒気を覚える。

これは死の静けさだ。過去によほど禍々《まがまが》しいことが起きた場所としか思えない。なぜだ。ここは新たなミヤコ、新しい幕開けの場所ではなかったのか。

紫風は用心深く周囲を見回しながら進んでいく。

この寂寥《せきりょう》感。虚無感。そのくせ、何か不穏な悪意が立ち込めているような――

爪先がこつんと固い何かに触れた。

ハッとして足元を見る。

古い積み木が落ちていた。

元は青い塗料が塗られていたらしいが、ほとんど色がなくなり、立方体の木の角も取れかけている。

だが、紫風はその積み木を見た瞬間、自分がひどく動揺したことに気付いていた。

俺は何をこんなにうろたえているんだ？

そう自分に問いかけてみるが、全身にうっすらと冷や汗を感じていること以外分からない。

この積み木、見たことがある――いや、これを手に取って遊んだこともあったのではないか――

紫風はぎくしゃくとかがみこみ、その積み木を拾い上げようとした。

が、紫風の手が触れる前に、積み木はふわりと宙に浮いた。

えっ？

立方体の形をした積み木が、スッと浮かびあがり、立ち上がった紫風の目の高さで止まった。

紫風は反射的に弧峰に手をやっていた。

が、積み木はふわりと紫風から離れ、蝶《ちょう》のように上下左右に揺れながら動いていく。

なぜこんなことが。誰かが操っているのか。

紫風は混乱しつつも、積み木を追いかける。誰かが彼のことを引き寄せようとしているのかもしれないが、危険は承知の上だ。

積み木は頼りない動きで石畳の上から外れ、脇道の上に出て行った。

紫風も萩の繁みを掻き分け、後を追う。

相変わらず、周囲は静かで生き物の気配はなかった。紫風が繁みを掻き分ける音だけが響き渡る。

誰かが見張っているにしろ、俺の居場所はバレバレだな。なんたる無防備。

紫風はあきらめに近い気分で考えた。ここに足を踏み入れた瞬間から、覚悟はしていた。どうしても、ここで対面しなければならない過去がある。

曇り空に浮かぶ積み木。信じがたい眺めだと思うものの、この場所ではそれが不思議でないような気がした。

萩の繁みはなかなか尽きなかった。どれも紫風の背丈ほどあって、視界が開けず不安が募る。まるで迷路のようだ。

突然、それまでふわふわと宙を舞っていた積み木がすとんと落ちて萩の向こうに姿を消した。

紫風は慌てて積み木の消えた地点に急ぐ。

不意に視界が開けた。

あっけに取られて、思わず立ち止まる。

奇妙な光景が目の前にあった。

古い日本家屋が、窪地《くぼち》のような円形の土地に建っていた。かなりの歳月を経ているが、建物自体はしっかりした堅牢《けんろう》な造りである。

奇妙なのは、その家を囲むように黒い木の柱が建っていることである。今、紫風の目に見えるのは四本だった。

そして、更に異様なのは、家の周りの地面に、無数の積み木が落ちていることなのだった。どれも色褪《いろあ》せているが、赤や緑、青や黄色だったと思しき円柱や三角や直方体の積み木がバラバラと散らばっている。

紫風は全身を悪寒が走りぬけるのを感じた。

ここだ。ここが、あの家だ。「山のおばちゃん」の家。

俺たちはここで過ごした。子供の頃、みんなで。

――さあ、今度は星を造るのよ。

頭の中に声が響く。紫風は思わず頭を押さえた。

過去からの声。ずっと封印していたあの声。

ザアッという驟雨《しゅうう》のような音が紫風の全身を包む。

それは、今現実に聞いている音だった。

地面に散らばっていた無数の積み木が、一斉に空に舞い上がったのである。まるで、広場の鳩の群れが駆け寄った子供から逃れようとはばたいたように。

非現実的な眺めだった。

積み木は、空で止まった。無数の丸や三角や四角が空を埋めている。

が、やがてまたそれらが一斉に動く気配を感じた。

積み木が空から降ってくる。

殺気。紫風は弧峰を握り、身構えた。

来る。

積み木は、紫風目指して四方八方から降り注いだ。無数の物質の質量が、彼目掛けて押し寄せてくる。

紫風は弧峰を抜くことなく、目にも留まらぬ動きで鞘《さや》で積み木をなぎ払い、叩き落としていく。その目は閉じられていて、全身の感覚だけで反応している。

乾いた木々が鞘にぶつかり、割れ、地面に落ちる音が空間を埋めた。

紫風はためらうことなく全く無駄のない手さばきであっというまに積み木を皆弾き返していく。

空には何もなくなり、再び周囲には静寂が訪れた。

——さあ、今度は星を造るのよ。

呼吸を整える間、紫風は再びあの過去からの声を聞いた。

弧峰を握り直し、彼はゆっくりとその家に近づいていく。

たった今叩き落とした積み木の欠片のように、過去の記憶の断片が少しずつ身体の中に蘇ってくる。

玄関の引き戸は開いたままだった。

暗い土間は沈黙していて、澱《よど》んだ空気を予感させる。

紫風は小さく息を吸い込んでから、中に足を踏み入れた。

冷たく、かび臭い空気が頬を打つ。もはや誰も住んでいないことは確かだ。

しかし、家の中は整然としていて、廃屋特有の荒《すさ》んだ雰囲気はなかった。

こんなに小さな家だったのか。子供の頃はもっと大きな屋敷に感じていたのに。

紫風は天井に太い梁《はり》が剝《む》き出しに渡してある座敷を覗き込んだ。

梁の上に、針金で造った輪が見える。

——あそこを通してご覧。

梁を見上げる紫風の脳裏に声が響く。

ふわりと宙に浮き上がり、くるりと輪をくぐる青い積み木。

俺はあの輪に積み木を通せた。通せる子供はそんなに多くはなかった。萌黄も蘇芳も、持ち上げるのが精一杯だったはずだ。

子供たちはそれが自然なゲームだと思っていた。誰にでもできるものだと。

しかし、その都度彼らは彼女によって記憶を消されていたはずだ。彼らはこの家を出る頃には、そんなゲームをしたことすら覚えていなかったのだから。

だが俺は——

紫風は、勝手口に目をやった。そこは閉まっている。

あの戸を開けると――

静かに暗い土間を歩いていく。

そう、かつて、皆が寝静まったあとで、彼だけが呼ばれた。暗い勝手口を抜けて、家の裏に出て行ったのだ。

確か、あそこにはあれがあったはず。

紫風は引き戸に手を掛けた。それはあっけなくがらりと開いた。


あった。


そこには、正面からは見えなかった、家を囲む三本の柱と、小さな一つの建物があった。

法隆寺《ほうりゅうじ》の夢殿《ゆめどの》を模したような、八角形のお堂である。

黒く塗られた八枚の戸板に囲まれた、中の見えないお堂。

俺はこの中に入り、そして――

紫風はぎくっとした。

今、この中に誰かがいる。そんな確信が湧いてきたのだ。

気のせいか。いや、本当に人の気配がある。誰かがこの中で瞑想《めいそう》している。

紫風は動けなくなった。辺りはしんと静まり返っているが、そのお堂から、不気味な瘴気《しょうき》のようなものが溢《あふ》れ出してくるように感じたのである。

いや、待てよ。何かの匂い。お香のような。ごく最近嗅《か》いだ匂い。

運命の女。

その名前が浮かんで、紫風はますます緊張を強めた。

まさか、あの少女が？

妖艶な黒い瞳《ひとみ》、抜けるような白い肌、天井にぶつかって飛び出していった影。この世ならぬ異様な官能。

今にもあの少女が獣のような動きで中から襲いかかってくるような気がして、紫風は思わず後退りをした。

この戸板は確か回るはずだ。

急にそのことを思い出し、紫風は思い切って弧峰でトンと正面の戸板を突いた。

からりと戸板が回り、一瞬中に人影を見たような気がしたが、弧峰で戸板を止め、中を覗きこむとそこは無人である。

いない。気のせいだったか。

訝しげに中を見るが、身を隠す場所などない、せいぜい四畳半もあるかないかの広さである。さっきまで濃厚な何者かの気配を感じたのが嘘のようだった。

紫風は周囲にも注意を払いながら、他の戸板も回してお堂の中に空気を通した。

しかし、調度品も何もない板張りの部屋には文字通り蟻一匹見当たらない。

紫風はついに、お堂の中に足を踏み入れた。土足は気が引けるが、ここで靴を脱ぐのは危険すぎる。

お堂の真ん中に立って周囲を見回しているうちに、ふと、子供の自分が横たわっているイメージが頭に浮かぶ。あれはどこだったのだろう。

暗く、暖かい場所で。

ここか？　紫風はしげしげと板張りの床を見た。子供が横たわるにはじゅうぶんな広さだが、ここではなかったような気がする。

床に顔を近づけた紫風は、そこに残っている香りに気付いた。

やはり、「運命の女」。あの少女の部屋に漂っていた香りだ。

更に床をよく見てみると、羽目板の継ぎ目に見せかけているが、蓋《ふた》になっているのだと気付く。節穴に似せた穴に指を掛けると、蓋が持ち上がった。

湿った匂い。蓋の下は、地下へと向かう通路になっているようである。

暖かい暗がり。紫風は一瞬躊躇《ちゅうちょ》してから、やがてその暗がりへと降りていった。

空気は流れているようだった。地上の光を地下に取り込む仕組みなのか、ほのかに明るく、長い通路があることが窺える。

お堂の下は岩盤になっているらしく、掘られた縦穴はすぐに横穴となり、ゆるやかな下り坂になっている。

少し進むと、太いケーブルがあちこちから伸び、からみあって奥へと続いていた。

昔のケーブルもあるが、よく見ると新しく付け加えられているもの、修理されているものもある。ごく最近も、ここに人が出入りしていることが窺えた。

重要文化財で立入禁止区域ではなかったのか。

紫風は眉をひそめた。この状態を見るに、この地下世界に限っては、大掛かりなルーティンのメンテナンスが行われていることは明らかである。つまり、誰かが聖域であることを承知の上でここに入っているのだ。恐らくは、政府関係者が。

陰謀なのか。それとも単に重要文化財の維持活動なのか。どちらにしろ、なぜ自分をここに入れたのか。要職にあるとはいえ、学生に過ぎない俺を。

疑問は増えるばかりだが、とにかく今はぼんやりと明るい地下の通路をどこかに出るまで進むしかない。

随分下っているな。今どこにいるのだろう。方向からいって、山門の向こうに見えた丘の真下あたりだろうか。

紫風はケーブルを踏まないよう注意しながら天井を見上げた。随分暖かくなった。地熱か、ケーブルのせいか。いったいこの地下はいつから存在しているのだろう。場所そのものは相当古いようだが。そもそも、この大量のケーブルは何のために必要なのか。

紫風は顔を上げた。

声を聞いたような気がしたのだ。

誰かが歌っている？　女の声だ。そういえば、さっき山門を入る前にも歌を聞いたような気がしたっけ。

紫風は足を速めた。

前方に、オレンジ色の光が見えてくる。どうやらそこに広い空間があるらしい。

気持ちは逸《はや》るが、身体のほうは慎重さを失わなかった。さっきの積み木の件もあるし、彼の動きは読まれているという前提で進んだほうがいい。

ようやく、開けた空気のところに出た。

どうやらそこは広い空間の天井近くになるらしく、下のほうから鈍い機械音が伝わってくる。

紫風は弧峰を手に、そっと身体を低くして下を覗き込んだ。

なんだ、これは？

彼は、自分が見下ろしているものがよく分からなかった。

卵を縦に立てたような空間。

その底に、日時計のように七つの石棺が並んでいる。石棺には大きな石が載せてあり（紫風は奈良の石舞台《いしぶたい》を連想した）、その石棺に多くのケーブルが繋がっているようだ。石棺の間は、さながらからみあう植物の根のようにケーブルで埋められていて、ある種のグロテスクな印象を受ける眺めである。

時々、ケーブルの一部が発光し、青やオレンジ、緑や赤といった光がケーブルに沿って走った。その都度石棺が震え、重しのように載った石もガタガタと揺れる。

ブーン、ブーン、と卵のような空間全体も共鳴のように響き、石棺の中身は「生きている」という感じがした。

あれはいったい。「暁の七人」？ 「黒の楔」とは、まさか。

紫風は必死に自分の見ているものの解説を試みていた。

「おう、紫風、こんなところでいったい何してる？」

突然、聞いたことのある声が天井から降ってきて、紫風はぎょっとして天井を見上げた。

そこにいる人物を見て、彼はあっけに取られる。

「塔先生」

そこにいたのは、図書館に棲むと噂されている「塔の老人」だった。

天井近くをふわふわ映像で漂っている。

「先生こそ、なぜこのようなところにおられるのです」

「わしは元々ここが棲みかぞな」

小さな映像がすうっと空中を移動し、壁を這《は》うケーブルの陰を指差した。

そこには小さなガラス張りのブースのようなものがあって、中に人影が見えた。

モニターに囲まれた一人掛けのソファに、「塔の老人」が座っていて、こちらに手を振っている。周りにはコーヒーメーカーや鍋《なべ》なども並んでいて、彼が長年ここで生活していることが窺えた。

「なるほど。ここから映像を送っておられたのですね」

「さよう」

道理で、先生の住所が不明だったわけだ。こんな遺跡の奥底で暮らしていたとは。

「食糧などはどうしているんです」

「公務員が週に一度差し入れてくれる」

紫風は思わず先生の顔を見た。

「ミヤコが？」

「仕方ない。わしはここを守っているからな」

ガラスの向こうで、老人が肩をすくめるのが見えた。映像も小柄だったが、実物のほうもかなり小柄だった。

宙を漂う映像も、一緒に肩をすくめる。そのシンクロした動きが奇妙な感じだ。

ミヤコが公費で先生を養っている。てっきり、勝手に入り込んで棲みついているのかと思ったのに。紫風はその意味について考えた。

「ここはいったい何なのです」

紫風は並んだ石棺を見下ろした。ブーン、ブーン、という唸り。高い壁に反響し、消えていく。

「『黒の楔』ぞな。おまえが調べている」

「それは分かっています。しかし、このような場所とは思わなかった。バイオハザード施設のような厳重な警戒。私が子供の頃は、あの屋敷に通っていました——七本の黒い柱は何なのです？　この石棺は？」

紫風は次々と湧いてくる疑問を口にせずにはいられなかった。

「『なぜ、なぜ、なぜ』か」

「塔の老人」の映像はからかうようにくるりと宙を舞った。

「世間の奴らは表層的な部分しか見ない。『暁の七人』より続く由緒ある家柄。それがどういうことか分かっておらんぞな。『由緒ある』というのは、多くの血が流された上に成り立っているということすらな」

老人の声が低くなった。

「それはそうでしょう。続いている、残っているということは、すなわち戦い生き残ってきたということですから」

紫風が頷くと、老人は小さく笑い、紫風の左手の壁を指差した。

「ふん。そのことが分かる程度にはおまえはまともだな。おい、降りてこい。そこに梯子《はしご》がある」

言われたところを見ると、確かに石棺のある空間の底に続く長い梯子が壁に取り付けてあった。紫風は手を伸ばし、梯子をつかんで素早く降りていく。

地上に近づくにつれ、その異様な景色に驚嘆する。

「凄まじい数のケーブルですね。何にこんなに繋がっているのです？」

「電気代が高いぞな。旧式のケーブルも多くて、なかなか取り替えることが難しい。どこを外すとどこに影響が出るのかも分かっとらんからな。踏むんじゃないぞ」

紫風は立てた卵に似た空間の底に着いたが、文字通りケーブルで足の踏み場もなく、かろうじて隙間を見つけてそこに立った。

石棺は相当古く、厚い石の蓋で閉じられている。その上にも巨石が積んであるさまは、そこから何かが出てくることを強く拒んでいることが一目瞭然《りょうぜん》で、異様な眺めだった。

「ここには何が入っているのです？　ここまで封印されているなんて」

「薄々見当はついとるんだろ」

ブースの中の老人が頬杖《ほおづえ》をついて紫風を睨みつける。

「我々のご先祖様ですか」

映像のほうの老人が、ふわふわと降りてきて石棺の上の石に止まった。

「菅原道真《すがわらのみちざね》しかり、源 義経《みなもとのよしつね》しかり。神様とあがめたてられ、英雄と讃《たた》えられる人間は、徹底的に排斥され、抹殺された人間ぞな。権力者も民衆も、自分たちが彼らを弾圧したという負い目があるからこそ、その死後に復讐《ふくしゅう》や祟《たた》りを恐れて神だ英雄だと祭り上げるわけさ。今はご利益だ神様だと手を合わせているが、元々はごめんなさい祟らないでというお願いだったわけぞな」

ブーン、と振動音が響き、地面を色とりどりの光が走った。

空気も振動したような気がして、紫風は反射的に天井を見上げる。

「『暁の七人』もそうだというのですか」

「これを見れば分かるぞな。何を封じ込めているのか？　単純なことだ、ご先祖様の祟りぞな」

映像のほうの老人と、ブースの中の老人が揃って手を広げてみせた。

「祟られるようなことをしたということですか。いったい誰が？　ミヤコにおいて、『暁の七人』は輝かしい創立者だという記録しか残っていないようですが」

紫風は腕組みをして二人の老人を交互に見る。

「これもまた単純なことさ。ある制度が長く続くためには、それなりの妥協が必要ぞな。確かに『暁の七人』は偉大で、ミヤコの成立に貢献した。むろん、帝国主義者たちの抵抗と弾圧も激しかった。しかし、どちらも全面戦争に至ることは避けたかった。甚大な被害が出るのは必至《ひっし》だからな。ミヤコという制度、帝国主義という制度を続けるために、双方は共存を選んだのだ。偉大で革命的な『暁の七人』を封じ込めるという条件の下に」

「まさか」

紫風は眉をひそめた。

先生は首を振る。

「まさかじゃない。春日も、及川も、偉大な先祖を持つ子孫たちは、続いていくために戦いを主張する先祖を晩年は軟禁し、死後はここに封印した。それが真実ぞな。表面上はいがみあっているように見えるミヤコと帝国主義者たちは、その実、お互いを必要としているのさ」

「そんな」

紫風は反論しようとしたが、言葉を飲み込んでしまった。目の前にあるものが、老人の言葉が正しいことを証明していたからである。

石の上の映像が、石に腰掛けた。

「共存関係にあるミヤコと帝国主義者だが、もちろん互いのことを信用しているわけじゃない。自分にないものを互いに憎みあっているし、常に相手を倒す機会を窺っている。だから、ミヤコの子孫たちは、偉大なる先祖を完全には抹殺できなかった。いざという時に彼らの祟りを捨て身で利用することを考えている。だから、ここに彼らの全てのデータを保存し、彼らの精神エネルギーを存続させるためにこんな大掛かりな施設を拵《こしら》えた。当然、この施設のことは帝国主義者も知っている。いわば、『抑止力』ぞな。過去の例から言うと」

老人は皮肉を込めてそう呟いた。

「だからこそ、ここはこんなにも厳重に管理され、監視され、他者の侵入を警戒している」

紫風はじっと老人の言葉の意味するところを反芻《はんすう》していたが、やがて顔を上げて尋ねた。

「じゃあ、なぜ私はここに入れたのでしょう。ミヤコの機密だからと拒むこともできたでしょうに」

「わしが呼んだからだ」

紫風の疑問に、老人はあっさりと答えた。紫風はあっけに取られる。

「あなたが？」

「図書館でここの話をしたのは、おぬしに来てもらいたかったからだ」

「わざわざ『黒の楔』に言及したのは、私を呼ぶためだったと？」

「そうさ」

二人の老人はこっくりと頷いた。

紫風はじっと考え込む。

「先生は帝国主義者から転向したという噂がありますが、これは事実ですか？」

二人の老人は首をひねる。

「転向、ね。そう言われればそうかもしれない。しかし、わしに言わせれば、ミヤコも帝国主義も同じものぞな。同じものの裏と表に過ぎない。ただ、わしがここを管理するのは適任かもしれんぞな。わしはどちらにも肩入れする気はないし、その必要もないから」

「で、私がここに呼ばれた理由は？」

「おぬしも見たろう。三輪雪野を」

「えっ」

紫風は驚いた。老人はあのことを知っている。

「では、あの少女は」

「正直いって、わしも老いた。ここを管理していくのは大変だ。なのに封印される時間が長くなるほどに、彼らの精神エネルギーは強まっている。この震動を見ろ。彼らはここから出たがっているし、歳月を経るにつれ学習しているのさ、ここから出られる方法を」

「どうやって？」

「ケーブルぞな」

老人と紫風は、揃って足元を這うケーブルを見下ろした。

「ケーブルの容量と技術が進化するにつれ、彼らはそこから逆流してミヤコに侵入することを試みるようになった。おぬしが見た少女は、三輪雪野が送ったデータぞな」

「まさか。そんなことができるなんて」

紫風は不意に寒気を覚えた。二つの妖艶な目が脳裏に蘇る。

老人は疲れたような表情になった。

「だからご先祖様は侮れないぞな。彼らは日々模索を続けている。今も活発な精神活動を行っておるぞな」

「私が子供の頃、上の屋敷に呼ばれていました――たぶん、三輪雪野の子孫だと思いますが、その、我々の超能力を開発する女性が住んでいたように思います」

「うむ」

老人は唸るような声を出した。

「皆、ご先祖様のパワーを封じこめることができる人間、ご先祖様と交渉できるだけの精神感応力を持った人間を探していたぞな。誰しも、祟られるのは怖いからな」

「なぜ今はやめてしまったのです」

「無駄だからさ。えてして、偉大な先祖の力を上回る子孫はなかなか出てこない。ミヤコの平和を享受するだけの子孫に、対抗する力はないし、そんな労力を使うだけ無駄だと判断して、そのプロジェクトは終わったぞな。子供たちの記憶から、超能力を使ったという記憶を削除して」

だから覚えていなかったのか。

「おぬしの精神感応力は抜群だったと聞いていた」

――さあ、今度は星を造るのよ。

唐突に、紫風の記憶が蘇った。

俺は、積み木で星を造った。宙に浮かぶ、北斗七星。ふわふわお堂の中に浮かんでいたっけ。あのお堂は集中力を高めるための施設だったのだろう。もしくは、先祖に近いところでパワーを得ようとしていたのかもしれない。

「で、私は何をすればよいのですか」

「ご覧の通り、ケーブルがあちこちで老朽化している。新しいケーブルはデータが逆流しないように弁の働きをする箇所があるが、旧式のものにはそれがない。ただ、旧式のものは容量が圧倒的に少ないので、映像になるだけのデータは送れない。恐らく、三輪雪野は、その中間のケーブルを見つけたのだと思うぞな。ある程度の容量が送れて、しかも弁が壊れているケーブル。おぬしにそれを見つけて斬ってもらいたいぞな」

「どうやってそのケーブルを見つければよいのです？」

紫風は思わず弧峰を握る手に力を込めた。

「これが三輪雪野のケーブルだ」

ブースの中の老人が、何かを操作するのが見えた。

辺りが暗くなり、一つの石棺から出ている大量のケーブルが暗がりに輝いた。その数、三、四十本くらいあるだろうか。

「こんなに」

紫風は絶句した。

「対象だろうと考えているのは二十本くらいぞな。このケーブルから、一本ずつ、安全弁の機能を解除していく」

「そんなことをしたら」

老人が真剣な表情で頷いた。

「たちまち、三輪雪野のデータが送られるぞな。おぬしは彼女のデータが送られた瞬間を見極めて、ケーブルを斬る」

「無茶な。もし失敗したらどうなるんです？」

「おぬしは精神感応力が強いから、雪野はたちまちおぬしに取り付くぞな」

老人は淡々と答えた。

紫風は、あきれるのと身震いするのと、どちらにすればいいのか分からなかった。恐ろしい提案が為されていると承知していたが、紫風に断るという選択肢がないことも分かっていた。紫風は小さく溜息をつく。

「分かりました。では始めましょう」

紫風が弧峰を抜こうとすると、老人が止めた。

「違う違う、ここではないぞな」

「え？　でも、ケーブルはここなのでしょう？」

「ここでは、雪野のデータが送られたことが分からんぞな。おぬしは地上に出て、屋敷の周りの黒い柱のところに行くぞな」

「柱？　なぜ？」

「あの柱の一本一本に、この石棺から出たケーブルが繋がっている」

「なんでまた」

「いざという時、あの柱からご先祖様のエネルギーを解放するためぞな」

紫風は愕然《がくぜん》とした。

「ダムを決壊させるようなものですね」

「その通り。捨て身ぞな」

老人は満足そうに頷いた。

「で、柱をどうするのです」

紫風が尋ねると、老人はあっさりと答えた。

「雪野が現れた瞬間、柱を叩き斬ってほしい。そうすれば、ケーブルが特定できる。柱はまた建て替えるぞな」

「随分簡単に言いますね。かなり太い柱です」

「期待してるぞな」

老人は澄ました顔で頷いた。


お堂から外に出ると、風が吹いていた。

曇り空が動いている。雲が移動しているのだ。

まさかこんなことになろうとは。

紫風は、屋敷を囲む柱の一つの前に立った。

吹き付ける風の中に、不気味に聳《そび》え立つ黒い柱。

これが雪野の柱だと思うと、その不気味さは増した。中にあの少女がいて、じっとこちらを見つめているような気がする。

紫風はスラリと弧峰を抜き、静かに構えた。

斬れるだろうか。直径五十センチはあるだろう。

ゆっくりと柱の周りを回ってみる。歳月は経っているものの、まだまだ丈夫そうな柱だ。

一刀両断にしないと、駄目だ。どこかが残っていると、そこからデータが逃げる。

再び正面に戻り、構えた。

どんなふうに現れるのか。

腕時計にチラッと目をやる。十五分後にケーブルの操作を開始すると塔先生は言った。では、そろそろ始まるはずだ。

空を墨のような雲が動いていた。雨になるかもしれない。まさか雷雲は来ないと思うが。

柱がかすかに揺れた。

ハッとして、刃先を上げる。ケーブルを操作する度、柱が反応するかもしれない。先生はそうも言ったっけ。やはり、もう始まっている。

柱は不気味に振動しては収まり、再び揺れた。

見た目に惑わされては駄目だ。

紫風は、低く深呼吸をし、少しずつ呼吸をゆっくりにしていく。

ひと呼吸ごとに、身体の奥が静まり、意識が宙に溶け、全身の感覚が鋭敏になっていく。

風が身体の中を吹きぬけ、雨の匂いが満ちた。

みしみしっという音がする。

柱が強く揺れているのだ。

しかし、これではない。

紫風の目は柱を見ているが、柱を見てはいなかった。もはや「見る」のではなく、感じている、としかいいようがない。視覚、聴覚、触覚。全ての感覚が一つとなって、「感じる」という感覚に統合されているのだ。

不意に、香りを感じた。

「運命の女」。

無意識のうちに刀の先が上がっていた。

わらわらと柱から黒髪が溢れ出した。

来る。まだ斬ってはいけない。紫風の本能がそう察知する。

ぽつんと白い鼻が浮かび上がり、みるみるうちに濡れた黒い瞳と、小さな白い顔が柱から浮き出てくる。

凄まじい吸引力と気配を持ったあの二つの瞳が紫風を見る。

ずしん、と周囲の空気が揺れた。

なんというオーラ。炎が噴き出すような彼女のエネルギーが溢れ出し、周囲に放射し、押し寄せ、紫風を包み込もうとする。

甘くグロテスクな香りが紫風を包み、一瞬気が遠くなった。

全身を、快楽と恐怖がないまぜになった衝撃が駆け抜ける。

あなたを待っていましたの／

少女の瞳が目の前に迫ってくる。黒い太陽。暗く全てを燃やし尽くす。

紫風さま／

声が脳味噌《のうみそ》に、彼の精神に絡みつく。

少女の手が紫風の首に巻きつき、唇が迫る。


今だ。


躊躇しなかったわけではない。

その瞬間、彼の心は少女に囚《とら》われていた。三輪雪野の官能に喜んで飲み込まれ、身を委《ゆだ》ねようとしていたのだ。しかし、彼の身体は動いていた。全くためらうことなく、鍛錬された者のみが持つ動きで。

鋭い切っ先が煌《きら》めいた。

空に閃光《せんこう》が走る。

凄まじい手ごたえ。


紫風さま。


何か柔らかい爆弾が破裂したような気がした。

一瞬、甘い香りがきつくなり、紫風は呼吸を止めた。

かすかな静寂の後、目の前の柱がズッ、と動いた。

ゆっくりと傾いていく。

やがて、大きな地響きと共に柱は倒れた。切れ目は美しく、白い年輪が生々しく覗いている。

紫風は無表情に、柱を斬った時の姿勢のままその場に立ち尽くしていた。

少女の唇の感触と、柱を斬った手ごたえとが、身体の中でさざなみのように繰り返しまじり合って反響している。

遠くで、ゴロゴロと雷鳴が響くのが聞こえた。

さっきの閃光は、稲妻だったのか、それとも――

そんなことを考えていると、頬にポツリと雨が当たった。

紫風はゆっくりと体勢を整え、静かに刀を鞘に納めた。

じっと、さっきの出来事を反芻してみる。

一瞬、俺は彼女に恋をした。あのまま身を委ねていたなら、今ごろはどうなっていた
のだろうか。

密かにそうしなかったことを惜しむ自分がいることに気付く。

「さすがぞな。よくやった。ケーブル、判明したぞな」

そう言いながら、お堂から塔先生がちょこちょこ歩き出してきた。

本物の塔先生だ。映像とそっくりなのが、なんだか不思議な気がした。

「外に出るのは久しぶりぞな」

塔先生は風がくすぐったそうな顔をして、ぽつぽつ降り出した雨に顔をしかめ、紫風
のところにやってきた。

「ほほう」

見事に斬られた柱を、感心して覗き込む。

「先生は、『伝道者』というのをご存じですか」

紫風は、遠くに目をやったまま尋ねた。

先生は、肩をすくめて返事をしなかったが、少ししてから呟いた。

「帝国主義者にも、『暁の七人』の祟りを必要としている人間がいるぞな」

その謎めいた言葉に聞き返すこともせず、紫風は凄い速さで移動していく遠い雲を見つめていた。

ちょうようせつあやかしのこうりん

第五話　重陽節妖降臨

菊、菊、菊。

見事な大輪の菊の花がずらりと並んでいる。白に薄紫、黄色に赤。中にはこれが菊かと思われる、品種の冒険を重ねた奇抜な形のものもあるが、長い瓦《かわら》屋根の下にえんえんと続くのは、子供の身の丈ほどもある正統派の菊の群れである。

菊はあまり香りのない花だと思っていたが、こうしていると清冽《せいれつ》な香りが空気に立ち込めて、肺の中から菊の呼吸に塗り替えられていくような気がする。

昔ながらの菊人形はどこかグロテスクで美しいと思ったことはないが、菊の姿から人間を連想するのは自然ななりゆきだろう。もしかすると、元々の菊人形とは、菊そのものだったのではないか。子供の頭ほどもある、巨大な菊の花を、黄昏《たそがれ》の中でかつて失った子供に見間違えた人間は多かったのではないか。

菊には、血の匂いが混ざっている。菊は死者の花。菊は死の匂いを浄化する——

「萌黄、こんな辛気臭いところで何やってんのよ。早く行こうよ。いい酒なくなっちゃ

る。
　萌黄が溜息《ためいき》混じりに振り向くと、そこには食欲で目をきらきらさせた蘇芳が立ってい
「うわー」
　突如、萌黄の夢想は破られた。最も現実的かつ即物的な形で。

　しかし、馬子にも衣装とはよく言ったもので、普段の制服姿とは違って、黒地に流水と紅葉をあしらった振袖《ふりそで》に身を包んだ蘇芳は、そのくっきりとした大きな黒目がよく映えて、目の覚めるような美少女である。

「まったく、どの口が言うのかしらね。辛気臭いだの、酒なくなっちゃうだの」

　萌黄がひとりごちると、蘇芳はあっけらかんと両手を広げて叫んだ。

「うわあ、そうしてると、萌黄ってまるでおしとやかなお嬢様みたい。地獄のように腕っぷしの強い、腹黒い女には見えないから不思議だね」

「あなたには言われたくないわ」

　萌黄は冷たく蘇芳を睨《にら》みつけると、連れ立って歩き始めた。

　事実、対照的な二人は道行く人々の目を惹《ひ》かずにはいられない。

　萌黄は青みがかった緑を柔らかくぼかした着物に銀の帯。着物の柄は、さっき彼女が眺めていたものよりこぶりな白の菊。長身で色白、透明感溢《あふ》れる彼女の雰囲気にしっくりマッチしている。

　隣の蘇芳は、パンチの利いた黒に、磨き抜かれた銅の色をした、古代文様を散らした

華やかな帯。

「萌黄さま、ごきげんよろしゅう」

「萌黄さま、素敵ですわ」

「なんてお似合いな」

通り過ぎる娘たちも、口々に声を掛ける。

萌黄もおっとりとした笑みを返し、皆に会釈する。

穏やかに晴れ上がったいい天気だった。空には真っ白な絹雲が浮かび、秋の一日を清々《すがすが》しく彩っているが、そろそろ陽がこころなしか傾き始めて、夕暮れの予感を漂わせている。

いにしえの平城京を蘇《よみがえ》らせた巨大な公園の敷地内の、そこここで花火が上がっている。

秋の苑遊会《えんゆうかい》。

この日はミヤコの感謝祭、秋祭りも兼ねていて、一日華やかな催しが続く。

また、この日は年に数回ある春日一族集結の日でもある。一族のもろもろを仕切る、翌年の三役を決めるため、実は密《ひそ》かに気合が入っている。

「今年は負けないわよ。残月だって貰《もら》ったんだし」

蘇芳が掌《てのひら》を拳《こぶし》でビシッと叩《たた》いた。

「あら、刀のセンスとは関係ないんじゃないかしら」

萌黄があっさりといなす。

「なんの、今年はきっとあたしツィてるのよ」

蘇芳は動じない。

「そうかしら。気負いと思い込みはよくないわ。お小遣い稼ぎ、くらいに考えておけばいいんじゃなくて」

「ホント、萌黄は腹黒いんだから」

淑女二人の行く手に、雑木林が見え、巨大な門が見えてくる。

周囲の長閑《のどか》な風景とは異質な、華やかで、それでいてどこか剣呑《けんのん》な雰囲気が漂う。門の入口には、礼儀正しいが訓練され、目つきの鋭い男たちが控えている。

「あー、血が騒ぐ。一回、三役ってやってみたかったんだあ」

蘇芳がガッツポーズで武者震いをした。

「蘇芳にはまだちょっと早いんじゃないかしら」

萌黄は涼しい顔で歩いていく。

ここは賭庁《とちょう》。

公営のカジノである。

春日一族の翌年の三役は、今日ここで決まる。

元服後であれば老若男女を問わない。春日一族においては、この壮絶なギャンブル合戦に参加する意志さえあれば、誰でも三役を勝ち取る可能性があるのだった。

この、文字通りバクチ的な方法がいつから始まったのかは不明である。

かつては三役を道場の勝負でつけていたのだが、時間が掛かるのと、怪我人続出で危険であるのと、調整に手間取るので、誰かが冗談で「いっそギャンブルで決めたらどうか。運は大事だ。勝ち運がある奴を三役に据えたらいい」と言い出したのを酒の席で「そりゃいいや」とあっさり決めたというのが実態らしい。こんなことであっさり決まった慣習が継続していることにはあきれさせられるが、文武両道を是とする春日一族の、意外にアバウトな一面を表していると言えよう。

また、日頃ミヤコの模範としてストイックに生活している彼らにとって、この日は思い切り享楽的な、運を天に任せたガス抜きの日ともなっているのである。

ともあれ、賭庁の中は、華やかな大人の社交場の雰囲気が漂い、十代の萌黄や蘇芳にとっては、ワクワクさせられることは間違いない。

カジノといってもいろいろだ。

ここ賭庁では花札を主として、いろいろな種目の賭場《とば》がある。春日の一族の間で三役を決めるのは、午前零時にスタートする、一族郎党が集まった大博打《おおばくち》の席。それまでは、料亭で飲むなり、演芸や映画を見るなり、宿で眠るなり、おのおの小金を稼ぐのも自由だ。

賭庁内のメインストリートには縁日のような出店もあり、金魚すくいにヨーヨー釣りなど、やはりある種のバクチに近いものが並んでいる。

射的にはしゃぐ蘇芳を見ながら、萌黄はぼんやりと周囲の雰囲気を感じていた。

明るい笑顔が往来し、着飾った女たちが艶《えん》を競う。晴れ着の行き交う路地は、まさに百花繚乱《りょうらん》。金糸の輝きだけでも酔ってしまいそうだ。

だが、この華麗な景色の中に、萌黄はかすかな腐臭を感じてしまうのだ。

ミヤコを密かに蝕《むしば》む何か、すぐそこまで忍び寄っている何かがある。ここ数ヶ月に起きた、さまざまな出来事のこともあるし、最近の紫風の顔色を見ていると、萌黄にも不安が伝染する。

萌黄の勘だが、彼はミヤコの外れにある「黒の楔《くさび》」に行ったらしい。

そして、恐らくそこで何かがあったのだ。

むろん、紫風は何も話さないし、決しておのれの感情を顔に出さない。しかし、何かが起きていたことを彼女は鋭く感じ取っていた。それが、自分たちにもミヤコにも関わる、何か不穏なことであることも。

最初はニコニコ射的をやらせていた店員も、蘇芳が片っ端から景品を撃ち落としていくので慌て顔になった。

「プロは困るよ、お嬢さん」

やがて彼は渋い顔になり、ぞんざいに景品のぬいぐるみを押し付けると、蘇芳を追い出してしまった。

「プロじゃないわよ。失礼しちゃう」

蘇芳はぷんぷん怒っている。

「こんなところで腕を使うんじゃないわよ」

萌黄はあきれた。

「喫茶に行く？　それとも料亭？」

「当然、料亭よ。一杯引っ掛けて、運試しに行かなきゃ」

蘇芳はきっぱりと答える。

萌黄は、サッと後ろを振り向いた。

「どうしたの？」

「なんでもないわ」

急に振り向いた萌黄を、驚いた顔で見る人々。振り向いた彼女の美少女ぶりに、また驚いたり相好を崩したり。

誰かが見ていた。殺意を持って、あたしのことを。

「萌黄？」

「ああ、ごめんなさい。行きましょ」

そう歩き掛けたとたん、萌黄は袖に違和感を覚えた。

長い振袖に触れると、底に何か入っている。文だ。いつのまに。

歩き出した蘇芳の少し後ろに続きながら、萌黄はそっと袖の中から四角く畳まれた便《びん》箋《せん》を取り出した。

飛雲閣《ひうんかく》　萩《はぎ》の間までお越しください

美しい毛筆書き。

果たし状にしては随分優雅だこと。

萌黄は首をひねった。

「蘇芳。先に行ってて。ちょっと用事を思い出したわ。最初からあんまり飛ばして飲んじゃだめよ」

蘇芳に話し掛け、彼女が不思議そうな顔をするのを笑顔で頷《うなず》いてみせ、萌黄はメインストリートを外れた。

飛雲閣は、賭庁に多数ある中でも格式の高い料亭旅館である。

いったい誰だろう。

打ち水をした長い路地を抜け、見事に手入れされた竹林を通ると、どっしりした数寄屋造りの建物が見えてくる。玄関の提灯《ちょうちん》には、もう火が入れてあった。

萌黄の姿を見た仲居は、にっこり笑うとふかぶかと頭を下げた。

「いらっしゃいませ。お待ち申し上げておりました。どうぞこちらへ。先方様、お着きでございます」

万事心得た様子で、中に案内される。

なるほど、春日の三役を決めるこの一日は、陰謀の一日でもあるのだ。伊達《だて》に一堂に会するわけではないらしい。陰ではもっといろいろなことが話され、表に出ない何かが決められているのだろう。

見事な日本庭園に面した塵《ちり》一つない長い廊下を抜け、離れと思《おぼ》しき屋敷に着いた。

「おみえでございます」

仲居は、声を掛けるとスッと襖《ふすま》を開けた。

中は、和室であるものの、洋風にアレンジしてあった。絨毯《じゅうたん》が敷いてあり、落ち着いた色のテーブルと椅子が並べてある。

開け放した戸の、幅の広い濡《ぬ》れ縁に一人の青年が背を向けて立っていた。

庭の色付き始めた背の低い楓《かえで》が美しく、青年の姿を含めて一幅の絵のようである。

あの人は誰？

「お茶を差し上げましょう」

仲居は萌黄に笑いかけ、椅子を勧めると、てきぱきと緑茶を淹《い》れ始めた。

それでも、青年は庭を見たままじっと立っている。

「失礼いたします」

萌黄の前に湯気の上がる茶碗《ちゃわん》が残された。

沈黙。

庭の楓が風にさやさやいう音だけが、静かに座敷に忍びこんでくる。

萌黄は青年の背中をじっと見つめていた。

隙がない。相当な手練《てだ》れに違いない。けれど、どこかでこの背中を見たことがあるような気がするのはどうしてだろう？

「いい風ですね」

低い声がして、突然、青年は振り向いた。

玲瓏《れいろう》たる風貌《ふうぼう》の、鋭い目。

萌黄はハッとして反射的に腰を浮かせた。


「佐伯――さん？」


自分に刃を向けた者は忘れないはずだった。

そこにいるのは確かに佐伯の顔をした青年であり、「伝道者」を名乗り、二度も刀を交えたはずの男だ。

しかし、萌黄は違和感を持った。

佐伯のはず――対面したこの感じは、見知った男であるという感触がある――だけど、この違和感は何だろう？

突然、がらりと襖が開いた。

「あら、萌黄、もう来ていたのね。ああ、よかった。お父さん、お父さん。萌黄、ちゃんと着いてたわ」

息せき切って、銀色の訪問着を着た女が座敷に飛び込んできた。

「お母様」

萌黄は浮かせていた腰を上げ、立ち上がってしまった。

続いて、羽織袴《はおりはかま》の男も飛び込んでくる。

「おお、萌黄、久しぶりだの」

「お父様まで」

萌黄は目をぱちくりさせた。頭が混乱する。なぜ両親と、佐伯が。

暫《しばら》くぶりに会う両親は、相変わらずの美男美女だったが、再会を喜ぶ余裕はない。

「ああ、よかったよかった。あんたに手紙が届いてないと聞いて、お母さん、真っ青になっちゃったわ。使いの者を出したんだけど、気が気じゃなかったわあ」

母親は、レースのハンカチで顔を扇《あお》ぐ。

「ねえ、どういうことなの。これって」

萌黄が口を開くより前に、父が濡れ縁の青年に向かって深く頭を下げた。

「申し訳ない、香雪《こうせつ》様。こちらの不手際で、長いことお待たせしてしまいました」

「いえ、お気になさらず。こちらの素晴らしい庭を楽しんでおりました」

香雪と呼ばれた青年は、穏やかな笑みを浮かべ、会釈した。

「本当に、お忙しいところ、せっかくお時間いただいたのに。まさか、こんな大騒ぎになるなんて、お恥ずかしゅうございます」

母も頭を下げる。

「香雪様？」

萌黄は訝《いぶか》しげな顔で、青年と両親の顔とを見比べている。

母親が、父親の背中を突っついた。

「ああ、すまん、おまえにはまだ説明していなかったな」

父親は白髪交じりの髭《ひげ》を指でいじった。

「こちらは三輪香雪様だ。この機会に、おまえを是非紹介したいと思って、本日わざわざお越しいただいたんだよ」

紹介？

萌黄はあぜんとして、涼やかな顔をした青年を見た。

まさか、お見合いってこと？

「すみません、香雪様、無粋なことになってしまって。今から料理を出していただきますので、あとはお二人でごゆっくり。私どもは後ほど、また。萌黄、あとでね」

母がニッコリ笑ってそう言うと、二人はそそくさと出て行った。

「お母様」

萌黄が慌てて声を掛けようとした時には、既に襖は閉められていた。

蘇芳は萌黄がいなくなったあとも、しばらくぶらぶらと辺りを冷やかしていた。

華やかなざわめきと、享楽的な色彩。

萌黄がそこに腐臭を感じ取ったのとは別に、蘇芳は蘇芳で違和感を覚えていた。

この感じ。何か嫌な感じ。

髪の毛一本ほどの緊張感が、ずっとさっきから続いている。

そうだ、ミズスマシロボットを見ながら、金魚を眺めていた時の感じだ。

蘇芳はさりげなく周囲の様子を窺《うかが》う。

さっきの萌黄は変だった。突然、足を止めて振り向いたりして。

蘇芳は普段よりも集中の度合いを高めてみる。

一瞬、頭が膨らむような感覚。

たちまち、空気がねっとりと溶け、時間が引き延ばされて、周囲を行く人々と彼らを包むざわめきが、ゆっくりとスローモーションのように変容していく。

幼少の頃から武芸の天才と言われていただけあって、蘇芳の時間と空間の把握の仕方は独特だった。特に、残月を貰ってからというもの、ほんの少し集中するだけで、いわゆる「ゾーン」と呼ばれる、卓越したアスリートやパフォーマーが感じられる領域に入り込むことができるようになった。

世界に負荷が掛かり、一気に空気が重くなる。

周りの人間からは、ただ流して歩いているだけに見えるだろう。しかし、蘇芳は三百六十度、世界が「見えて」いる。

そして、この緊張感の根源は――

不意に、露店の風車《かざぐるま》が一斉に回った。

引き延ばされた時間の中でも、目にも留まらぬ速さで。

左斜め後方から、強烈な殺気が押し寄せてくる。

反射的に懐刀に手が伸びた。さすがに、今日のこの格好に長物は似合わない。

でも、なんだろう、この殺気。別に、あたしに向けられたものじゃない。誰かに向けられたものでもないし。

懐刀を押さえたまま、蘇芳は冷静に考えた。

唐突に殺気が消える。

ふわっと空気が軽くなり、蘇芳は思わず背筋を伸ばして小さく溜息をついた。

顔を上気させた男たち、着飾った女たち。露店の呼び込みの声。

蘇芳はぐるりと辺りを見回し、さっき一斉に回った風車を見つけた。今は一つも回っていない。

何気なくそちらに向かって歩いていく。

今は風などない。さっきも、誰も気付かなかった。あんな速さで回ったというのに。

赤やピンクの派手な風車をじっと見上げる。

うん？

その風車の向こうに何かが揺れていた。

鏡である。

ひっそりと繁っている楠《くすのき》の老木の、高いところに円い鏡がぶら下げられているのだ。

銅鏡《どうきょう》とまではいかないものの、かなり古いもので、祭事用ではないかと思われた。

かすかに老木の暗がりでゆらゆらと揺れている。

誰があんなところにあの鏡を？　どう考えても、あまりいい目的でぶら下げられているとは思えない。さっきの異様な殺気は、あの鏡の辺りから発せられていたことは間違いないだろう。

蘇芳は再び歩き始めた。

が、気がつくと、似たような鏡があちこちにひっそり下げられていることに気づく。

どれも皆、目立たない木陰や街灯にぽつねんとぶら下がっている。

賭庁の防犯カメラだろうか。少なくとも去年まではこんなものはなかった。

ほぼ等間隔。かなりの数があると考えてよいだろう。微妙な角度は、計算されているように感じられた。

気のせいかな。みんなあれに向かっているような。

蘇芳はそっと暮れなずむ空を見上げた。

そこには、時折光の点滅する黒い影がある。

賭庁のシンボル、通称「鬼《おに》の角《つの》」と呼ばれる二つの見張り塔。

なぜか、鏡は皆その塔のほうを向いているように見えた。


「こうして突っ立っているのも何ですから、座りましょうか。はじめまして。ここの料理は美味《うま》いらしいし」

三輪香雪は涼やかな声で萌黄を振り返ると提案した。

「そうですわね」

萌黄も同意する。

夕方の風が庭から吹き込んできた。空が透き通っている。

香雪はさりげなく椅子を引いて萌黄を座らせると、向かいに静かに腰を下ろした。

萌黄はじっと正面の青年を観察した。相手も、見るともなしに自分を見ているのが分かる。

御前試合で対面した佐伯の雰囲気を反芻《はんすう》する。これまで、あの男とは三回対戦している。対戦した相手は忘れない。今、目の前にいる青年は、佐伯そっくりだが、どことなく雰囲気が違う。

およそ、見合いという場面にふさわしくない、冷ややかな緊張感が漂っていた。

香雪は萌黄とは異なり、これが見合いだと知っていたらしいが、お義理でやってきたことは間違いなかった。

やがて料理が運ばれてきた。が、入ってきた仲居が、びっくりした顔になった。二人の間に漂う険悪とも形容できる雰囲気に一瞬躊躇《ちゅうちょ》したのである。無言で互いを見つめている二人を怪訝《けげん》そうにちらっと見た後、そそくさと出て行った。

うちの親は、近くの部屋でやきもきしているに違いない。仲居はこの状況をなんと報告するだろう？　萌黄は、能天気な両親の顔を思い浮かべた。

二人は黙々と食事を始めた。

香雪は、この沈黙に動じるでもなく、淡々と箸《はし》を運んでいる。

涼やかで、怜悧《れいり》な印象を与える色白の顔。ここまで似ているのだから、佐伯と血縁関係にあることは間違いない。三輪という苗字《みょうじ》は、「暁の七人」の末裔《まつえい》である旧家だが、三輪雪野は婚姻していなかったとも伝えられるし、格式は高いものの春日や及川に比べると繁栄しているとは言いがたい。

なんでまたあたしと三輪の男を引き合わせようなんて話になったのだろうか？　誰かが持ち込んできたのだろうが、うちの親がそれを承知するということは、春日にとって得になり、何かの均衡を保つのにいい話なのだろう。

突然、香雪が、くすりと笑った。萌黄はハッとする。

「評判通り、相当遣えるようですね。しかし、せっかくの料理なんですから、そんな噛《か》み付きそうな顔をするのはやめてもらえませんか」

香雪は面白そうに笑うと、チラッと萌黄を見た。萌黄はハッとした。無用な殺気を出してしまった。これでは蘇芳を笑えない。

「失礼しました。そういうあなたもかなりの腕とお察し申し上げます。あなたによく似た、とても腕の立つ人を一人知っているのですが、あなたのお知り合いでしょうか」

萌黄は小さく会釈をして、箸を箸置きに置いた。

香雪は面白そうな表情を崩さず、じっと萌黄を見つめる。それまでの取り澄ました雰囲気が消えて、したたかな目がこちらを見ていた。

やはり、佐伯とは違う。どちらも深謀遠慮に長《た》けているが、彼には底知れぬ闇のようなものがあった。目の前の男のほうが、もっと世慣れた感じだ。ある種の陰湿さというか、悪魔的なものがある。

「それは、『伝道者』と呼ばれる男のことですか」

香雪は露ほども表情を変えず、あっさりそう聞き返したので萌黄はあぜんとした。

「そこまでご存じなんですか」

つまり、香雪は「伝道者」を知っているということか。

「いいえ」

香雪は首を左右に振った。

「お酒を頼みましょう。初対面で、素面《しらふ》で話す内容じゃない」

彼は次の皿を運んできた仲居に日本酒を頼んだ。

香雪はじっと無表情に萌黄を見る。

「聡明な方だと伺っていましたが、あの立派な生徒会長の傘下にいると、些《いささ》か世事に疎くなるらしい。まあ、彼にカリスマ性があることは認めるし、絶大な人気があるのは分かります」

香雪はさらりと皮肉を投げて寄越した。

「ありがとうございます。彼はとてもいい生徒会長ですわ」

萌黄も皮肉で返す。

お酒が来た。仲居は、相変わらず緊張感漂う二人の顔をそっと盗み見ている。今度はなんと報告するのだろう？

互いの猪口《ちょこ》に酒を注ぎながら、牽制《けんせい》は続いていた。

「なぜ僕とあなたがこういう席で会うことになったか分かりますか」

香雪は、単刀直入に尋ねた。萌黄は左右に首を振る。

「理由をご存じなら、是非伺いたいわ」

「三輪家は弱小です。春日や及川には及ぶべくもない。名門、旧家と言われても、名前だけだ」

説明も単刀直入だった。萌黄も今更、おためごかしを言う気はなかった。

「ただし、他の六氏は三輪家に対して大きな負い目がある」

「負い目？」

「あまり知られていない話です。まあ、えてして歴史とは勝者の記録ですからね。勝者に都合の悪い話は流布しないものですよ」

香雪は一口で猪口を干した。

「そもそも、『暁の七人』の伝説自体が捏造《ねつぞう》されている。彼らは英雄などではない。むしろ、謀反人だ。確かにミヤコを作ったかもしれないが、体制が整うにつれて、彼らは反逆人になっていった。帝国主義者とミヤコとの密約文書は膨大な数になる。協力して『暁の七人』を押さえ込む代わりに、帝国主義者とミヤコを棲《す》み分けする。現在のいびつでグロテスクなこの国の有り様は、双方の妥協の産物だ」

「そんなことは知っているわ。ミヤコの創立が綺麗《きれい》ごとじゃなかったってことはね」

「それは常識。だが、もう一つ密約があったことは知らないでしょう。『暁の七人』とミヤコとの間でね」

萌黄は目を見開いた。

香雪は、見た目は相変わらず無表情で静かだったが、かすかな怒りが少しずつ現れてきているような気がした。

「その密約とは？」

萌黄が尋ねると、香雪はほんの一瞬顔をひきつらせたが、口を開いた。

「『暁の七人』の一人、三輪雪野を永久追放すること。その子孫をミヤコの要職につかせないこと」

「まさか。どうして、そんな。三輪雪野は、それこそ伝説的な」

萌黄が思わず口を挟むと、香雪の顔は苦笑に歪んだ。その冷たい視線に、いたたまれず黙り込んでしまう。

「要は、三輪雪野がもっとも強大なリーダーシップを持っていたってことですよ。それを、ミヤコも恐れていたんです。しかも、彼女は凄《すさ》まじく妖艶《ようえん》な美女だった。他の男性メンバーは皆彼女と一緒になろうとしたが、彼女は結局シングルマザーの道を選ぶ。誰かに権力が集中することは避けたかったんでしょう」

「父親は？」

「分からない、ということになっています。そのほうが安全でしょうしね」

「でも、三輪家は続いた」

「細々とね」

香雪は自嘲《じちょう》気味に笑った。

「永久追放ってどういうこと？」

「それは、あなたの生徒会長に聞いてみたらどうですか。おっと、我々の生徒会長、ですかね」

「紫風に？」

ふと、「黒の楔」のことが脳裏に蘇った。難しい顔をしていた紫風のことも。

「彼らは『黒の楔』に封印されているの？　謀反者だから？」

「察しがいい。特に、三輪雪野はね」

「じゃあ、佐伯さ――あの『伝道者』は――」

「むしろ、『伝道者』というのは真のミヤコを作ろうとしているんじゃないでしょうかね」

香雪は椅子の背にもたれかかった。

「いや、僕は『伝道者』のことを詳しく知っているわけじゃありません。でも、噂に聞いた印象では、むしろ彼らが正しいのではないかと」

香雪は佐伯とのつながりをわざとらしく否定するが、むしろそのことが萌黄には彼との関係を誇示しているように感じられた。

「今のミヤコはどうです？　春日、及川。両家の繁栄は喜ばしいですが、既得権に寄りかかる、まるで財閥だ。しかも、ポピュリズムがはびこっている。かつて『暁の七人』が目指したミヤコはどこにもない」

「そうかもしれない」

萌黄が頷いたので、香雪は意外そうな顔になった。

「彼はゴシック・ジャパンを統べると言っていた。そんなことが可能なの？」

萌黄が身を乗り出すと、香雪も椅子に座り直した。

「ええ。『暁の七人』を復活させればね」

「復活ですって？」

「もっと正確に言うと、三輪家の復興です。春日は、三輪家を大々的に担ぎ出すことで、統一後を狙っているんだ」

「統一後？」

萌黄は怪訝そうな顔になる。そんな話は聞いたことがない。

「もはや、新たな枠組みを作ることは避けられない。ミヤコも、帝国主義エリアも解体して、新たな秩序が作られることは決まっているんですよ。それを担うのは『伝道者』。そもそも『伝道者』とは、ミヤコと帝国主義者どちらにも存在している。彼らは今度こそ本物のミヤコを作ろうとしているんです。今日は、その具体的な第一歩。春日も今後の舵取《かじと》りを考えているはずです。そして、僕らの婚約発表はその絶好のプロパガンダというわけだ。さあ、どうします？」

香雪は、冷ややかな笑みを浮かべた。さっき感じた、どこか悪魔的で信用ならぬ笑み。

「僕は、たいへんいいお話なので進めていただきたいとお返事を差し上げるつもりなのですが」

萌黄はぐっと詰まった。

三輪家の復興――「黒の楔」――紫風の横顔。三輪雪野。何かが引っ掛かる。そんなおめでたい話なのだろうか。

佐伯の声が脳裏に蘇る。

新たな秩序。ミヤコを統べる――

佐伯とこの男はどこで繋《つな》がっているのか。本当に繋がっているのか。

香雪は、ちらりと腕時計を見た。

「そろそろ、新時代の幕開けが始まるかもしれませんよ」

「幕開け？」

次の瞬間、庭に明るい閃光《せんこう》が走った。

それは、あたかも花火が一斉に打ち上げられたかのようだったが、狂乱の一夜の始まりであることは、まだ誰も知らなかった。


「よござんすか。よござんすね。入り・ます」

銀嶺の低い声に続いて、サイコロが投げ入れられる鋭い音が響き渡った。

畳の上に壺《つぼ》が振り下ろされる。

「キャー、銀嶺、カッコいいっ」

「似合ってるっ」

「そう？」

蘇芳を始め、女の子たちの掛け声に、構えていた銀嶺は相好を崩し、照れて頭を掻《か》いた。片側で結わえた髪に銀の簪《かんざし》が艶《なま》めかしく光る。

「一回やってみたかったのよねえ、これ」

銀嶺はうっとりと手を合わせた。

「銀嶺は古典任侠《にんきょう》映画のファンだもんね」

「こういうのって肩脱ぎじゃないの？」

「いったん脱ぐと着るのが大変なのよねえ、サラシはきついし」

賭場は賭場でも、いるのは妙齢の女の子ばかり。華やかな着物に身を包み、他愛のない賭《か》けに興じている。お金の代わりに、彼女たちの前には淡い色の干菓子が並んでいて、それをサイコロの目に応じてやりとりしているらしい。

「今度こそ久保田《くぼた》の億寿《おくじゅ》ゲットっ」

しかし、蘇芳が目の色を変えているのは、なぜか銀嶺の後ろに並んでいる高級日本酒が賭けの報酬になっているからのようである。

「ねえ、蘇芳、萌黄さまは？」

隣でニコニコしながら座っていた瑠花が、ふと思い出したように尋ねた。

蘇芳は干菓子の数を数えながら答える。

「何か用があったらしくて、途中でどこかに行っちゃった。そういえば、まだ戻ってこないね。どうしたんだろ」

「そうなの。じゃあ、やっぱり」

蘇芳は、瑠花が顔を曇らせたのに気付き、その目を覗《のぞ》き込んだ。

「どうかしたの？」

「うーん、ちょっと。小耳に挟んだことがあって」

「なあに？」

瑠花が蘇芳の視線を避けて口ごもったので、蘇芳は声を潜めた。瑠花はますます話しにくそうにする。

「教えて。萌黄がどうかしたの？」

蘇芳が不安そうな声を出したので、瑠花は決心したように口を開いた。

「萌黄さま、たぶん今日はお見合いじゃないかしら」

「ええっ」

思わず声を張り上げかけ、蘇芳は慌てて口を押さえた。辺りをきょろきょろし、誰も二人に注目していないことを確かめてから瑠花の顔を見る。

「お見合いってお見合いって、誰と？　まだ十七なのに？」

「このあいだ、三輪雪花ちゃんの話をしたわよねえ」

瑠花は慎重な口調で言った。

「最近、どうやら、春日家の後ろ盾で三輪家再興の動きがあるらしくって、萌黄さまを三輪家の方と娶《めあわ》せて、その気運を盛り立てたいということのようなの」

「なぜ春日と三輪が」

「そこまではよく分からないわ。うちの両親が噂しているのをちらっと聞いただけだから。ごめんなさい、ひょっとすると秘密のお見合いなのかもしれないし、他の人には言わないでね。萌黄さまにも」

瑠花は話したことを後悔している様子で、蘇芳に向かって手を合わせた。

「うん、言わない」

そう頷きながらも、蘇芳は動揺していた。どことなくきな臭い、政治的な匂いがする話であるのはさておき、萌黄がいきなり遠くへ行ってしまうような心細さを感じたからだった。いつもそばにいて、強くて優雅で歯が立たなくて、憎らしいくらいに落ち着いている萌黄。そんな。あの萌黄が、お嫁に行くなんて。

その時、外でドーンという大きな音がした。

「何？」

「なんだろ」

「花火かしら」

みんなで立ち上がり、襖を開けて廊下に出る。

「なあに、あれ」

他の部屋からもぞろぞろ人が出てきて、空を見上げている。

「何かのアトラクション？」

蘇芳もあっけに取られて空を見上げた。

確かに、花火と言えば花火だ。

それも、ネオンサインのように、夜空に輝く文字が浮かび上がっている。

IT'S SHOWTIME

「はあ？」

「ねえ、何か音がしない？」

震動。空気が揺れ、硝子窓がガタガタと震える。

「何か来るわよ」

異様な気配に、皆騒然とした。

空がピカッと輝き、突如強い風が吹きつけてきた。

「空に、何か」

巨大なものの気配。

何か、とても大きなものが上空に浮かんでいる。

点滅する光が、ゴーッと音を立てて空をゆっくり移動していく。

「ＵＦＯ？」

「マザーシップ？」

大きな円盤であることは間違いない。空中でゆっくりと止まった円盤の下では、渦巻く風がごうごうと庭木を揺らし、少女たちの髪を乱している。

よく見ると、円盤は派手なラメ入りのピンクゴールドに塗られていて、かなりけばけばしい。

「すげえ」

「帝国主義者の陰謀だ」

蘇芳はなんとなく嫌な予感がした。

ああいう色彩を使う奴は、このミヤコにたった一人しかいない。

突然、ぱかっと円盤の底が開き、折りたたまれていた階段がかしゃかしゃかしゃと音を立てて中庭の地面まで降りてきた。地面まで到達した瞬間、パッと滑り止めが輝き、光の階段となる。

呆然《ぼうぜん》と見上げている人々の耳に、明るいサンバのリズムが聞こえてきた。

マラカスとコンガの音が響き渡り、褐色の肌の踊り子たちがスパンコールの付いた銀色の衣装をくねらせ、白い歯を見せて楽器を手にしたバンドと共に降りてくる。その数、数十人。人々はその迫力に圧倒される。

「ご来迎？」

「ブラジル人？」

「宇宙人？」

「皆さん、大変永らくお待たせいたしました！」

エコーが掛かった声が降ってくる。

やはり、この声は。

蘇芳は思わず舌打ちした。あいつ、北海道でリハビリしてたんじゃなかったっけ。

ひときわ、派手な男が降りてきた。白い羽根を背負い、白のタキシードを着た及川道博である。

「及川道博、無事北海道で生まれ変わってミヤコに戻って参りました」

ゲーッ、という罵声《ばせい》と、キャーッ、ミッチー、という乙女たちの歓声が入りまじって辺りは騒然とした。

「──なんで北海道なのにサンバなの？」

銀嶺が蘇芳の隣で冷静に呟《つぶや》く。

「生まれ変わった及川道博、百年の妄執を超えて、春日家の皆様に改めてご挨拶《あいさつ》申し上げますっ」

確かに道博はパワーアップしていた。美人の双子の呪縛《じゅばく》から逃れ、英気を養ってきたらしく、以前にも増して肌の艶《つや》がよい。

階段の途中でリボンの付いたマイクを摑《つか》んだ道博は、まさにワンマンショーの趣である。

賭庁の警備員があちこちから押し寄せてきて、辺りは大騒ぎになった。

「今や、ミヤコは新時代を迎えようとしております。帝国主義者を目の敵にし、いがみあう時代はもう古い。融合と調和。これがこれからのミヤコ新時代のテーマとなることは必須《ひっす》でありましょう」

押し寄せる警備員に詰め寄られても、平然と注目を集めたままニッコリ笑えるところはさすがである。

きゃあああ、ミッチー、とシンパの女性陣も警備員にまじって押し寄せた。

「家の対立だなんて、古い古い。ロミオとジュリエットの悲劇は最早《もはや》笑止千万。融合と調和。ラブ&ピース。時代はこれです」

道博は、ちっちっ、と人差し指を振ってみせ、にっこりと笑った。

「――何の騒ぎかと思ったら、今度は羽根しょって帰ってきたのか。だんだん未知の領域に入ってくな、あいつ」

「あら、紫風」

いつのまに現れたのか、羽織袴姿の紫風がひょいと頭を覗かせた。

「いったい何のリハビリをやったのかしらね」

「分からん」

蘇芳と紫風は呆《あき》れ顔で空中の道博を見上げる。

「というわけで、かねて婚約中でありました私こと及川家の長男と春日家の蘇芳嬢との結婚のご提案をさせていただきに上がりました。これこそ愛と融合。及川家と春日家、ひいてはミヤコの輝かしい未来に貢献すると確信するものであります」

道博は白い歯を見せてニッコリと笑い、ぐるりとギャラリーを見回した。

ワーッという怒号と歓声、いやーん、ミッチー、という凄まじい悲鳴が上がった。みんなが蘇芳の姿を探してきょろきょろする。踊り子たちは、祝福の踊りを披露し、バンドは声を張り上げて熱演。ホイッスルがやかましく、辺りはもう何のイベントなのか分からない状態だ。

ぎょっとしたのは蘇芳である。

いきなり羽根背負って現れたと思ったら、何を言い出すのか、あの男は。

顔が赤くなったり青くなったり。

「おい、この話本当か？」

紫風と銀嶺に振り向かれて、蘇芳は凄《すご》い勢いで首を左右に振った。

「聞いてないわよっ」

道博は臆面《おくめん》もなく、発泡スチロールの箱を取り出すと空中で振り回した。

「蘇芳ちゃん、どこー？　マイハニー？　毛蟹とおたるワイン、お土産にたくさん買ってきたから出ておいでよー？　今更恥ずかしがることなんかないよー」

蘇芳は舌打ちした。確かに毛蟹とおたるワインは好物である。しかし、この場合、食い物と酒に釣られて出て行くわけにはいかない。思わず毒づいた。

「馬鹿にしてっ。餌かよ。犬や猫じゃあるまいし」

「蘇芳、どこ行くの」

銀嶺が声を掛けるが、蘇芳は、身体をかがめ、紫風の陰に隠れると、コソコソと逃げ出した。

「春日蘇芳は具合が悪くなって帰りました」

紫風が慌てて蘇芳の袖をつかむ。

「待て、蘇芳、この場を収めろ。今夜の道博はかなりのハイテンションだ。暴動が起きる。混乱は困る」

「紫風がなんとかしてよっ。あんな馬鹿、とてもじゃないけどつきあってらんないわっ」

「――とはいうものの、もちろん春日家の皆さんに素直にお受けしていただけるとは思っておりません」


突然、道博の声の調子が変わったので、観衆はハッとして動きを止めた。

紫風と蘇芳も、のろのろと道博に顔を向ける。

道博は、みんなの注目を集めていることに満足そうだ。これまでのハイテンションぶりも計算の上なのか、どこか見る者をどきりとさせる酷薄な笑みを浮かべている。

「聞くところによると、今日は春日家の皆さんの三役を決める日とか。しかも、全ては運任せ。ギャンブルに家運をお任せになると伺っておりますが、そうですね？」

辺りは静まり返り、みんなが空中の道博を見上げた。

何を言い出すんだろう、こいつ。

紫風は興味を覚えた。この混乱は、計算の上に作り出されたものだ、と感じた。道博の目的は、蘇芳ではなく、他のところにある。

「それでは、私も春日家の慣習にならい、春日家のやり方で参加させていただきたいと存じます。惚《ほ》れた相手の家の流儀に従いましょう。それが私の誠意であり、これからの両家の規範となるでありましょう」

「どうしたいんだ、道博？」

紫風が思わず声を上げると、辺りの注目が彼に移り、空中の道博が紫風を見た。

「おお、生徒会長殿。そちらにいらっしゃいましたか」

蘇芳が後ろに隠れていることは、この人ごみでは分からないだろうが、彼女は反射的にしゃがみこんだ。

「もちろん、ギャンブルですよ」

道博は平然と答えた。

「ギャンブル？」

「私も運に身を委《ゆだ》ねます。ですから、私が勝った暁には、是非とも春日家の一員として迎えていただきたい」

紫風は腕組みをして考え込んでいた。

みんなが二人のやりとりを見守っている。暫くして、紫風は顔を上げて尋ねた。

「して、何で勝負する？」

「例えば」

道博は思わせぶりに、唇に人差し指を当ててみせた。

「本当に、本当に偶然の運が左右するもの――技量に関係なく、等しく参加できるもの――例えば、厳密にはギャンブルとは呼べないかもしれませんが」

道博はチラッと悪戯《いたずら》っぽく笑みを浮かべた。

「――ビンゴゲームなんてどうでしょうねえ」

辺りは奇妙な沈黙に覆われた。

「ビンゴゲームですって？　何を考えているのかしら、彼は」

萌黄はあきれ顔で空を見上げていたが、やがて鋭い目つきになると、少し離れたところに立っている香雪を見た。

「彼も『伝道者』と関係あるってことなの？　彼の結婚の提案も新時代の幕開けのプロパガンダ？」

香雪は薄ら笑いを浮かべ、肩をすくめる。

「さあ、あの男のことはよく分かりませんね。面白い見世物が始まることは確かですが」

萌黄は香雪の表情から何かを読み取ろうとじっとその顔を見つめていた。しかし、その冷ややかな表情からは何も窺えず、彼女は空に向き直った。

及川道博の行動には、今一つ読めないところがある。敵なのか味方なのか、帝国主義者なのかそうでないのか。紫風も似たようなことを言っていたことがあった。そして、今日更に、彼が「伝道者」に関係するのかもしれないという疑惑が加わったのだ。

「僕としては、似たような立場の彼に同情しますね。是非彼に幸運が訪れることを期待しますよ」

香雪はそっと萌黄のそばに立つと、ねっとりとした目で彼女を見た。萌黄はひやりとして、さりげなく彼から離れ、何気ない口調で口を開いた。

「確かにあの男は強運だけど、強運だけではビンゴゲームには勝てないわ。何かからくりがあるのね」

「ビンゴゲームでからくりなんかありますかねえ。ともあれ、僕らも参加できるようですよ」

香雪はひらひらと空から舞ってくる白い紙片を指さした。

ビンゴのカードは派手な円盤から紙吹雪のように吐き出されてきて、あちこちに降り注ぎ、庭のそこここで小山を作っていた。皆が大騒ぎをしてカードに飛びつこうとするのを、道博が空中から制止する。

「えー、皆さん、カードは一枚だけお取りください。カードは一枚だけね。ずるはいけませんよ、ずるは。はい、順番に一枚ずつ引いて。並んで、並んで」

紫風の後ろに隠れていた蘇芳も、思わず落ちてきたカードをつかんだ。

「ん？　これ、紙じゃないよ？」

「ほんとだ。柔らかいけど、金属だな」

紫風はその薄いハガキ状の金属を曲げたり伸ばしたり、指で撫《な》でる。

しかし、形状はしっかりビンゴのカードであり、五×五の升目に二十五個の数字が書かれていた。

「はーい、では時間もないのでとっとと始めますよー。説明しまーす」

道博は、ぱんぱんと手をはたき、ハイテンションに叫ぶ。

「抽選はサンバチームの踊り子さんにお願いしまーす」

いつのまにか、サンバチームの中に大きな鉄の籠《かご》が持ち込まれていた。取っ手を回転させると、ひとつずつ数字の書かれたボールが飛び出してくる仕組みである。中に大量の赤いボールが見えた。

「ミュージック、スタート」

道博の合図と共に陽気なサンバのリズム。ホイッスルと歓声。

踊り子が腰をくねらせつつ、取っ手を回すと、カラン、と手前の箱に赤いボールが飛び出した。

「数字見せてー」

道博が叫ぶと、踊り子はニッコリ笑ってボールを高く掲げた。

「ジュウロクデース」

たどたどしい日本語で叫び、「16」の数字を見せる。

「はーい、では16の数字を人差し指で押してくださーい」

突然、あちこちでチカチカとまばゆい火花が走った。

「うわっ」

「きゃあっ」

そこここで悲鳴が上がり、大騒ぎになる。

道博が両手を上げて、皆をいさめた。

「えーっ、お静かに。お静かに。危険はありません。これがただいま特許出願中のビンゴカードでございます。選ばれた数字を押すと、数字が光るはずです」

「えっ」

「あっ、ほんとだ」

蘇芳が呟くと、周りのみんなが身体をかがめて蘇芳のカードを覗き込んだ。

升目の中の「16」の数字がチカチカ光って点滅している。

「すげー」

「不正は無理だね」

「このように、選ばれた数字を正しく押せば、数字は点滅いたします。五つ揃えばもちろんビンゴ！　揃った皆さんには素敵な北海道土産、御用意いたしております」

道博が恭しく頭を下げ、踊り子が持つ毛蟹を指さした。踊り子は毛蟹をぶらさげ、投げキッスを送る。

「悔しい、あたしの毛蟹だったのに」

「おまえ、あそこに出てくか？」

しゃがんだままの蘇芳がぼそっと呟くと、すかさず紫風が彼女の顔を覗き込む。蘇芳は、苦々しい表情で左右に首を振る。

そこで、サンバチームのホーンがファンファーレを鳴らした。

「さあ、紫風、勝負だ！」

「え？」

突然名指しされ、紫風は慌てて身体を起こした。

「なんで俺が」

「春日家代表と勝負！」

再び派手なファンファーレ。道博は腰を振り、タラップでポーズを取る。しょってい
る羽根が揺れた。

きゃーっ、という嬌声《きょうせい》が上がった。サンバのリズムとホイッスルが響き、けたたまし
いことこの上ない。みんなが熱に浮かされた状態である。紫風は、あまりのうるささに
目をぱちくりさせた。

「春日家代表――まだまだなんだけどな」

紫風はぽりぽりとこめかみを掻いた。

しかし、道博は強気で紫風に向かって人差し指を突きつける。

「僕が先にビンゴになったら、結婚だ！」

「でもなあ、本人がなんというか――おまえ、あいつの性格知ってるだろうに。きっと
今ごろ怒り狂ってるぜ」

紫風は困惑した表情である。なにしろ、彼の袴の陰で、蘇芳が大きく頷いているのが感じられることだし。

「さあ、僕のカードとおまえのカードを選べ！　勝負だあ！」

道博は構わずポーズ。ショウブダア、とサンバチームが叫ぶ。

ショウブ、ショウブ、とシュプレヒコールが起きているのは無責任な酔客たちである。

今や、賭庁の客全体が道博の派手なパフォーマンスに注目していることは間違いない。

紫風は小さく溜息をついた。

ミヤコの連中――中でも春日の連中は、こうなったら引っ込まない。

「ま、いいか。俺のことじゃないし」

「ちょっと、紫風ったらっ」

袴の裾《すそ》が引っ張られるのを無情に振り払い、紫風はすたすたと歩み出てカードの山に手を突っ込み、無造作に二枚抜き取ると一枚を道博に渡した。くいっとあごでカードの山を示して尋ねる。

「このカードの山の中にビンゴのがあったら？」

「人の体温を感じないカードは光らないんだよ」

「ふうん。よくできてるな。これ、どこで調達したんだ？　帝国主義エリアか？」

紫風がカードをしげしげと眺め、何気なく道博の目を見た。その目が一瞬光ったような気がしたが、道博はすぐに表情を繕い、「まあね。そんなとこ」とにっこり笑う。

「さあ、いくぞ！　勝負だ！」

ファンファーレとサンバ。

踊り子が取っ手を回す。飛び出す赤いボール。ホイッスルと歓声。

点滅する光。タラップで踊る道博。円盤は上空で止まったまま、ピンク色に輝いている。

なるほど、ギャンブルとはちょっと違うけれど、大勢の人間の関心を集め、同時にゲームに巻き込むという点でビンゴゲームはたいしたものである。

まるで蛍が大発生したかのように、あちこちで手の中のカードが瞬いている。

次々と赤いボールが飛び出して、その都度歓声が上がるが、なかなか道博と紫風の持つカードは点滅しない。

たぶんに酔っ払っている客もいるのだろう。中には飲みながら参加している者もいて、どんどん中庭に人が押しかけてくる。

「リーチ！　俺リーチ！」

「うるせえ、耳元で叫ぶな」

「毛蟹食いたいっ」

がらがらがら、と踊り子が取っ手を回す音が雷鳴のように響き渡る。

回数が進むうちに、ぼちぼちビンゴが出始めた。ビンゴの列が揃うとカード全体が輝き、一目で分かるため、人々の興奮はヒートアップ。ピンクの円盤から続々毛蟹が降ってきて、この世のものとも思えぬ凄まじい眺めである。

「ああ、毛蟹があんなに――」

蘇芳は狂喜乱舞する人々の後ろでしゃがみこみ、カードを恨めしそうに見つめていた。かがみこんでいて隠れていたのが、どんどん人が増えているので、いつのまにかじりじりと建物の縁の下のほうに押しやられている。

やば、せっかくの振袖が。

蘇芳は、袖が地面に付いているのに気付き、慌てて砂を払い、丸めて膝《ひざ》に抱え込んだ。目の前に見えるのは足ばかり。派手な着物の裾がちらちらして、眩暈《めまい》がしそうだ。

今まさに自分の将来が頭上で決められようとしているのに、蘇芳は白いカードを見つめながら、別のことを考えこんでいた。

道博って、次から次へとヘンなものをミヤコに持ち込むなあ。いったいどこからこんなもの探してくるんだろ。あのロボットといい、双子といい（まあ、双子は勝手にやってきたんだけど）――だいたい、道博がヘンなもの持ち込むといろいろ騒ぎが起きるのよね。

ひときわ高い歓声が起きた。女の子の悲鳴が凄い。蘇芳は顔を上げた。

「紫風さまがリーチよ！」

「このまま紫風さまに勝ってほしいわね」

「そうよ、ミッチー、結婚なんてしちゃいやっ」

「似合わないわ、蘇芳さまとなんて」

興奮した声が頭上から降ってくる。

余計なお世話よ。蘇芳は頭の中で毒づいた。

ふと、萌黄のことを思い出す。賭庁のどこかでお見合いをしているはずの彼女は、どこでこの騒ぎを見ているのだろうか。

本当にお嫁に行っちゃうのかな。萌黄、意外と年長者の言うことには従うから、あっさり承知したりして。

蘇芳はハアッと溜息をつき、手に持っていたカードをぽいと投げ捨てた。

なんだかやる気なくなっちゃった。どっかで酒でも飲もう。この分じゃ、ビンゴが終わるまで何も始まりそうにないし。

蘇芳は縁の下をごそごそと進み、どこか出られるところはないかと探したが、どこにも人がいっぱい立っていて大騒ぎで、なかなか抜け出せない。

くそー、なんでこんなところを泥棒みたいにこそこそ逃げてなきゃなんないのよ。

そう毒づいたが、どこも人の足でぎっしり。

道博め。やっぱりあいつのせいだ。

ワアッという歓声が上がり、蘇芳は思わず背筋を伸ばして頭をぶつけた。

「いてて」

頭を抱えていると、誰かが叫んだ。

「リーチだ！　二人とも並んだ！」

どうやら、道博もリーチになったらしい。そこでようやく、彼女はこれが自分のことを決めるイベントだということを思い出した。

こいつは、ますます逃げ出したほうがよさそうだ。どうせ、みんなあたしがいることなんて忘れてるし。

蘇芳は向きを変え、広くて暗い縁の下を中腰のまま進んでいく。


萌黄は自分のカードを見つめながら、辺りから波のように押し寄せてくる歓声に顔をしかめていた。

紫風ったら、どうしてこんなことを引き受けたのかしら。まさか本当に、この結果に蘇芳の結婚を委ねる気じゃないでしょうね。

隣の香雪は涼しい顔でカードを眺めていた。

まるで雪だわ。

庭の植木や苔《こけ》にもカードがぱらぱらと降り積もっていて、ちょっと見にもかなりの数がばらまかれたようである。

「掃除が大変だわね。資源の無駄よ」

萌黄が呟くと、香雪がかすかに笑うのが分かった。

「こういう金属片は、いろいろ使い道があって、煙幕になるんですよ」

「え？」

香雪は柔らかいカードを目の前にかざしてみせた。彼のカードはバラバラに五箇所が点滅している。

「昔、アメリカの空軍は自分の位置をレーダーに探知されないために、こういう薄い金属片を広範囲にばらまいていた。光が乱反射するんです。つまり、レーダーを無力化できるってことです」

「これで？」

萌黄はカードを振った。香雪は頷く。

「ええ、こういうものでね」

萌黄は香雪の話の行き先が見えず、怪訝そうな顔つきになった。

香雪は彼女の表情に気付いているのか、気付いていないのか、涼しい顔で話し続ける。

「案外、システムというのは単純な仕組みで足をすくわれるものです。この賭庁だって例外じゃありません――例えば、鏡を使って光を反射させれば、随分遠くまで届く」

「何の話をなさっているの？」

萌黄は警戒心を滲《にじ》ませて香雪の顔を見つめる。

しかし、香雪はカードを見つめたままだ。

その時、後ろでガラリと乱暴に襖の開く音がした。

紫凰も、自分のカードを見つめている。

彼は、ビンゴの狂乱の中、周囲の興奮と喧騒《けんそう》など耳に入らぬ様子で静かに立っていた。

時折、タラップで踊る道博と目が合う。

道博の目は無表情で何も語りかけてこない。

いったい、この茶番劇の行き着くところは何だ？

リーチと声を上げてからかなり経つ。紫凰のカードは、既に三列がリーチになっていた。ビンゴになりそうでならないのは、道博のカードも同じと見える。

周囲の客たちも、次々とビンゴになる。点滅する升目が増えれば増えるほど、ひとつの数字でビンゴになる客が一気に増える。

ビンゴの歓声が上がる度、ピンクの円盤から毛蟹やホタテ貝、あげくの果てにはジャガイモまで降ってくる。客たちは拾うのにおおわらわだ。

高まる期待。

軽やかなサンバのリズムと共に、赤いボールがカランと転がり出る。

踊り子の手がそれをつかむ。

「ハチバーン！」

どよめきのような歓声が上がった。それよりもほんの少し早く、紫風は自分のカード
がビンゴになったのを悟り、反射的に指で数字を押してしまったが、その瞬間、カード
が熱を帯びたのを感じ、電気のような直感が彼の身体をほんの一瞬閃光のように貫いた。

このカードは高性能のプラスチック爆弾だ／俺を狙っている／ビンゴになった瞬間爆発する／この茶番は俺を暗殺するために仕組まれたもの／俺の指紋が五つ並んだ瞬間に爆発する／このたくさんばらまかれたカード全てに俺の指紋が読み込んである／前に、どこかで指紋を採取されデータ化された／あのミズスマシロボットか？／どれを拾ってもいいように周到に造られた／道博は首謀者なのか？？？

いっぺんに頭の中にいろいろなものが浮かぶのと同時に、身体が、瞬時に動き出していた。

まず彼はカードを空中に放り投げた。生き物のようにカードが空に上る。

続いてふわりと羽織を脱いだ。春日家特製、もちろんこれも刀に強い防刃羽織である。

羽織をカードに向かって放り上げる。

羽織がカードを包み込み、宙に黒いお手玉が浮かぶ。

黒い太陽のように、一瞬羽織越しに内側で眩《まばゆ》い光が見えた。

ずずーん、と遅れて破裂音がして、羽織が空中から消滅する。

その衝撃波のせいなのか、地面に落ちていた大量のカードが空中に舞い上がった。

人々は身体を寄せ合い、抱え、丸まり、その場にしゃがみこみ、地面に伏せた。

「ああっ」

空中には、鈍い光を上げて、青白い金属片が雪のように舞っている。

空が白くなるほどの大量の雪片。軽いためか、舞い上がったままなかなか下りてこない。

なんだこれは。

照明に乱反射して、金属片があちこちできらきらと輝いている。

「きれい」

思わずそう叫ぶ声が聞こえた。紫風ですら、一瞬見とれたほどだ。

だが、これは──ひょっとして。

突然、ずっと空に浮かんでいた円盤がカッと輝いた。周囲は白昼のような明るさになる。

誰もが眩《まぶ》しげに目を覆う。

紫風は目を細く開いた。

タラップに立っている人影。

しかし、それは及川道博ではない。紫風は目を大きく見開く。

「おまえは」

「ご無沙汰《ぶさた》です」

そこに立っているのは佐伯だった。

随分と髪が伸び、紫風に仕えていたころの柔らかさはもうどこにもない。冷ややかな殺気に満ちた、鋭い影が銃を構えて立っている。

辺りは静まり返っていた。

新たな人物の登場シーンにふさわしく、相変わらず空には舞い上がったままの金属片がきらきら揺れている。

道博は？

紫風は周囲に目を走らせたが、どこにも道博の姿はなかった。

いつのまにか、サンバチームも手に手に銃を構えてこちらを静かに見つめている。

「おやまあ、俺としてはホイッスルのほうが好みなんだが。少々けたたましいことに目をつぶれば、の話だけど。それに、佐伯もそんな飛び道具を手にするなんて、随分無粋になったもんだな。先日は萌黄の相手をしてくれたと思ったが」

紫風が肩をすくめた。佐伯の冷ややかな表情は変わらない。

「一緒に来ていただきましょうか、生徒会長どの」

「どこへ連れていくんだ？」

「我々のホームグラウンドですよ。どうもミヤコはやりにくくてかなわない。もっと文明的なところで、文明的かつ紳士的にゴシック・ジャパンの将来を語り合いたいと思いましてね。お早く願います。ビンゴカードがミヤコのバリアを遮っていられる時間はそんなにないのでね」

佐伯は銃でタラップの上を示した。

紫風は、サンバチームが彼に向かってじわりと距離を詰めてくるのを見た。この人数だ、勝負は最初からついている。

「相談の余地はないようだな。分かったよ」

紫風は両手を軽く上げ、ゆっくりとタラップに向かって歩き始めた。近づいて見上げると、改めてその派手な蛍光ピンクに顔をしかめる。

「この円盤は君の趣味か？」

「いいや。勘弁してくれ、そう思われることには耐えられない」

佐伯は真面目くさった顔で否定し、ぐるりと辺りを見回した。

「蘇芳嬢は？　一緒に来てもらおう」

紫風はキッと佐伯を睨みつける。

「俺一人でじゅうぶんだろう。人質として不満でも？」

「まさか。ただ、もう少し華やぎが欲しいんでね」

佐伯がちらっと視線を後ろにやったので、紫風はギョッとして振り向いた。

そこに、バンドマンに銃を突きつけられてやってくる萌黄と若い男が見えた。

「佐伯？」

紫風は、萌黄の隣の男と、佐伯とを交互に見た。驚くほどその容貌がよく似ていたからである。

「質問は後でゆっくり」

佐伯はその紫風の視線をはねのけるように呟いた。

「春日蘇芳は？　いなかったのか？」

「見つかりません」

紫風は蒼《あお》ざめた表情の萌黄と視線を合わせた。

萌黄が三輪家の男と今日見合いをするという話は聞いていたが、まさか佐伯に瓜二《うりふた》つの男とは。どういうことだろう。佐伯は三輪家の嫡流だったのか。

頭の中は目まぐるしく動いていたが、紫風は落ち着いたまなざしで佐伯を見た。

「蘇芳は、いない。さっきの道博の提案に怒り狂って一人で先に帰った。もう賭庁にはいないんじゃないかな」

佐伯はバンドマンを見る。バンドマンは左右に首を振った。見つからない、という意味だろう。

「まあいい。ノアの箱舟に乗るアダムとイブはひと組いればじゅうぶんだ」

「道博はどこにいる？　おまえたちの仲間なのか」

「質問は後でと言っただろう」

佐伯は紫風の顔を見ず、サンバチームのメンバーに引き揚げるよう合図した。

紫風さま、萌黄さま、と周囲で囁《ささや》く声が響く。

引きつった顔で遠巻きにしている春日家の面々が、うめくような声を上げる。

紫風と萌黄がタラップを上って円盤の中に消えると、絶望の悲鳴がさざなみのように人々の中を伝わっていった。

続いてサンバチームが入ってゆき、最後に佐伯が残る。

佐伯は無表情のまま口を開いた。

「危害を与えるつもりはない――ただ、俺たち『伝道者』は現実を見てもらいたいだけだ。ミヤコの外に広がる現実を。春日家とミヤコ民には、追って連絡する。これからは皆様にもご協力いただかなくてはならないからな」

タラップがするすると円盤の中に吸い込まれ、佐伯の姿も消えた。

ズッ、と円盤が上昇し始める。

「紫風さまあ」

泣き声が響いた。

円盤は見る間に空に上がっていく。

相変わらず金属片は空を吹雪のように覆っていた。

ようやく遠くでサイレンが鳴り始め、サーチライトが行き交うのが見えるが、空を覆う白い雪にチラチラと跳ね返り、拡散してどれも消えてしまう。

　円盤は、あっというまにそれらに紛れて見えなくなった。

　あちこちから悲鳴のような泣き声と怒号が上がり、辺りは悲愴《ひそう》な叫びに埋め尽くされた。

　警備員が押し寄せる声が遠くから近づいてくる。

　さざなみのような悲鳴を、蘇芳は暗い縁の下で聞いていた。

　鏡。殺気。ビンゴカード。

　すべては準備されていたものだったのか。

　闇の中で、彼女の目は大きく見開かれている。

「伝道者」のホームグラウンドとはいったいどこなの？　どうやったら紫風と萌黄を連れ戻せるの？　奴らは何が望みなの？

　蘇芳の瞳《ひとみ》は静かな怒りに満ちていて、よそゆきの振袖がいつのまにか地面の上に両方とも落ちていることにも気付かぬようだった。

しゃちほこかみもりついんずめん

第六話　鯱髪盛双児麺

華やかな空気、華やかな喧騒《けんそう》。

シックな木目調に調度が揃えられた天井の高い一室では、明らかに権力と富を蓄えた人々が和やかにテーブルの間を泳ぎ回っていた。

惜しげもなく振る舞われるシャンパンやワイン、ウイスキーはどれも高級品で、ルイ・ボトン・モア・ヘレネーグループの傘下にある銘柄ばかり。

重量感のある高級ガラスをふんだんに使った巨大なシャンデリアのもとで、グラスの中の泡や女性の耳の宝石がきらきらと豪奢《ごうしゃ》な光を放っている。

大勢の人々が行き交う部屋の片隅に、当惑した二つの顔がある。

部屋の中の人々の平均年齢よりも遥《はる》かに若い、それでいて不思議なオーラのある美しい男女。

それは、紫風と萌黄であった。

二人ともシャンパングラスを手にしてはいるものの、些《いささ》か居心地悪そうな顔で、時々顔を見合わせる。

紫風はグレイのスーツに水色のネクタイ。

萌黄は、肩を出した朱色のスリップドレス。

「いやあ、さすが、美男美女は洋服も似合いますね」

そこにやってきて軽口を叩《たた》くのは、三輪香雪である。

かく言う彼もスーツを着ているし、萌黄のグラスに自分のグラスを合わせる様子は、若いのにいかにもこうした世界が板に付いている感じだ。

「わざわざこんな豪華なパーティにご招待いただくのに、誘拐されるとは思ってもみなかったわ」

萌黄の口調は冷ややかである。

「大事なお客様ですからね。それなりの待遇でお迎えに上がったわけです。残念ですね、我々の気配りを評価していただけなくて」

香雪も動じない。

「それにしても、凄《すご》い豪華メンバーだねえ」

紫風のほうは、周囲を観察するのに余念がない。時折シャンパンをくいっと水のように飲み、全てを目に焼き付けようとするかのようにじっと周りを見つめている。

「経団連の前会長に、現役の官房長官、財務省や外務省の若手官僚もまじってる。帝国主義陣営のお偉いさん方がいっぱい。いったい何の会合なんだ？　警備も凄いけど」

紫風はチラッと入口付近に立っている目つきの鋭い男たちに目をやった。並の警備員ではない。護衛のSPだろう。

「そうね、手厚く守っていただいてるもの」

萌黄が皮肉な口調で言った。

「そう怖い顔をせずに、夜景でも楽しんでくださいよ。この景色は、ミヤコにはないものでしょうし」

香雪は、手を広げて、人々の向こうにある壁一面の窓を示した。

「そうだな。確かに、見事だ」

「帝国主義者の夜は明るいわね」

紫風と萌黄は、窓に目をやる。

眼下に広がる、皓々《こうこう》たる夜景。光の粉をまぶしたかのような、都会の夜が視界いっぱいに広がっている。

「万博の跡地は何になるんだい？」

「ルイ・ボトン・モア・ヘレネーグループが買い取って滞在型のリゾートにするようよ」

二人がぼそぼそ話しているのを聞いた香雪が目を見張る。

「詳しいね」

「ミヤコでも情報は手に入るんだよ」

ボーイが寄ってきて、さりげなく紫風のグラスにシャンパンを追加した。

「ここに蘇芳がいたら大喜びだろうな」

紫風が溜息《ためいき》交じりに呟《つぶや》く。

その時、部屋の明かりがすうっと暗くなり、やがてパッとスポットライトが一人の男を照らし出した。

佐伯。

「伝道者」を名乗る、その人である。

「皆様、ご歓談中とは存じますが、是非こちらにご注目ください。本日は、我々の目的達成のためのキーマンであるゲストをミヤコからお二人お迎えしております。ミヤコを動かす春日家の若き総帥、春日紫風君と、我々と志を同じくする三輪家との橋渡しをしてくださる春日萌黄嬢をご紹介しましょう」

続けて、眩《まぶ》しい光が紫風と萌黄に向けられ、二人は思わず手を上げた。

周囲からは割れんばかりの歓声と拍手が浴びせかけられる。

「さあ、ご両人、どうぞこちらへ」

佐伯の落ち着き払った声が、マイクに乗って響き渡る。

ミヤコの賭庁から、ビンゴゲームに紛れて拉致《らち》された紫風と萌黄を乗せ、派手なピンクの円盤が降り立ったのは、バリバリの帝国主義エリア、ナゴヤの地であった。

巨大なホテルの屋上のヘリポートに円盤は優雅に着陸。

そのまま二人はホテルの最上階のスイートルームに、別々に軟禁されることとなった。

むろん、外部との連絡を取ることはできないものの、待遇はＶＩＰ扱いなので、上げ膳《ぜん》据え膳のもてなしを受け、着替えまで用意されている。

紫風は腹をくくり、状況の把握に努めた。

まあ、大事な人質である自分たちに危害を加えることはあるまい。彼らにとっても、二人はカードのひとつなのだから。

部屋のＴＶには帝国主義エリアのニュースしか入らないけれど、紫風たちがナゴヤに連れてこられたことは全く報道されていない。犯罪行為なのだから当然といえば当然だが、パーティの客の豪華さを見ると、報道管制を敷かれているのは確かだった。

ミヤコでは、自分たちのことはどう報道されているのだろう。

もしかすると、ミヤコでも、ミヤコ民たちの動揺を避けるため、このニュースは伝えられていないかもしれない。もっとも、賭庁にいた客の口を塞《ふさ》ぐことはできないだろうから、報道されなくとも口コミで噂《ひ》《みつり》はすぐに広まるだろう。

下手に手出しはできまい。秘密裡に、外交ルートを通じて交渉することになるはずだ。

あの時、蘇芳が見つからなかったのは幸いだった。今、彼女はどうしているだろう。

俺たちがナゴヤに来ていることを、ミヤコのほうでは把握しているだろうか。あのビンゴカードがチャフの代わりをしたことで、円盤の追尾は難しかったはずだ。

懐刀は、円盤の中で取り上げられた。もっとも、帝国主義エリアは銃刀法が厳しいので、刀を振り回すわけにはいかない。

この際だから研究しようと思い、TV番組をチェックするが、けたたましい笑い声と罵倒《ばとう》とが繰り返され、字幕に単語しか出ない、脳味噌《のうみそ》が溶けそうな「バラエティ」と称する番組しか放映されていない。

こりゃ、ニッポンが滅びるわけだ。

たちまち疲れて、BBCにチャンネルを切り替えたところで、佐伯の使いから「フォーマルな装いに着替えるように」という伝言があり、クロゼットからそれらしきものを選んだところ、武装した見張りつきで連れてこられたのがこの豪勢なパーティ会場だったというわけである。


いっぽう、萌黄は萌黄できらびやかなパーティ会場でも、ポケットの中の手裏剣のことを考えていた。

やはり懐刀は取り上げられてしまっていたが、いつもの習慣で、着物の袖《そで》に手裏剣を幾つか忍ばせておいたのは気付かれなかったのだ。

この素敵なドレスにもポケットが付いていたのは幸いだった。あまりに薄い布地なので、手裏剣が破ってしまうのではないかと不安だったが、仕方あるまい。ついでに言えば、萌黄はホテルの部屋の中でも壁を少しずつ叩いてケーブルの配置を調べ、ほんの少し細工をすることに時間を費やした。

部屋の中にまで監視を置かなかったことは彼らの失敗である。

けれど、やはりそこは女の子。バスルームのアメニティはしっかりチェックし、パイル地のスリッパと一緒に持ち帰ろうと目論《もくろ》んでいた。

誰かがミヤコから潜入してくるか、自分たちがここから逃げ出すか、どちらかだ。

萌黄はそう予想していた。

簡単には帰れまい。何かあたしたちにとってひどく不利なことを約束させられるか、何かを失うかしない限り、解放されないはずだ。それが何なのか、まだよく分からないのだが――

パーティの顔ぶれを見ている限りでは、「伝道者」とは、帝国主義エリアでは反政府主義者たちの集まりのように思えた。むろん、それぞれの思惑があって共鳴しているのだろう。日本を統べる、と言っているのも伊達《だて》ではないらしい。この会場には、組織と権力の匂いがする。お金の気配もするし、口先だけの青臭い改革派とはわけが違う。

それなりに安定している今の日本を統一するのは、よほどの圧力かよほどのメリットがない限り難しい。彼らはいったいどうやって統一するつもりなのか。

スポットライトを浴びて、佐伯が自分たちを紹介する声を聞きながらも、萌黄はじっと考え続けていた。


ちょうどその頃。

ナゴヤの繁華街の中を、一人の小柄な少女がひょこひょこ歩いていた。

きらびやかなネオンの中、老若男女が繰り出してそこここに吸い込まれていく。少女は居酒屋や風俗の明かりを珍しそうに眺めていたが、入ろうとはしない。どこか目的地があるらしく、足早に街を抜けていく。

ジーンズに黒のタートルセーター。

ニットの帽子をかぶり、背中には製図用の大きなケースを背負っている。デザイン系の学生というところか。顔はまだ随分あどけない。

前方に、巨大なビルが見えてきた。

ナゴヤで一、二を争う高級ホテルである。上層階がホテルになっていて、ビルの下の部分はオフィス棟だ。ナゴヤ万博の時は、内外のＶＩＰでずっと満室だったという。

街の奥のファーストフードのチェーン店に、少女は入っていく。

外に面した窓辺のカウンターに、革ジャンを着た大柄な女性が一人でコーヒーを飲んでいた。彼女も大事そうに製図用ケースを抱えている。

少女は、紙コップを手にその女性の隣に座る。

「どうだった？」

「あのホテルに間違いないね。屋上のヘリポートにピンクの円盤が停まってたのを見てた人が何人もいる」

「じゃあ、あの中か。入れるかなあ？」

「警備が凄い。なんでも、今夜は政治関係のイベントがあるらしくって、普段よりも更に警備が厳しいみたいだ」

「うーん」

少女はコーヒーを一口飲んだが、顔をしかめた。

「薄いコーヒーって、紅茶の味がするんだね」

「本当にコーヒーなのかどうか不明だよ。ファーストフードの店って、クスリの匂いしかしないのがキツイな」

「それよりも、色の洪水で気持ち悪い。よくこんな配色で平気でいられるなあ。なんだか、歩いてて酔っちゃった」

ボソボソ語りあっているのは、蘇芳と銀嶺である。

二人は一族に内緒で、ナゴヤに潜入していたのだった。

二人がナゴヤの繁華街の片隅でコーヒーを飲んでいるところから溯《さかのぼ》ること一日前。

つまり、賭庁で紫風と萌黄の二人が拉致された一時間ほどあとのことである。

蘇芳と銀嶺は、ミヤコの一等地にある巨大な屋敷の前に立っていた。

年季の入った、立派な洋館である。

二人は冷たい目で顔を見合わせ、頷《うなず》きあった。

表札には、「及川」とある。

銀嶺がインターホンを押し、作った声で話し掛けた。

「あのぉ、道博さんいらっしゃいますかぁ。私たち、まほろば学院の者ですけど、道博さんのファンでぇ、道博さんにお渡ししたいものがあってぇ」

「道博坊ちゃまは留守にしています。またの機会にお願いします」

丁寧だが、なかなか凄味のある声が答える。

銀嶺は、ますます鼻に掛かった声を出した。

「えーっ、留守なんですかあ。さっき賭庁にいらしてぇ、もう帰られたみたいだったんですけど」

「まだ戻られてません。今日は戻られないと思います」

「どちらにいらしたんですかあ」

「それはちょっと、私どもにも分かりかねます」

「いつ戻られるんですかあ」

「それもちょっと分かりかねます」

声は明らかに迷惑そうだ。

「じゃあ、私たちが来たこと、必ず伝えてくださいねえ」

「承知いたしました。ええと、お名前は」

「まほろば学院のユーコですぅ」

「かしこまりました」

二人はそそくさと門を離れ、屋敷の裏に回った。

蘇芳が怪訝《けげん》そうな顔で銀嶺に尋ねる。

「なによ、まほろば学院のユーコって」

「なんとなく」

「源氏名じゃないんだから」

ボソボソと呟き、屋敷の様子を窺《うかが》う。

「本当に留守なのかな」

「円盤の中に一緒にいたのかも。だって、あの趣味、絶対に円盤は道博のだもんね」

「確かに。あんな趣味あいつしかいない」

「じゃあ、紫風たちと一緒にいるのかもしれない」

「さ、入ろう」

二人は振袖姿のまま、裏口の門を軽々と乗り越えた。

どこかで非常ベルが鳴るのではないかと身構えるが、しーんと静まり返ったままだ。

「馬鹿だね、塀の上にはセンサーがあるのに、門の上はないんだ」

「門を越えてくることは予想してないみたい」

「たぶん、あっちが車庫。うろ覚えだけど」

「蘇芳はこの家に来たことあるんでしょ？」

「子供の頃ね。車乗り回したことがある」

「嘘。何歳の時？」

「七歳か八歳」

二人は暗い裏庭の中の歩道を足早に駆け抜けた。

よく手入れされた芝生の奥に、シャッターの下りた巨大な車庫が見えてくる。

「シャッター開けられる？」

「音がうるさくてバレる。脇の窓を破って入ろう」

「ＯＫ」

銀嶺が振袖をぐるりと腕に巻きつけ、こともなげに窓ガラスを叩き破る。

少し間を置いて、けたたましいベルが鳴り始めた。

「こっちはちゃんと反応したな」

「高い車置いてあるしね」

二人は人ごとのように呟き、窓を開けて車庫の中に潜り込む。

「どのくらい持つかな？」

「家付きの警備員で一分。警備会社は十五分」

「じゅうぶんだわ」

高級車が何台も並ぶ車庫の一番奥に、それはあった。

楕円《だえん》形をした、鈍く光る躯体《くたい》。

「発見」

「よし、いただき」

「シャッター開けるよ」

蘇芳は壁際に駆け寄り、シャッターのリモコンのスイッチを押した。

ガラガラと大きな音を立てて、シャッターが上がっていく。

非常ベルは鳴り続け、遠くからバタバタと誰かが駆けてくる音が聞こえた。

「蘇芳、乗って」

「あいよ。不用心だねえ、ここんちは」

鍵《かぎ》は挿さったままになっていた。銀嶺は慣れた手つきで操作し、隣に蘇芳がひらりと飛び乗る。

「借りるよ、道博。これくらいは協力してもらわないとね」

「来たよ」

二人を乗せた、亀の形をした円盤は、遠くから駆けてくる人々が手にした懐中電灯の光を受け、すうっと空中に浮かび上がった。

逆光の中、たちまち車庫から飛び出し、濃い闇の中に弧を描いて消えてゆく。

「わーっ」

「誰だ」

「円盤が盗まれた」

車庫の前で右往左往する人々を置き去りにして、円盤は月と同じ大きさになって見えなくなった。


「さあて、どう出るかなあ、ミヤコのお偉いさんたちは」

及川道博は小さく欠伸《あくび》をし、マントルピースの上にあるアンティークの金の置き時計に目をやった。

オーデコロンを噴きつけ、髪を撫《な》でつけ、靴を磨く。

豪奢なホテルの一室。

一室といっても、三部屋続きであり、天井は高く、部屋には華やかな生花が活《い》けられている。

革張りのソファの上には派手なシャツや薄手のブラウス、ラメ入りのスーツがところ狭しと並べられていた。

「明日のパーティ前にエステに行っとこうかなあ」

道博は鏡を前にポーズを取って考えこむ。

その目はひどく真剣である。自然と独り言が漏れていた。

「なにしろ、長い雌伏の時を経て、満を持しての登場だからねえ。ここはビシッと決めていかないと」

そこで突然、ポケベルが鳴り響いた。しかも、緊急用のベルである。

道博は小さく舌打ちする。この無粋なベルはいかがなものか。もう少しエレガントな音楽に替えてもよさそうなものだが。モーツァルトとか、ヴェルディとか。『蝶々《ちょうちょう》夫人』のアリアなんかどうだろう。

が、しょせんは警報である。優雅な音楽では緊迫感が出ないと考え直した。

しかし、どうしたんだろう。屋敷で何かあったのだろうか。

電話を掛けると、すぐに執事が出た。

「申し訳ございません、道博様」

何やら電話の向こうが騒がしい。バタバタと人が駆け回り、叫ぶ音がする。

「何かあったの」

「不法侵入です、何者かがガレージに忍びこんで円盤を盗んでいきました」

「ええっ?」

道博は目をぱちくりさせた。

「そんなバカな。なんで誰も気付かなかったんだ」

「分かりません。今、警察を呼んでいます」

「賊はどんなヤツだった」

「なんでも、二人組だったという話ですが、なにしろあっというまのことだったので」

「二人組だって？」

道博は、詫《わ》びの言葉を繰り返す執事の声を聞きながら、じっと受話器を握ったまま考えこんだ。


「これで入れるかねえ、帝国主義エリア」

「入るのよ」

銀嶺と蘇芳は円盤を高速で飛ばしながら話し合っていた。

「さすが性能とメンテナンスはいいね。安定性も抜群」

銀嶺は計器を見ながら満足そうに頷く。

「他のにぶつかったりしないかな」

「大丈夫、レーダーもあるし、衝突回避装置も付いてるから」

「目立たないようにね」

「夜だから平気さ」

ミヤコの夜は暗い。

月明かりだけがさえざえと降り注いでいるが、眼下は見渡す限り漆黒の闇である。

ミヤコの中心部を外れ、郊外へと移動し、農村地帯へと入ると更にその暗さは顕著になる。

「真っ暗だなあ」

蘇芳は目を凝らしたが、まるで宇宙を飛んでいるかのように上下左右の感覚が分からなくなってくる。

無言で闇の中を飛ばしていると、この先に、地続きで帝国主義エリアが広がっていて、今からそこに入っていこうとしているなんて信じられない。

まるで、世界中で生きているのが自分たちだけで、永遠に闇の中を飛んでいるのではないかという錯覚に襲われる。

「ぼちぼち二時間か」

銀嶺がちらっと時計を見た。

「そろそろ緩衝地帯にさしかかるはず」

前方にぼうっとオレンジ色の帯のようなものが浮かんできた。

闇に慣れた目には、それですらとても明るく感じられる。

モザイク状になった帝国主義エリアとミヤコエリアの間には、網の目のように緩衝地帯が張り巡らされており、実質的にそのふたつを隔てている。

「突破するの？」

「いや、この船、帝国主義エリアでも登録されてるはず」

「記録は残るね」

「かまやしないよ、あいつのだし」

「紫風と萌黄は本当にナゴヤに？」

「いる」

二人が連れ去られた後、すぐに円盤の捜索が始められた。

確かにミヤコを出る時にはチャフが邪魔をして追尾することはできなかったけれど、その後の航跡を追うことはそんなに難しいことではなかった。

円盤は一直線に帝国主義エリアに入っていき、中部の大都市を目指して軌跡を描いていた——最近とみに景気がよいと評判の、ナゴヤへと。

二人が誘拐されたことはミヤコ内では伏せられていた。もっとも、賭庁の現場に居合わせた人々はかなりの数に上ったので、口から口へとその事実は伝えられ、ミヤコは騒然としていたし、帝国主義者への反感は強まり、平素は温厚なミヤコ民たちも怒りを募らせていた。

むろん、春日家でも手をこまねいていたわけではない。

表の外交ルート、裏の外交ルート、あらゆるつてを使って情報収集を試みていたし、実際、彼らがナゴヤの中心街にある、一、二を争う高級ホテルのスイートルームに軟禁されていることは、早々に把握されていた。

しかし、その先となると話は別である。

「伝道者」たちの目的がはっきりしない限り、強硬に出るか、秘密裡に交渉するか、そもそも表沙汰《おもてざた》にするか、非公式に接触するのか決めかねているのだった。もちろん、紫風と萌黄が拉致されたことは、帝国主義エリアでも全く報道されていない。

その隙間を縫って、蘇芳は密《ひそ》かに行動を開始していた。

単身帝国主義エリアに乗り込み、二人を奪還する計画である。むしろ、春日家が表だって動くよりは、自分が飛び込んでいったほうが、鉄砲玉の若気の至りということで、もしバレたとしても春日家は言い逃れできると判断したのだった。それならば、誰にも知らせず、こっそりやったほうがより成功率は高い。

極力目立たぬように、蘇芳はいろいろ必要なものを集めた——手っ取り早くいえば、かなり物騒で、危険な武器になりそうなものばかりである。

蘇芳は残月の鈍く光る刃を撫でながら、一人でフンと鼻を鳴らした。

帝国主義者の銃刀法など、知ったことか。

それを見咎《みとが》めたのが銀嶺で、彼女は蘇芳の助太刀を申し出た。銀嶺ならば頼りになる。一人での潜入を決めていた蘇芳も、彼女の申し出はありがたく受けることにした。

かくて、今回の件に少なからぬ責任のある及川道博の家から円盤をかっぱらって帝国主義エリアに突入する、という些か乱暴なプランが実現したのである。

「今、あいつはどこにいるんだろう」

銀嶺が呟いた。

「あいつもナゴヤにいるんじゃないのかな」

蘇芳はそんな気がした。

ここんところ、何かとナゴヤに縁があったようだし。

「行くよ」

銀嶺が低く呟いた。


さて、ここはバリバリの帝国主義エリア、中でも好景気を謳《うた》われるナゴヤの一角。近くにはにょきっと伸びた不夜城のごときタワービルが幾つもそびえているが、この一角は昔ながらの、ごみごみとした飲食店の建ち並ぶ一角である。一杯飲み屋に焼き肉屋に中華料理屋、煙草屋に酒屋、蕎麦《そば》屋に純喫茶。狭い路地に小さな店がひしめきあい、行き交う人々は脱力感を漂わせながらのれんをくぐっていく。

そんな路地のはずれに、小さなラーメン屋がある。ごちゃごちゃした飲食店街からは少し距離を置いた場所にあり、すぐ近くの雑踏が嘘のように、店の周りは静かで暗い。三角形をした、三階建ての雑居ビル。どうやら、二階と三階は住居になっているらしい。

一階には黒地に赤の字で「ついんずらーめん」の看板。明かりは点《つ》いているが、入口には「本日定休日」の札が掛かっていて、引き戸は閉まっている。

換気扇は回っているので、中で誰かが煮炊きをしていることは確かである。

そのうちに、激しいやりとりが聞こえてきて、換気扇から流れ出すいい香りの湯気に惹《ひ》かれてやってきた野良猫が玄関でびくっと身体を震わせた。

「やっぱり高菜は失敗だよ、竜《りゅう》ちゃん」

「そんなこたあない。このピリッとした感じはどうしても必要なんだ。量か、もしくはこの高菜の問題だと思う。種類を変えてみればもっとまとまりのある味になるはずだ。もうちょっといろんなメーカーの高菜揃えときゃよかったな」

「でもさあ、赤だしに高菜だと、高菜の酸味が目立って逆効果だと思うなあ。だったらザーサイのほうが甘味があって香りも合うんじゃないかな」

「好みの問題だよ、辰《たつ》ちゃん。おめえは甘党だからよ」

店のカウンターの中では、寸胴鍋《ずんどうなべ》を前に、胡麻塩《ごましお》頭の中年男が二人。揃って餡《あん》パンそっくりの顔で、四角い縁なし眼鏡を掛けている。ぽっちゃりとした福々しい体型の二人は、一目で分かる一卵性双生児である。

なるほど、看板の店名「ついんずらーめん」は、この二人が店主であることが由来らしい。

二人は神妙な顔で、手塩皿の中の黒っぽいスープを何度も舐《な》めている。

「だんだん味がわかんなくなってきたなあ」

「昼間っから何度も味見してるからな」

「でも、新作発表を来月一日と決めたからには、そろそろ味を決めないと」

「うん。だけど、こうなっちまうともう駄目だな。今日作った六種類のスープを寝かせといて、明日また味見してみよう」

「だな。じゃあ、一杯やろうか」

「うん。ほら、クロも待ってる」

辰之助《たつのすけ》は引き戸を開けて、そこにちんまり座っている黒い野良猫の前にしゃがむと、塩抜きしたチャーシューの切れ端を手ずから食べさせてやる。

竜之介《りゅうのすけ》は、冷蔵庫から冷えた壜《びん》ビールを取り出し、ふたつのグラスに注ぎ、グラスを持ってカウンターを出た。

「ほいよ、辰ちゃん」

「あいよ、お疲れさん」

二人は玄関口に並んでしゃがんだまま、ビールをぐいっと呷《あお》る。そのポーズも呷る角度も、見事にシンクロしている。

不意に、クロが毛を逆立て、「ふうう」と空に目をやった。

何か大きなものがびゅん、と重い気配で上空を横切った。夜にもかかわらず、二人の顔の上に影がさしたのだ。

「ん？」

「ああ？」

二人も揃って空を見上げたとたん、ずしいいいん、と鈍い地響きが建物を伝わり、彼らがしゃがんでいる地面にもその震動が走った。

「なんだなんだ」

「うちの屋上になんか落ちたぞ」

屋上からかすかに煙が上がっているのが見える。薄い煙なので、火災ではなさそうだ。どうやら、着地した時の摩擦のせいらしい。

「ＵＦＯか？」

「んな馬鹿な」

下駄ばきの二人は、階段を駆けのぼり、屋上に出る扉を開こうとすると、女の声が聞こえてくる。

「あーびっくりした。怖かったー」

「悪い、あまりにどこ見ても明るくって、距離感見失った」

「ここどこだろー。壊れてないかなあ」

「ほんとはあっちのビルのヘリポートに降りようと思ったんだけどねえ」

「どっちにしても燃料切れだったんだから、仕方ないよ」

「ったく、満タンにしといてほしかったな。金持ちの癖にケチなんだから」

「あの馬鹿でかいビルの上だよね、あいつらがいるの」

「うん。間違いない」

「すごいなあ。ほんとに、夜とは思えない明るさだねえ。電気の無駄だ」

亀の形をした円盤から物干し竿と洗濯物を掻《か》き分けて這《は》い出そうとした二人の女と、ドアを開けて屋上に出てきた双子の男の目がばったりとあい、四人は無言で動きを止めた。

「——銀嶺、あたし、目がおかしくなったみたい。人が二重に見える」

「あたしも」

蘇芳は目をぱちくりさせて、白い前掛けをした同じ顔の二人の男をまじまじと見つめた。

男たちのほうも、めったにお目に掛かることのない、袴《はかま》姿の二人の娘を宇宙人でも見るみたいにぽかんと口を開けて見上げている。

「ぼ……ぼんそわ？」

「……にいはお？」

蘇芳と親父がたどたどしく言葉を交わす。

「あのねえ、あんたら、ここはニッポンだっつうの」

銀嶺が突っ込むと、親父二人も我に返った。

「あんたら、どっから来たん？」

「ひょっとして、話には聞いたことがあるけど、ミヤコん人？」

蘇芳はひらりと屋上のコンクリートの上に降り立った。

「そうなの。内緒にしといてね。明日じゅうには帰るから」

「おじさんたち、双子だったのね。そっくりだなあ」

銀嶺が隣に立つ。

「うひゃー、ほんとにミヤコの娘ッ子って、こんな時代劇みたいな格好してるんだぎゃあ」

「別に、ほれあの、コスプレとかいう奴じゃないんだぎゃあ？」

親父たちは顔を見合わせる。

「そんなに、ヘン？」

蘇芳と銀嶺は自分たちの格好を見下ろした。

「あ、帯刀してるのはマズイかも。あのね、ミヤコ民がみんな帯刀してるわけじゃないよ。あたしたちは特別」

銀嶺は、背中に背負った日本刀に手をやった。

「何しにきたん？」

「ちょっとわけありで、人探しに来たの。ごめんね、洗濯物に突っ込んじゃって。後で洗い直しとくわ。ねえ、おじさん、この格好で歩いたら目立つかなあ？」

「目立つも何も」

親父は絶句した。が、何か思いついたように片割れを見た。

「おい、辰ちゃん、満智子《まちこ》の服貸してやったら？　満智子は背ぇ高いから、そっちのお姉さんにちょうどいいんでねえの」

「そっか。じゃあ、竜ちゃんは美鈴《みすず》の服をこっちのお姉さんに」

どうやら二人の娘らしい。

「えっ、貸してくれるの？　うわあ、助かる。ありがとう、おじさん」

「かたじけない。この御恩は忘れません」

蘇芳と銀嶺が頭を下げると、親父たちは「滅相もない」とシンクロで手を振った。


「ごめんね、あたしの短大時代の服だから、ちょっと流行遅れなの。それにしても、二人とも正統派和風美人ねえ。あたし、こんな近くで見るの初めて。ミヤコの子ってみんなこんなレベルなの？　どう、うちの店に来ない？」

頭を高く結い上げた女が、「普通の帝国主義的な」服に着替えた蘇芳と銀嶺をまじまじと眺めた。辰之助が、チーママをやっている娘の満智子を電話で店から呼び戻したのだ。

「あたしたち、まだ未成年だから」

「あらそう、残念。肌綺麗《きれい》ねえ、うちの子なんか、若いくせにみんなジャンクフードばっかり食べて、サプリメントに頼ってるから、肌荒れてて。ま、あたしもだけど」

満智子はふうっと仕事の苦労を滲《にじ》ませ、溜息をついた。

やややつれてはいるものの、親父には似ぬ、細面の相当な美人である。蘇芳は、勾玉《まがたま》そっくりの形に結い上げられた彼女の髪型が気になってたまらない。

「ねえ、その頭、何か入ってるの？」

「こら、蘇芳」

興味津々の蘇芳を銀嶺がたしなめる。満智子はそっと髪を撫でた。

「ああ、これ、今シーズンのナゴヤ巻き。アシンメトリーにするのがポイントなの。ヘアピース仕込んでるわ。ここまですんのに、セット二時間掛かってんのよ」

「へええ」

「満智子さん、あそこのホテル行ったことある？　あのでっかいビルの中のホテル」

みんなで窓の外に見える遠いビルを見る。

満智子は大きく頷いた。

「ああ、マリオネット・シエラザード・ホテルね。今、警備が凄いわよ。なんでも、凄いVIPがいっぱい来てるらしくって。明日大きなパーティがあるみたいでさ、知り合いのコンパニオンやらクラブのママやら、馴染《なじ》みのセンセイがたにみんな駆り出されて大変」

「えっ？　じゃあ、満智子さんも？」

「仕方ないわ、店留守にすんの嫌だけど、ここで行かなかったら業界から総スカンだかんね」

「ふううん」

蘇芳と銀嶺は意味ありげに目を見合わせた。

かくして、翌日、二人は製図ケースに刀を仕込んでホテルの近くで待機した。

パーティは幾つもあるらしいが、そのどれかに紫風たちがいることは間違いない。

満智子があっけらかんと協力を承知してくれたのには驚いたが、これが帝国主義者というものかと納得もした。日頃はどことなく敵対している印象があるのに、ラーメン屋の親父といい、みんな気がいいのも意外である（ただ、親父たちがサービスしてくれた、あの八丁みそを使ったラーメンは、蘇芳たちには味が濃すぎたが）。

薄いコーヒーを飲んでいると、携帯電話が鳴った。

慣れない携帯電話に出ると、待っていた満智子の声が響いた。

「よっしゃあ、行こう」

二人は頷きあい、席を立った。

「そして、もう一人」

佐伯の声が朗々と喝采《かっさい》の中に響き渡った。

「今回、ニッポン統一の第一歩である融合特区の最高責任者に内定しております及川道博氏です」

え?

紫風と萌黄は素早く顔を見合わせる。

ひときわ大きな歓声が上がり、及川道博その人が入場してきた。

まるでスポットライトが当たっているかのような華やかなオーラ。紫色のスタンドカラーのシャツに淡い銀色のラメのスーツを着て、いつもの艶《なま》めかしく妖《あや》しい雰囲気に、一種凄味のようなものが漂っていて、VIP揃いであるはずの観客ですら自然と左右に道を空け、涼しげな笑みを浮かべて歩いてくる道博を通した。

融合特区だと?

紫風は頭の中で目まぐるしく思考していた。

なるほど、こちら側ではそんな計画が進行していたのか。万博跡地——恐らくそれが融合特区の実験地なのだ。

しかも、特区の最高責任者に及川道博。

萌黄が、悠々と歩いてくる道博の顔を食い入るように見つめている。道博は、二人の視線に気付いているだろうに、ふてぶてしい笑みすら浮かべていた。

紫風は考え続けた。

道理で、道博の、あのコウモリのようなここ数ヶ月の動きも頷ける。ナゴヤ万博に行ったり、ビンゴを仕掛けたり、頻繁に帝国主義エリアと行き来していたのは今日の日のため。恐らくは、ミヤコでも三輪家と密約が交わされているに違いない。三輪家は少数勢力であるものの、格式はミヤコでも最上級。彼らが特区を受け入れれば春日もむやみやたらには反対できない。きっと三輪家が融合特区の第一号として、丸ごとここに乗り込んでくる。そうすれば、ミヤコも後に続かざるを得ない。それを拒絶することは、「暁の七人」で重要な役割を果たした三輪家と決裂することになるからだ。それは、ミヤコの分裂、ひいてはミヤコの混乱を引き起こしかねない。

三輪家と及川家は特区で実権を握り、徐々に春日とミヤコに圧力を掛けてくるだろう。萌黄との婚約は、春日を攻略するための第一歩。平たく言えば、萌黄はていのいい人質なのだ。

チラリと萌黄を見ると、萌黄は冷ややかな目で紫風に頷いてみせた。

彼女も、同じような結論に達したのだろう。

「ご紹介に与《あずか》りました、及川でございます」

道博は、佐伯からマイクを受け取り、にこやかに会釈した。彼の華やかさに、客たちが圧倒されているのが分かる。

確かに、道博には帝国主義者にも負けないしたたかさと計算高さ、華やかさがあるのには、騙《だま》されていたと分かっていても感心せざるを得ない。

「無理に融合することはない、それがわたくしの本音でございます」

道博は開口一番、そう言い切った。

お客が一瞬、不穏にざわめく。

「かといって、このままでもよくない。それは、皆様もよくご存じのはず」

道博はニッコリと笑ってみせる。お客の空気がほぐれた。この辺りの呼吸、すっかり会場の人々は道博の術中に嵌《は》まっている。

「僕は生まれ育ったミヤコを愛しています。そして、この華やかなナゴヤも。どちらかを選ぶなんて、僕にはできそうもない。皆さんもそうでしょう？　どちらかひとつではなく、どちらも手に入れるのです。美しき心のふるさとミヤコと、最先端の流行と消費の街であるナゴヤ。なぜ両方手に入れてはいけないのですか？　要は、棲《す》み分けしたまま、ほんの少し風通しをよくすればよいのです。互いのよさを取り入れ、交流を深めれば、かつて袂《たもと》を分かった人々は、再び精神的にひとつになれるのです」

拍手が起きた。

人々の顔に明るい笑顔が浮かぶ。紫風は感心する。うっかり、彼の話を素晴らしいと思ってしまいそうだ。

「ミヤコの経済は停滞している。そして、残念ながら、帝国主義エリアの精神的な行き詰まりも深刻だ。互いに互いを必要としているのです。ミヤコでも帝国主義を求める人は帝国主義エリアに、帝国主義エリアでもミヤコの精神性を必要とする人はミヤコへ。相互の移動をもっと流動的にすべきです。断絶はもはや半世紀に亘《わた》ります。今こそ硬直化したニッポンを美しい国へ！　ナゴヤ融合特区はその第一歩であり、この度の春日萌黄嬢と三輪香雪氏の婚約発表は、その象徴ともいえましょう」

歓声と拍手。

萌黄は冷ややかな笑みでそれに応《こた》え、笑みを浮かべたまま氷のような視線を道博に投げる。その意味するところは分かっているはずだが、道博は萌黄と香雪に向かってにこやかに頷いてみせ、香雪も手を振ってそれに応えた。

海外への対外的な窓口は、実際帝国主義者が担っている。

紫風は、狂喜し、興奮状態に陥っている客たちを見回した。

いったんこれらの情報が既成事実として受け入れられれば、取り消すことはどんどん難しくなっていくし、ミヤコ、そして春日の立場は悪くなるだろう。なにしろ、実際、自分と萌黄はこの場に正装で立っているのだから。

「明日は、皆さんご存じの通り、ついに融合特区の工事がスタートいたします。ナゴヤ知事、経済産業省大臣ほかたくさんの皆様と一緒に、わたくし及川家代表と、三輪家と春日家というミヤコを代表する未来の担い手でテープカットをすることで新たな流れの象徴を皆様にお見せいたします！　グランドデザインはできています。ミヤコの自然と、ナゴヤの快適さを兼ね備えた、どちらの人々も満足させるリゾート施設をお約束します！」

道博は勝ち誇った声を上げ、いっそう拍手と歓声は大きくなった。

紫風はじっとその喝采に耐える。

どうする？　この状況。反発すべきか？　いや、隣にいる佐伯がそれを許さないだろう。彼が某《なにがし》かの武器を懐に納めている気配をさっきから発している。下手に動けば、この場で刺されても驚かない。逃げ出すにしても、萌黄と一緒ではどちらかが人質になりかねない。

どうする？　この屈辱に耐え、このままた部屋に幽閉され、明日も脅されてテープカットまでさせられるのか？

ふと、視界の隅に、頭を大きく結い上げた女がこちらに向かってくるのが見えた。パーティ・コンパニオンらしい。ただでさえ背が高い上に、頭を勾玉みたいに結っているのでますます大きく見える。

どうやら、あの髪型はここでは流行のものらしく、会場を行き交う女性の三人に一人があの頭なので、げに流行とは面妖《めんよう》なものだと思っていたところである。

それにしても、あの女、どこかで見たような。

ブルーのドレス、帝国主義エリアでは珍しい黒髪。

あの顔、知っている。まるで愛想がない――ぴくりとも笑わない――まるで、銀嶺みたいだ。

突然、ばちっと目の焦点が合った。

いや、あれは銀嶺そのものだ。

そう思った瞬間、青いドレスを着た銀嶺がダッと壇上に駆け上がり、結い上げた髪の中から手榴弾《しゅりゅうだん》を取り出すと、口で安全ピンを引き抜き、及川道博の首に腕を巻きつけて頰に手榴弾を押し付けた。

誰もが、一瞬何が起きたのか分からなくなっていた。

「静かに。ピンは抜いた。衝撃を与えると爆発するよ」

銀嶺の低く通る声に、客たちは、ようやく目の前の道博に抱きついた美女が、爆弾を彼に突きつけていると気付き、あちこちから息を吸い込む音と、引きつった悲鳴が上がる。

後退りしようとする人々に、「動かないで!」と銀嶺が鋭く叫ぶ。

へたくそな「だるまさんがころんだ」状態で人々が凍りつく。

「えっと。えっと。冗談きついな。これって本物?」

道博が、必死に笑みを浮かべようとした。

「試してみる? 結果はあんたには確認できないと思うけど」

銀嶺が凄《すさ》まじい笑みを浮かべたので、道博はかすかに左右に首を振る。

「頭は動かさないほうがいいんじゃない?」

「は、はい」

「色男のお話、面白かったわ。ナゴヤ万博の跡地の使い道がそんな粗筋だなんて、ちーとも知らなかった」

「そうですか?」

「ええ。あんたの与太話につきあうのも飽きたし、そろそろあたしたち、おうちに帰りたいんだけどね」

「あたしたちって?」

「あたしたちよ」

銀嶺は、ちらりと窓に目をやった。

静まり返った会場に、何か遠くから近づいてくる音がする。

みんなそれに気付いたらしく、ぴくりと身体を震わせる。

「あれは?」

紫風が呟いた。バラバラバラ、という音。間違いない。空から何かが近づいてくるのだ。

それはどんどん大きくなり、雷のような激しい音になった。

大きな窓ガラスがビリビリと震える。

よく磨かれたガラス。

人々がその窓に目をやる。

「――嘘だろ」

道博が呟いた。

巨大な窓ガラスの向こうに、ゆらりと白いヘリコプターが浮かび上がった。

今や、窓は巨大な白い獣の放つオーラに波打っているかのように見える。

ローターが窓にぶつからないよう、白い機体はこちらに腹を見せるように傾いていた。

白い機体は、まるで白い鯨が横付けされたように重量感があり、会場にいる人々をその咆哮《ほうこう》で威圧する。

「蘇芳！」

萌黄が叫んだ。

こちら側の扉が開いていて、刀を構えた蘇芳が乗っている。

一瞬、みんながヘリコプターに気を取られた隙に、道博が銀嶺を突き飛ばした。

同時に、会場内のMPが一斉に動き出す。

「そこをどきな!」

銀嶺はMPに向かって手榴弾を投げた。

悲鳴を上げて人々が逃げ惑い、手榴弾が爆発し、煙が上がり、爆風が人々の髪やドレスの裾《すそ》をはためかせる。もっとも、火薬は最小限にとどめてあり、音と煙を出すのが主な目的だ。

蘇芳は刀を抜き、一瞬息を止め、一気に横に切りつける。


「残月、見参!」


びしいっ、という音が上がり、一瞬、窓が膨らんだように見えた。

膨らんだと見えたのは、斬られた窓の隙間が、風圧で広がったのだ。

更に蘇芳は逆方向に刀を斬りつけた。

ぐわっ、と今度は軽い爆発のような音がする。

そして、ゆっくりと窓はくずおれていった——まるで滝が落ちるように、ひどくゆっくりと、風と一緒になって、照明の光を反射しながら。

「くっ」

佐伯が懐に手を入れるのを見逃さず、萌黄はポケットの手裏剣を放つ。

鈍い音を立てて、佐伯の手の甲に手裏剣が突き刺さり、鮮血が飛び散る。佐伯が顔を歪め、彼の手から拳銃《けんじゅう》が落ちる。

会場には一気に外から風が吹き込み、手榴弾の煙とともに大混乱となった。

「紫風、萌黄、これを！　銀嶺、乗って！」

蘇芳は空中に浮かぶヘリコプターから、二人の刀を投げた。

紫風も萌黄も待ってましたとばかり、自分の刀を受け取る。

押しかけるMP、やはり刀を取り出した佐伯と香雪。

みんなが一斉にスラリと剣を抜く。

その一瞬後には、刃も折れよとぶつかりあっていた。

刀で打ち合う凄まじい音と火花に、MPも遠巻きにして手出しができない。

銀嶺はハイヒールで駆け出すと、身軽な動きでヘリコプターに飛び乗った。真っ青な顔をしているパイロットをホテルの絨毯《じゅうたん》の上に放り出し、操縦桿《そうじゅうかん》を握る。ぐらりとヘリコプターが揺れる。

「わあっ」

蘇芳が慌てて体勢を整えた。

「少し離すよっ。近寄りすぎてて危ない」

浮かび上がるヘリコプター。

「戻って銀嶺、二人を乗せなくちゃ」

宝石箱を引っくり返したようなナゴヤの街の上。

きれい。

蘇芳は一瞬だけ、その眺めに見とれた。

ヘリコプターは大きく旋回し、再びホテルの窓に近づく。

「紫風、萌黄、早く！」

激しいつばぜり合いをしていた萌黄が先に駆け寄った。蘇芳の手をつかみ、赤いドレスがひらりと宙を舞い、ヘリコプターの中に転がりこむ。

「残念、スリッパとアメニティ・セットを持ち帰れなかったわ」

「何か言った？」

「ううん」

「紫風！」

蘇芳は手榴弾を手にすると、口で安全ピンを引き抜いた。

「どきな！　怪我するよ」

蘇芳が大きくふりかぶると、紫風と刀を交えていた佐伯がさすがにハッとして後退る。

アンダースローで手榴弾を投げ込む。

手榴弾が床にぶつかり、ころころと中に転がる。MPが逃げる。

爆発と一緒に、紫風が萌黄の手をつかんで飛び込んできた。


「蘇芳!」

呆然《ぼうぜん》とした叫び声がして、厳しい顔をした道博が煙の向こうから駆けてきた。

蘇芳は負けず劣らず厳しい顔で道博を睨《にら》み返す。

一瞬、視線が交錯し、二人は一点で見つめあった。

ごうごうと風の音が頭に響く。

「今度ミヤコに戻る時は、背中に気を付けることね」

「蘇芳、聞いてくれ、これがミヤコのためなんだ」

「地獄で待ってる。あんたの亀は、近くにあるわ。『ついんずらーめん』のビルの上。駐車料金、払ってやって。八丁みそのラーメンを食べてあげるのも可」

「蘇芳」

道博の目に、怒りとも無念ともつかぬ複雑な感情が過《よぎ》った。

蘇芳は無理やり目を逸《そ》らし、手に持っていた携帯電話を道博に向かって投げつける。

会場の模様は、銀嶺の持っていた携帯から逐一聞いていたのだ。

なあにが特区よ。なあにが融合よ。単なる利権争いのくせに。

蘇芳は苛立《いらだ》ちをこめて、ヘリコプターのドアを乱暴に閉めた。

たちまち耳元でびろびろ鳴っていた風の音が小さくなる。

ヘリコプターはふわりと窓を離れた。

慌ててMPが駆け寄ってきて銃を取り出し、撃ってきた。

「よせ、やめろ。もしここで墜落したら、下は繁華街だ、二次災害になる」

佐伯が止める。

厳しい顔の道博と佐伯がどんどん小さく遠ざかっていく。

闇の海に浮かぶ、きらきらと眩《まばゆ》い街の光。

やがて、光の柱となったビルが視界の隅に、夜の一部に溶けて沈んだ。

「スペクタクルだな。まさかこんなもん調達してくるとは思わなかった」

「ねえ、あたし、ヘリコプターの運転はあんまり得意じゃないんだ。紫風、代わってくれる?」

「それを早く言え」

紫風が慌てて銀嶺から操縦桿を引き継いだ。

「銀嶺、その髪型って」

機体が安定すると、紫風が恐る恐る銀嶺の結い上げられた頭を見る。

「ああ、これ」

銀嶺は頭を撫でた。

「今シーズンの流行りだって。武器を仕込むのには最適」

「ナゴヤの女の子はいろんなものを仕込んでるらしいよ」

銀嶺が澄まして答えると、蘇芳がニヤニヤしながら付け足した。

「双子の親父とお嬢さんに感謝しなくちゃ」

「今度何かお礼しようね」

「――もう少しゆっくり都会の女の子を観賞したかったなあ」

紫風がぼそっと呟くと、三人の美女が声を揃え、「なんかいった？」と耳元で叫んだ。

「いいえ、なんにも」

紫風はとっさに首を振り、身震いした。

「さ、おうちに帰ろっと」

ぐいと操縦桿を上げる。

白い機体は針路をミヤコに向けて更に高度を上げ、宝石箱のような街あかりからぐんぐん遠ざかっていく。

げんえいふつぎょうえんぎ

第七話

幻影払暁縁起

動いている。

あたしが動いている。

あたしがこちらを睨《にら》みつけている。

そして、刀があたしを狙っている。

あたしがあたしに刃を向けているのだ。


残月を構えながらも、蘇芳は自分が見ているものが信じられなかった。

これは鏡のはず。あたしの動きを映しているはずのものだったし、ほんの少し前までは確かに鏡だったのだ。それとも、無意識のうちに、動いているのだろうか。

しかし、身体は硬直していた。目の前の娘はゆっくりと動いているけれど、彼女はじっとしたまま動いていない。

左右にあるのは、アコーディオンのように、屏風《びょうぶ》状になった細長い鏡だ。

たくさんの姿見が、ジグザグに連なっているのは不思議な光景で、蘇芳はその鏡の中を、自分の姿を眺めながらまっすぐ進んできたのだった。

天井と足元は真っ黒だが、鏡の中が明るいので視界は悪くない。道は曲がりくねっていて、今どちらの方角に向かって歩いているのかもう分からなくなっていた。なんとなく、ゆるやかな上り坂になっているような気がする。

鏡の角度はバラバラなので、向かい合わせになっているとはいえ、映る映像は合わせ鏡とは異なっていた。

ひょいと自分の背中が見えたり、見たことのない方向からの自分の顔が覗《のぞ》くのに時々ぎょっとさせられる。

しかし、今、目の前にいるのは、明らかに彼女の動きとは異なり、意思を持ってこちらに刀を向けているもう一人の蘇芳である。なにしろ、今蘇芳は足を止めているのに、鏡の中の彼女は足の位置を少しずつ、じりじりと変えているのだ。

こんなはずはない。こんな動きが、鏡の中にあるはずはない。

真摯《しんし》な経験を積み重ねた者のみが持ちうる本能。彼女にはそれがあるはずだった。今、彼女の身に危険が迫っていることは明らかであり、その本能に身を委《ゆだ》ねようと努力するが、なにしろ自分が自分を狙っているという体験は初めてのことだ。

これは罠《わな》だろうか。

蘇芳は万華鏡のような光に目を細めた。

目の前にいる、自分に目をやる。

大きな黒眼が、じっとこちらを睨みつけている。

ふうん、なかなかの迫力じゃないの。隙もない。立ち姿も自然で、どこにも無駄な力がかかっていない。残月も腕にしっくりなじんで、無理がない。これなら、いちおう春日を名乗っても恥ずかしくはない。

頭の片隅で、そんなことを考えていた。

「萌黄？　紫風？」

ふと、そう叫んでみる。

いつしかはぐれてしまったものの、まだ近くにいるのではないかという気がしたからだ。

自分の声が変にくぐもって聞こえた。

あたしって、こんな声だったっけ？

違和感を覚えつつも、どこかから返事が聞こえてくるのではないかと待つ。

しかし、返ってきたのは痛いような沈黙だった。

何も聞こえない。誰も応《こた》えない。

どうすればいい。どうすれば。ここから逃れるにはどうすればいい。逃げるべきなのか、戦うべきなのか。そこにいる自分と戦った時、何が起きるのか。

自分を狙う、澄んだ瞳《ひとみ》から目を離さずに蘇芳は考え続けた。

これは、いったい。

萌黄は立ち止まり、じっと耳を澄ました。

むろん、周囲の気配の発するものに神経を尖《とが》らせながら、静かに構えている。

殺気はない。あるのは、どんよりとして不確定の、とらえどころのない悪意ばかりだ。

それがこの狭い空間を重く包んで、身体の中にじわじわとしみこんでくるような気がする。


色彩も灰色だ。

ついさっきまで鏡の部屋にいたはずだったのに、今は薄明のような薄暗い部屋にいる。

たとえて言えば、白夜の氷原を歩いているようだ。

灰色の地平線がぐるりと彼女を取り囲み、時折何かの光がチカッとどこかで光る。

獣の目なのか、地中の化学物質の為せる業なのか、この世のものとも思えぬ奇妙に冷たい光。作り物の光だと承知していても、その不気味な光の送ってよこすメッセージに身震いせずにはいられない。

ずいぶん歩いている。どこまで続くのだろう、この部屋は。もしかすると、足元の床が動いていて、長く歩いているように錯覚しているのかもしれない。

いつのまにか、みんながバラバラにさせられてしまったのはまずかった。途中、道が狭くなっていたのは、一列に歩かせ、ぐるぐる曲がり道を進んでいくうちに互いを見失わせ、各人を引き離すためのトリックだったのだ。

薄暗い部屋。薄暗い道。

どの部屋を、どこの世界を歩いているのかだんだん考えなくなってくる。

そして、萌黄は自分の足元にあるものに気がついた。

そこに、紫風がいた。

いや、正確にいえば、紫風の首があった。

萌黄の行く手の道の真ん中に、紫風の首が無造作に置かれていた。

目は閉じているが、顔色は真っ青で、あちこち殴られたように紫色に腫《は》れている。髪も乱れ、そこここから血が滲《にじ》んでいた。

思わず息を呑《の》んだが、騙《だま》されてはいけない、と気を取り直す。

ここは作り物の世界。そのど真ん中にいる。いまや、敵の腹の中にいるといってもいい。すべてが幻影。プログラムの作り出した迷宮。

そう言い聞かせてみても、足元に置かれた紫風の首の持つ存在感は些《いささ》かも揺るがず、質感も、ビジュアルも、そのリアルさは気味が悪いのを通り越して突出していた。これが本物ならば、明らかにもう絶命している。

これは誰が造っているのだろう。デザイナー？　プログラマー？

萌黄は必死に理性を保とうと努力した。

茜さんが総合プロデュースといっても、彼女があらゆるものをすべて創造したわけではあるまい。これだけ巨大なスペースとアトラクションがあるからには、かなりのスタッフが彼女の下にいるはずだ。これは決して茜さんの造ったものではない。彼女は利用されたに過ぎない。

だが、しかし。

頭の片隅に、小さな声がする。

そこにあるのが、本当に紫風の頭だとしたら？

そんなはずはない、と他の声が打ち消す。

あの紫風が誰かの手に掛かるはずはない。他の者ならともかく、あの紫風がこんなみじめな骸《むくろ》をさらすはずはない。彼に限ってそんなことがあるはずはないのだ。

しかし、小さな声は消えない。

でも、これだけの仕掛けがある、モンスターの腹の中なのだ。いくら紫風でも、茜さんの招待で、こんなふうに不意を突かれたら分からないではないか。

触ってみたら？

また別の声がして、萌黄はびくっと身体を震わせた。

もしかしたら、本物の紫風かもしれない。幻影だと言い聞かせているその頭が本物だったらどうする？　もはやバラバラにされ、あちこちに身体が散らばっているのかもしれないよ。ねえ、触ってみれば、本物かどうか分かるんじゃないの？　いくらダイオードでも、そこまでは再現できないのでは――

萌黄は、背中に冷たい汗を感じた。

まさか。あの紫風に限って、そんなことは。

そう考えながらも、彼女はそろそろと指を伸ばし始めていた。

身体をかがめ、足元にある無言の頭に向かって。

いやはや、これはどういう仕組みになっているのだろう。

紫風は純粋な興味を感じ、しげしげと目の前のものを眺めた。

キラキラと輝く、鏡の部屋。

足元も凸凹した鏡になっていて、無数の三角形の鏡が組み合わされた部屋は、歩いていると上下左右も分からなくなってきて、完全に方向感覚は失われていた。もっとも、入場者の方向感覚を失くすためにこういう造りになっているのだろう。

おそらく、この建物は、こうして歩いている時に感じるほどには大きくないはずだ。

これだけ大掛かりなダイオードを仕掛けるには、実はかなりの舞台裏のスペースを必要とする。入場者は、巧妙に誘導され、同じ場所をぐるぐる回らされている可能性もある。

足元不如意で、立方体でも直方体でもない、壁の歪んだ部屋は、方向も、空間把握もできないようになっている。

しかも、このキラキラした鏡。

ほんの少しの光があれば、この部屋を埋め尽くす鏡が反射して、部屋は明るくなる。

鏡の隙間に、ランダムな光源が仕込んであるので、まさに部屋は万華鏡となり、そこここから光を浴びているような心地になる。しかも、光源には色がついているし、その色も時間が経つと変化するようになっているらしく、部屋を包む色彩は刻一刻と変わっていくのだった。

よくできているし、クラクラするような眩暈《めまい》を味わえて、オープンしたらさぞかし評判になることだろう。

紫風は冷静に、商業施設としてのこの場所を値踏みしていた。

確かに、ミヤコも変わらずにはいられない。この国の半分を占める帝国主義者たちを避けては生きていけないのだ。それにしても、何を考えているんだ、奴らは――

一歩進むごとに、自分の頭のてっぺんや、背中や、横顔が一緒に動き、無数に増殖しながらついてくるのは奇妙な眺めだ。

これではますます混乱するし、パニックに陥る客が出ても不思議じゃない。事故が起きても驚かないな――ひょっとすると、事故を起こすのが目的なのかもしれないが――

頭の中では、いろいろな考えが駆け巡っている。

身の危険を感じている時は、更に複数の考えが同時に頭の中を走っていく。

肌に静電気のようなものを感じ、紫風は静かに弧峰を抜いた。

無数の鏡の中で、無数の紫風がスラリと弧峰を抜き、無数の刀に光が当たって眩《まぶ》しいくらいにキラキラと輝く。

うっ。こいつは危険だ。

一瞬、目がくらまされてヒヤリとする。

が、次に目を見開いた瞬間、思わず目をぱちくりさせた。

万華鏡のように映っていた自分が、一瞬にして女性に変わっていたのだ。

それも、無数の断片で部屋を埋めているのは萌黄である。

萌黄。本物の映像か？　今どこかにいる萌黄なのか？

紫風は、断片のひとつに目を凝らした。

こわばった表情。心なしか青ざめ、動きを止めて周囲の気配を窺《うかが》っている緊張した顔つき。

それは、本物の萌黄をどこかで撮っている映像に思えた。

ふうん。こんなこともできるのか。

紫風は感心した。

鏡を瞬時にスクリーンに変えることが可能なのだろう。いったいどれだけの機能を兼ね備えているのか。莫大《ばくだい》な費用が掛かっているのは一目瞭然《りょうぜん》だし、その投資が帝国主義エリアからのものであるのは明らかである。

用心深く一歩ずつ前に進み、紫風は無数の萌黄の断片を見回した。

萌黄の背景を観察するが、彼女はひどく薄暗いところにいるらしく、どれも暗いグレイで、何かの手掛かりを与えてくれそうになかった。

じっとしているべきか。進むべきか。

頭の中では、さまざまな分析が行われている。

じっとしていても、結局はどこかにおびき出されるだろう。ならば、進んで相手の反応を見たほうがよさそうだ。

ゆっくりと足を進める。

壁を埋め尽くす萌黄の中を進んでいくと、正面にぽっかりと開けた空間の気配がある。

そこは、ブラックホールのように真っ暗で、重い空気の気配があった。

なんだろう、あそこは。

更に用心深く紫風は進んでいく。

全く光のない漆黒の闇に向かっていくと、ぼんやりと白い人影が浮かびあがってきた。

誰だ。

そこに立っているのは萌黄だった。手に刀を構え、青ざめた顔でこちらを窺っている。

「萌黄？　萌黄なのか？　今、どこにいる？」

紫風は声を掛けてみた。

声はどこにも反響せず、ぼそっとどこかに消えていく。少なくとも、漆黒の闇の中は見かけの印象と違って広いわけではないようだった。

「萌黄？　聞こえるなら返事をしてくれ」

更に声を掛けるが、目の前の萌黄はなんの反応もしない。

ただ、青ざめ、そしてどこかに悪意をにじませた目でこちらを見つめている。

たまらんな。

紫風は小さく溜息《ためいき》をつく。

彼らは、同士討ちを狙っている。この幻惑に満ち、閉鎖された世界の中で、俺たちを始末しようとしているのだ。

いつのまにか、周りの鏡も、彼に斬りかかろうとしている萌黄に変わっている。

輝く刃が、眩しいくらいに部屋を埋め、まるで水晶の谷にでも迷いこんだようだった。

これはマズイ。奴らの術中にはまる。

頭の中で舌打ちする。

キラキラと輝く無数の刃。

そして、正面の暗闇の中に立ちはだかる萌黄。

これは本物なのか。彼女のいる場所とこの場所はどこかに接点があるのか。

紫風はその萌黄をひたと見据え、それがどのような形で目の前に現れているのか考えた。

ふうん。これはこれは。

紫風は闇の前で立ち止まると、抜いていた弧峰を、抜いた時と同じく優雅でためらうことなく、再び鞘《さや》に納めた。

ぱちん、という澄んだ音が響く。

紫風は落ち着いた目で、背筋を伸ばし、目の前の萌黄を再び見据え直した。

あふっ、と蘇芳は両腕を上げ、大きな欠伸《あくび》をした。

細長い、板張りの部屋である。

日当たりはあまりよくない。いかにも、物置部屋という風情であり、実際、隅には揃いの座布団と敷布団が整然と積み上げてある。

その部屋の真ん中に、ぽつんと和机が置いてあり、何冊かの本が広げてあるが、どうやらページには全く手が触れられていないようだ。

その前に、制服姿の蘇芳が憮然《ぶぜん》とした表情で座っている。

退屈だなあ。

蘇芳はもう一度欠伸をして、窓の桟の向こうの、日が傾きかけてきた長閑《のどか》な青空を見上げた。と、正座を崩し、柔軟体操を始める。

いかにも退屈しきった様子だが、彼女は謹慎中――平たく言えば、道場脇のこの布団部屋で軟禁状態にあるのだった。


ナゴヤでの大立ち回りを終えて帰ってきて、既に一週間近く経っている。

その間も、世間は大騒ぎだった。「超法規的手段」によってミヤコに帰ってきた紫風と萌黄の無事を喜びながらも、これからどうやって帝国主義者とつきあっていくのか、帝国主義者にどういう態度で出るべきなのかが議論されていたし、ミヤコと帝国主義者との融合特区の話もどこからか漏れだしてマスコミにすっぱ抜かれ、これまた密約だ裏切りだ陰謀だと、かまびすしい一大論争が繰り広げられている。

いっぽう、帝国主義者のほうでは、極力報道に制限が加えられているようで、紫風と萌黄の拉致《らち》事件及びその奪還事件についてはほとんど報道されていない。政財界からかなりの圧力がかかったようだ。むろん、ホテルに不審者が乱入して爆発物を使った事件があったことは隠しきれなかったためか報道されていたが、それ以上でも以下でもなく、あくまでも後追い記事も全く出ていない。ミヤコに損害賠償が請求されることもなく、蘇芳たちの存在は「なかったこと」にされていたのだった。

しかし、むろん春日家では蘇芳と銀嶺の行為は大問題になっており、内心では見事ニ人を奪還したことが賞賛されていたものの、銃刀法の厳しい帝国主義エリアに潜入した上暴力行為に及んだのは事実であるから、厳罰に処さざるを得ない。よって、蘇芳は残月を取り上げられ、隔離され、この薄暗い布団部屋で自習させられることになったのだった。

そして、春日家及びミヤコ中枢部では、連日明けても暮れても会議、会議というわけなのである。

蘇芳は一日で謹慎及び自習に飽きてしまった。もっとも、蘇芳の存在はほとんど忘れ去られており、皆今後のミヤコの行く末を論じているばかりで、誰も監視などしていないので、抜け出そうとすればいくらでも抜け出せた。

しかし、蘇芳がここでぼんやりしているのは、外に出ていってナゴヤや拉致及び奪還事件の顛末《てんまつ》について周囲から質問攻めにされるのが面倒なためで、周りからも厳重に口止めされていたし、蘇芳自身も話したくない。中でも及川道博の一件を思い出すと、はらわたが煮えくり返る。

幼馴染《おさななじ》みだの婚約者だの言っていたくせに、なんという裏切り、何という姦計《かんけい》。

道博もミヤコにひっそり舞い戻って自宅に籠《こも》っているようだが、道博がこの件にかかわっていたことについては、帝国主義エリアではもちろん、春日などミヤコ側でも、及川家及び道博自身も不気味な沈黙を守っていた。

銀嶺も郷里に戻って蟄居《ちっきょ》させられているらしいし、紫風と萌黄も会議に出ずっぱり、とあれば、完全に蘇芳は蚊帳の外というわけなのだった。

「お腹空いたし、いい加減おとなしくしてるのにも飽きたから、どっかから酒でも探してこよう」

蘇芳はすっくと立ち上がり、布団部屋を出た。

道場も、屋敷もしんと静まり返り、まるで人気《ひとけ》がない。大人たちは皆会議で出払っているし、稽古《けいこ》ももう終わっている。

台所に行き、食べられそうなものを引っ張りだす。

ビールが飲みたかったが、酒専用の冷蔵庫には鍵《かぎ》が掛かっていた。

「天は我を見放したかあーっ」

蘇芳は天を仰ぐ。敵もさるもの、監視はしていなくとも、謹慎中の蘇芳の行動はお見通しということらしい。

ここに残月があれば、鍵もろとも冷蔵庫をたたっ斬れるはずなのだが、むろん、大事な刀は没収されている。蘇芳は歯がみし、しばらく冷蔵庫に頭を打ち付けていたが、紫風の部屋に酒が隠されているのを思い出し、こっそり取りに行くことにした。

人様の部屋に侵入するのは気が進まないが、酒には代えられない。

抜き足差し足、紫風の部屋に向かうと、ふと障子の向こうに蠢《うごめ》く影がある。

思わずハッとして身体をかがめると、中からボソボソ呟《つぶや》く声がする。

「——ったく、やってらんないわよね」

「ずいぶん硬直してるもんだな、ミヤコの上層部も。俺はそっちのほうに危機感を覚えたね」

この声は。

蘇芳がそっと障子を開けると、そこには紫風と萌黄の酒盛りする姿があった。

「あれえ」

三人で顔を合わせ、きまりの悪い沈黙が辺りを覆う。

「蘇芳は謹慎中じゃないのか」

紫風は咳払《せきばら》いをし、湯呑みで日本酒をくいっと呷《あお》りながら呟いた。

「そっちだって、会議中なんじゃないの？」

「あまりにも不毛で出てきたわ。退屈だし、話は堂々巡りだし」

萌黄も紫風にならう。どうやら、二人とも会議を抜けだしてきて、ここで一杯やっていたものらしい。

蘇芳は泣きそうな声で抗議した。

「ずるいずるい、あたしだって放っておかれたまんまなんだよ。だいたい、なんであたしが謹慎なの？　二人を助けに行ったのはあたしなのに」

今度は紫風と萌黄が顔を見合わせる。

「そういや、まだ礼を言ってなかったな」

「考えてみれば、ミヤコに戻って以来、三人で顔合わせるの初めてじゃない？」

「そうだよな。結果的に見れば、蘇芳と銀嶺のおかげで、一応双方が面子を保ったわけだもんな」

ボソボソと話しあう二人に、蘇芳は大きく頷《うなず》いた。

「でしょう？　だから、ビールくらい飲ませてくれたっていいでしょう」

「そもそもビールを飲んでいいのかという前提が間違っているような気もするが、当分あの不毛な会議は終わりそうにないし、よし、ビール飲みに行こう」

「やったあ」

蘇芳が小さく歓声を上げると、慌てて紫風が制した。

蘇芳は、声を低める。

「でも、冷蔵庫に鍵が掛かってるの」

「紫風、鍵は？」

萌黄が紫風を見ると、彼は首をかしげた。

「俺は持ってないなあ。どっかにあるだろ」

三人で足音を立てぬようにして、ぞろぞろと台所に向かう。

すると、そこにもこそこそと動く黒い影がある。

反射的に身をかがめる三人。

誰もいないのをいいことに、侵入者だろうか？

「誰だ？」

紫風が鋭く叫ぶと、その人物はびくっと全身を震わせ、振り向いた。

ふわふわのソバージュヘア。

「あれ」

「茜ぇちゃん」

そこには、酒の入った冷蔵庫の鍵をヘアピンでこじあけようと奮闘していた茜の姿があった。

「悪い悪い、せっかく来てみたのに誰もいないしさあ、土産持ってきたのに相手してくれる人もいないから、つい」

茜は更に五分ほど奮闘し、とうとう冷蔵庫の鍵を開けてしまい、蘇芳たちと共に無事酒にありついた。持ってきた鯖寿司《さばずし》や干物などをつまみに、台所で酒宴を始める。ひと息ついて、茜が別棟になっている屋敷の客間のほうに目をやり、改めて呟いた。

「なんだかえらい騒ぎねえ」

「結局、ミヤコにはロクに戦略がないってことなのよ。だから、あんなふうに及川家や帝国主義者につけこまれるんだわ。結局このまま、ミヤコは彼らに取りこまれてしまうのかも」

萌黄が暗い表情で呟いた。

紫風はその萌黄をじっと見つめている。

「せっかく招待券持ってきたのに、とてもじゃないけど、こんなの言い出せる雰囲気じゃなさそうだわね」

茜は頭を掻《か》き、着物の袂《たもと》から数枚のチケットを取り出した。

「なあに、それ」

みんなで覗きこむ。

「幻影城」プレオープンご招待

「『幻影城』？　なあに、それ」

「あっ、これって、ずっと建設中だったあれ？」

「完成したんだ」

一斉にみんなで喋《しゃべ》り出すと、茜がまあまあと手で制した。

「まだ完成じゃないの。あと半年くらいかかるかしらね。今はマーケティングリサーチの段階。んで、モニターに体験してもらって、もう一度造り直すことになると思うわ」

「へえー。これって、とっても貴重なものなんじゃない？」

「これをあたしたちに？」

ダイオード漫画家である茜が、何やら大掛かりなダイオード鑑賞用の施設を造っていることは以前から漏れ聞いていた。正式な発表はなされていないものの、帝国主義者側からもかなりの資本が投入されているらしい。

「そうなの。でも、今回の騒ぎで、帝国主義者警戒論がまたぞろ強調されちゃって、帝国主義者からたんまり援助されてるあたしなんか肩身が狭いったらありゃしない。今こんなの出したら、袋叩き《ふくろだた》きもいいところよね」

茜は溜息をついた。

それでなくとも、茜の存在は、春日一族や、保守的なミヤコの人々には問題視されている。帝国主義エリアに追放してしまえという声もあるくらいだ。

「でしょうねえ。時期が悪かったわね」

萌黄は同情の声を出した。

「行きたい。行こうよ、見たい見たい」

蘇芳は能天気に万歳をする。紫風が軽く蘇芳を睨みつけた。

「ってなあ、おまえ、謹慎中だろうに」

「どうせ稽古させてもらえないのなら、同じよ。あたしがどこにいようと、誰も全然気にしてないもん」

茜は勢いを得たように三人の顔を見回した。

「ねえ、三人で行ってくれる？　やっぱりあんたたちに見てもらえると心強いわ。うるさがたも、紫風や萌黄が行ったんだと言えば、そうそう文句は言わないし、本当は行きたがってる他の人たちも行きやすくなるし」

「んーん」

「そうね。どうせこの週末も、まだ会議は続くんでしょう？」

萌黄も乗り気になり、目を輝かせて紫風を見る。

「そうさなあ。確かに、俺たちが行けば、行きやすい人も出てくるというのはあるだろうな」

なぜか紫風は浮かない顔である。

「わあ、助かるわ、紫風」

茜は明らかにホッとした様子で、三人を拝む真似をした。

「ねえ、どのくらいの広さなの？」

「入場料はいくらにするのかしら」

蘇芳と萌黄は既に行く気になって、茜に次々と質問を浴びせる。

その様子を黙って見ていた紫風の目に、ふと暗い影が差した。彼の目は、テーブルの上の招待券に注がれている。

紫風はそっと手を伸ばし、その招待券に触れた。

ひんやりとした、薄いチケットは、紙と金属との融合のようである。

その感触に、彼は覚えがあった。

あれと同じ材質だ。恐らくは、機能も。

背中をひとすじ、冷たいものが走った。指先が覚えていた感触は、及川道博がビンゴゲームの時にばらまいた、あの特殊なカードのものである。


翌朝、またぞろ不毛な会議が開始された時間を見計らい、紫風と萌黄は朝早く屋敷を出た。空気がしんとして冷たい。

ミヤコはいつもの朝であるが、秋風が涼しく、季節は確実に移り変わっている。

「こっちよ」

屋敷から離れた裏通りに、茜の乗るハイヤーが待っていた。彼らが茜の造ったダイオード劇場、「幻影城」に行くことは屋敷の皆には伝えていない。

「すっかり秋ね」

萌黄が、色づいた木々を見て呟いた。

「厳しい冬になりそうだな」

何気なく吐いた紫風を、萌黄がちらりと見る。

「蘇芳は？」

茜が煙草に火を点《つ》けながら辺りを見回す。

「そろそろ来るはずよ。たぶん、裏口乗り越えてくると思うの」

「あら、そう」

『あら、そう』で納得されるような状況を、いい加減卒業してほしいな」

三人がぼそぼそ話しあっていると、噂をすればなんとやらで、目をきらきらさせた蘇芳が駆け出してくるのが見えた。こんな元気いっぱいの小動物を、謹慎中のひとことで、屋敷に閉じ込めておけると考えるほうが間違っている。

車は滑るように朝のミヤコを走りだし、北に向かった。

「ところで、どこにあるの？『幻影城』」

期待でいっぱいの蘇芳が勢いこんで茜に尋ねる。

茜の答えた住所に、紫風は思わず「えっ」と振り向いた。

「それって、『黒の楔《くさび》』の近くじゃないですか」

「そうなの」

茜はあっさりと頷く。

「あの辺り一帯は重要文化財で立入禁止なのでは？」

紫風が怪訝《けげん》そうな声を出すと、茜は曖昧《あいまい》に首を振る。

「ええ。でも、実は飛び地の私有地が結構あるのよ。重要文化財というのも表向きの話。禁忌の場所として敬遠された結果、あの辺りの地価が下がりすぎて、周辺地域が荒廃してきていることに役人は危機感を覚えている。正直な話、あたしやゲームメーカーや帝国主義者の投資会社にあの場所を持ちかけてきたのはミヤコのほう。破格の値段だったわ。おかげで、上物のほうに経費を集中できた」

「えっ」

いくら紫風がミヤコの中枢部にいるとはいえ、すべての情報が耳に入ってくるわけではないが、茜の話に紫風はヒヤリとした。

ミヤコは切り崩されている。これも出来レースなのか？　知らないところで、とっくにミヤコも帝国主義者の支配下にあるのではないか。

紫風は、静かに煙草を吸う茜の横顔を盗み見た。

及川道博。ダイオード。帝国主義。

考えてみれば、及川道博だけでなく、今年起きた事件の目立たないところに茜がいる。

茜は及川道博と通じている？　帝国主義者と商売上深くつきあってきたことは知っているが、それ以上に？　伝道者たちとは？

また、得体の知れぬ胸騒ぎが身体の中で波立った。

誰にも告げずに出てきてしまったのは間違いだったのだろうか。

住宅地を抜け、刈り入れの終わった田園地帯に入ると、どんどん空が広くなり、高くなってゆく。

同時に、紫風は、かつて「黒の楔」を一人で訪れた時の記憶がさざなみのように身体の底から噴き出してきた。

「どうしたの、紫風、顔色が悪いわよ」

萌黄が黙りこんだ紫風に声を掛ける。

「いや、別に」

否定したものの、あの時の恐怖が、興奮が身体から抜けていかない。

ちらっと外を見ると、枯れた田圃《たんぼ》の向こうにこんもりとした黒い丘が見える。

あそこの地下で、「塔の老人」と話をした。

ジャングルのように伸びるケーブルにつながれた、幾つもの石棺。

からみついてきた腕。蠱惑《こわく》的な瞳。

紫風はぶるっとかすかに全身を震わせた。

「寒いの、紫風？」

蘇芳が不思議そうに紫風を見る。

紫風は苦笑して、左右に首を振った。蘇芳はきょとんとしている。

やがて視界から黒い丘が消え、なんとなくホッとした。

車は大きな竹林の中に入っていく。

ゆるやかに傾斜しているのは、大きな丘を登っているかららしい。

「こんな静かなところがあるなんて」

「広い竹林だねえ」

萌黄と蘇芳は、興味津々で周囲の景色を見回している。

前方に、古めかしい土塀が見えてきた。竹林が開け、道の正面に小さな山門が現れる。

「まさか、あれがそうなの？」

「ええ」

「お寺みたい」

「どちらにしろ、完全予約制のテーマパークにするつもりだから、入口は小さくても構わないの。外観は、このあと中に手を加えてからもこのままの予定よ」

「へえっ、面白い」

山門の前は石畳の小さな広場になっていて、ハイヤーはそこで四人を降ろしてもと来た道を帰っていった。

「ここが、『幻影城』――」

蘇芳が、かすかに怯《おび》えたような声を出した。

「蘇芳」

紫風は、蔵から持ってきた残月を彼女に差しだした。

「あれっ、残月だ。どうして？」

必要なのか、という顔で、蘇芳は再び不思議そうに紫風を見、紫風の手の弧峰を見る。

「萌黄も？」

「一応、ね。用心のために」

萌黄の手に握られた弓雪を、茜が無表情にちらりと見た。

「そうそう、用心のため。俺たちが、誘拐されて、命からがら帰ってきたばかりだということをお忘れなく」

紫風は明るく答えると、「いいでしょう？　そう簡単には抜きませんから」と茜を見た。

「あんたたちなら大丈夫でしょ」

茜は軽くいなして、肩をすくめた。

みんなで山門の前に棒立ちになる。

新たに造ったわけではなく、元からこの場所にあった山門のようだった。忘れられた古刹《こさつ》を買い上げ、そのままテーマパークの舞台装置としたのだろう。ざっと見て百年単位の歳月が刻みこまれた門の扉は厚く、黒錆《くろさ》びた閂《かんぬき》が門を閉ざしている。

そして、掛かっている額だけは、新しいようだった。板そのものは古いものを使ったらしく、「幻影城」の三文字が、ややかすれた筆致でくろぐろと躍っている。

「どうやって入るの？　誰か係員が？」

萌黄が尋ねる。

「みんな、招待状は持ってきてるわね？」

茜はポケットから、あの薄い金属のチケットを取り出した。

「これが魔法の鍵よ」

茜は、門にチケットをかざした。

ピッ、という電子音がして、門が緑色に光った。

「わあっ」

見る間に門が動きだし、門扉が観音開きになって静かに開かれた。

「さあ、進んで」

茜に続いて人ひとり分だけ開いた門の間を通りぬけると、正面に小さなお堂が見えた。

紫風はぎくっとした。


あのお堂は。


記憶のどこかが刺激される。

法隆寺の夢殿を模した、八角形のお堂。

かつて彼が子供の頃通った、「黒の楔」にあったものとそっくりである。

背後でぎぎぎ、ばたん、と音がして、門が閉じられたので思わず振り返る。

「もう後戻りできないわよ」

茜が冗談めかしてニッと笑った。

「あのお堂が入口なの。入るのは一人ずつ。招待状をかざしながら時計回りにお堂をぐるっと回ると、どこかで扉が開くわ。そうしたら、中に入って。さあ、楽しんでちょうだい。きっと、これまで体験したことのないような、面白いものが見られるはずよ」

「うわあ、なんだかワクワクしてきた」

「すごおい」

蘇芳と萌黄が無邪気な歓声を上げる。

あの中に、入る。

紫風は、全身にざわっと鳥肌が立つのを感じた。

確かに、もはや後戻りはできないようである。


「ひとりずつ、ゆっくりね」

茜の声が背中にまとわりつく。

ゆっくり。

「はあい」

真っ先に飛び出したのは、もちろん蘇芳である。

正面のお堂の前には、腰の高さを横切るようにして低い山茶花《さざんか》の生垣があって、その真ん中に小さな片開きの木戸が付いている。

蘇芳はその木戸を押して、生垣を越えた。

カチッという音をどこかで聞いた気がする。

蘇芳は反射的に振り向いたが、茜たち三人がこちらを見ているだけだ。

「どうかしたの？」

「ううん」

萌黄に首を振り、目の前のお堂を見上げた。

たぶん、その木戸で遊園地の入口のように、入場者をカウントしているのだろう。どこかに赤外線のセンサーがあって、それが生垣の線と一致しているに違いない。

生垣を越えたとたん、別世界に入ったような気がした。非常に人工的な、ある種の威圧感に満ちた、大きなものの管理下にある世界に。

蘇芳は目を凝らし、五感を澄ませた。

無数のノイズ。実際に聞こえるわけではないが、瞬時に大量の記号が、情報が、宙を行き交っているのを感じるのだ。

蘇芳は、そこにかすかな悪意を感じ取った。

なぜ？　ただのテーマパークなのに？

「どうしたの、蘇芳？」

茜の声に我に返り、蘇芳はお堂の回廊に上がった。

招待状をお堂に向かってかざし、ゆっくりと時計回りに歩き出す。

歩き出したとたん、またしてもかすかにウィーンという音がした。

回ってる。

蘇芳は、彼女が歩き出したのと同時に、回廊も歩く速度に合わせて回り出したのを察した。普通の人だったら、回廊が動きだしたことに気付く者はほとんどいないのではないだろうか。

突然、かたん、と軽やかな音を立てて目の前の戸が開いた。ちょうど、お堂の正面からは死角になる位置だ。

吸いこまれるようにそこに入ると、たちまち背後で戸が閉まり、一瞬、暗闇に戸惑った。

が、すぐに明るくなる。

あれ。

驚いたのは、てっきり下りの階段か何かがあると思ったのに、目の前にまっすぐな道が続いていたことである。

しかも、巨大な竹林の中だ。

あの小さなお堂の中に、突然こんなものが広がっているのだから、いくらダイオードのイリュージョンだと分かっていても面くらう。

すごーい。さすが茜ぇちゃん。

竹の香りが漂ってくるし、竹林特有の静寂や、重なりあって空に伸びている竹の葉の気配の重みなども、とてもリアルで本物としか思えない。

蘇芳は思わず手を伸ばし、筋ばって冷たく、指を切りそうに鋭い竹の葉の感触を確かめた。

うーん。やっぱ本物だよ。

周囲を見回す。

見事な竹林だ。どこまでも広がっていて、果てしがない。

竹林の中は、一本道だ。蘇芳はゆっくりと進んでいく。

ふと、何かの気配を感じ、空を見上げる。

天蓋《てんがい》のように緑色に竹の葉が遠く覆いかぶさっている空から、何か丸いものがふわふわとたくさん舞い降りてきた。

飴《あめ》？

赤っぽい色をしたもの、と思いきや。

紙風船だ。

ぱふ、ぱふ、と地面に着地するのは、昔ながらの赤や黄色の半透明の紙を貼り合わせたたくさんの紙風船である。

手で受けると、ぱふん、と間抜けな音を立て、掌《てのひら》で平べったく形を変えた。

紙風船はあとからあとから降ってくる。

うひゃあ。こんなにたくさん。

蘇芳は慌てて駆け出した。

足元に紙風船が積もり、足の裏でぱふん、ぱふんと音を立てる。

殺気。

蘇芳は空から降ってくる、針で刺した点のような殺気を感じた。

反射的に身体は動き、竹林の中に飛び込む。

ストッ、と地面に積もった紙風船に、鈍く光る手裏剣が刺さった。

また、来る。

しゅるる、しゅるるる。

手裏剣が空の奥から大きな弧を描き、竹林の中に飛んでくる。

気がつくと、残月で手裏剣を叩き落としていた。

どこから飛んでくるのか、手裏剣は紙風船に紛れてどんどん飛んでくる。

な、なんだあ。こんなシュールな展開、あるかあ？　ゲームにしちゃあ、手裏剣、本物の手ごたえなんだけど。

蘇芳は内心焦りながらも、次々手裏剣を撥《は》ねのけていく。

とん、と竹の節に足を掛け、手裏剣をかわそうとした瞬間。

ふわり、と身体が宙に浮いた。

うわあ。

気付くと、蘇芳は空高く舞い上がっていた。

そして、竹林の上には、紙風船の忍者がいた。

そうとしかいいようがない。小さな子供くらいの、紙風船の色の衣装を着けた忍者。五、六人もいるだろうか。彼らはくるくる回り、竹林のてっぺんを飛びまわりながら、次々と蘇芳に向かって手裏剣を放ってくる。

むろん、蘇芳はことごとくそれらを撥ねのけ、彼らと一緒に竹林の上を駆けまわる。

これは、夢？　ゲーム？

いくらなんでも、空を飛びまわるなんて、こんなことがゲームで可能になるはずが。

頭の片隅ではそんなことを考えているのに、身体はいつしか飛ぶことに慣れ、しなる竹の節の反動を利用することまで覚えて、虹色の忍者たちと上になり下になりして戦っているのだった。

なるほど、これが次世代のダイオードゲームってことね。きっと、あたしが刀を持っていなかったら、別の形で現れるんだわ。

そう思って、ほんの一瞬気を緩めたとたん、白い光のようなものを感じた。

あつっ。

手裏剣の切っ先が、膝下《ひざした》をかすめたのである。

その鋭い痛みに蘇芳は我に返り、膝の下に目をやった。

一本の赤い線。

そこからツッ、と鮮血が垂れた。

これはいったい。

蘇芳は頭の中が混乱する。

と、離れたところで刀の触れあう音がして、ハッと顔を上げる。

やはり、遠い竹林の上で、萌黄が虹色の忍者と戦っていた。

いったい忍者は何人いるのか。あとからあとから湧いてきて、尽きる気配がない。

「萌黄！」

蘇芳が大声で叫び、萌黄が蘇芳の姿を認めたとたん、不思議なことが起きた。

忍者たちがふっと姿を消したのだ。

「あっ」

蘇芳は思わず叫んだが、忍者たちは掻き消すように次々と消えていく。

いや、皆、元の小さな紙風船になって、ふわふわと竹林の中に落ちていくのだ。

静寂。

ゆらゆらと揺れる竹林の上で、蘇芳は萌黄と顔を合わせた。

「これは」

「夢？」

二人で顔を見合わせるが、その目には混乱が浮かんでいて、二人ともわけが分からない。

「ゲームにしちゃあ、ずいぶんとリアルじゃない？」

「なんであたしたち、こんなことできるの？　映画じゃあるまいし」

「降りましょうか。紫風はどこかしら」

二人はとん、と節を蹴《け》ってふわりと地面に着地する。

あれだけ降り積もっていた紙風船が、今は跡形もない。

二人はいつしか背中合わせになり、じっと周囲の気配を窺っていた。

竹の檻《おり》。

無数の緑の柱が、突破できない檻のように見えてくる。

「ここを抜けましょう」

「すごく広いけど、出られるのかな。遠くのほうは、本物じゃないよね。きっと、背景だよね」

「そのはずだけど」

二人は声を低め、用心深く周囲を見回す。

足早に進む。しかし、すっかり方向感覚は麻痺《まひ》していた。鬱蒼《うっそう》とした竹に覆われ、薄明のようなはっきりしない明るさはどっちを向いても均一で、目指すものがない。

いつしか二人は駆け足になり、徐々に焦燥に駆られていった。

なんでこんなに広いのか。どこまでが夢で、どこからが現実なのか。


「止まれ！　走るんじゃない！」


突然、耳元で怒鳴られて、蘇芳と萌黄はぴたっと足を止めた。

振り向くと、弧峰を構えた紫風が立っている。

「紫風！」

「いつからそこにいたの？」

紫風は平然と首を左右に振る。

「違う。俺はずっとここにいた。二人が俺に近づいてきたんだ」

「え？」

「君らを見ててよく分かったよ。君らは同じところをぐるぐる回っていた。さっきの入口のお堂と同じだ。君らが走り出すと、風景も走り出す。逃げ水のように、君らの前に先回りして風景が現れる。だからこの竹林は無限に見える」

「なるほど。やっぱり、夢じゃないのね。っていうか、本物じゃないんだ」

蘇芳は青ざめた顔に、ようやく安堵《あんど》の色を滲ませた。

「ここ、とんでもないところだわ。茜さんはいったいどういうつもりであたしたちを送りこんだのかしら」

萌黄は訝《いぶか》しげな表情で周囲を見回した。

「これだけべらぼうなカネが注ぎこまれているんだ。そこには何か大きな意志がある。それが何なのかが分からない」

「茜さんは？」

「出口で待つと言っていた」

「どこが出口なの？　ここを出るまでどのくらいかかるの？」

萌黄が冷笑を浮かべながら呟いた。

「ま、壮大なイリュージョンだな」

「でも、手裏剣で足が切れたわ。どういう仕組みになってるのかしら。下手すると、怪我人どころか死者が出るよ」

蘇芳は膝の下の、固まりかけた傷口を見た。

「それが目的なのかもね。完全予約制。目撃者はいない。これならいくらでも誰かを誘いこめるし、こっそり始末することも可能だわ」

「ううむ」

三人でぼそぼそ話していると、いつのまにか竹林が薄れ始めた。

「あれ？」

「霧だわ」

竹林の奥から、すごい勢いで霧が流れ出してくる。たちまち視界が悪くなり、竹の節が水墨画のように欠け始めた。

「動くな。離れるな。三方を見張るんだ」

紫風の一声で、三人は背中合わせにそれぞれの刀を構えた。

真っ白だ。

いや、ミルク色といおうか、灰色がかった銀色といおうか、すっかり視界は見えなくなり、下手するとすぐ隣の者が構えている刀すら輪郭が分からない。

完全に方向感覚を失い、徐々に上下すら感じられなくなってきた。

「動くな。動くと、相手も反応する」

紫風の冷静な声だけが、頭に響いてくる。

「あれを見て」

萌黄が正面を指さした。

霧の中に、木道がうっすらと浮かびあがってくる。

「道だわ」

「さっきまでそこにそんなものなかったのに」

「行ってみよう」

紫風が、今度は先頭を切って歩き出した。

「大丈夫かしら」

「走らないで、ゆっくり行く」

霧が少しずつ切れてくると、さっきまであった果てしのない竹林は跡形もなく、そこに広がっているのは霧にけむる湿原だった。

中に一本道の、細い木道が続いている。

「あの竹林はどこに行ったの？」

「これも、あたしたちが歩くと先に景色が継ぎ足されているわけ？」

「たぶんね」

三人はぼそぼそ言葉を交わしながら木道を進んだ。足の下で、板のしなる音がぎい、ぎい、と鳴る。

湿原は切れることなく、霧で見とおすこともできない。

熟れた柿の色をした百合《ゆり》が無数に咲き乱れていて、幻想的な眺めである。

「綺麗《きれい》。すごいなあ。これをダイオードで？」

「ここまでできるのね」

感嘆が不安を上回った。

しっとりと髪を濡《ぬ》らし、肩にまとわりつく霧の感触も本物だ。湿った藻の匂い、百合のきつい香り、池塘《ちとう》独特の足から粘りつくような存在感が三人を包む。

木道は湿原の中をうねうねと続いた。

先回りして同じ映像を送り出しているとは思えぬほど景色に変化がある。コバルト色の池、白樺《しらかば》の林、蓮《はす》の群落。

三人は圧倒され、景色に見とれていた。

「あ、あそこに何か見える」

蘇芳が霧の奥を指差した。

そこには、奇妙な形をした岩山があった。

巨大なアーモンド形をした岩が、湿原の中に縦に突き刺さるようにそびえている。

そして、彼らが進む木道は、その岩にぽっかり開いた楕円《だえん》形のトンネルに続いているのだった。

「こんなところに、あんなでっかい岩があるなんて」

「これが仮想空間だってことをお忘れなく。デザイナーの設定さ」

しかし、見るからにその岩は不吉だった。

赤錆びたような色の奇妙なグラデーションが異様で、霧の中に浮かぶさまは、巨大な獣の内臓をぬき出してそこに置いてあるようにも見え、今にも鼓動でびくんと動き出しそうに生々しかった。

「気持ち悪いわ」

萌黄が呟いた。

トンネルは真っ暗で、出口は見えない。木道はそこに向かっていたが、中に入るのはどうにも気が進まない。

「また、何か罠が」

「俺が行こう」

紫風は静かに前に進み出た。

「気をつけてね」

トンネルに入ると、湿った空気が顔を打った。

かびくさい臭い。どこかで水のしたたる音。くぐもった空気。本物のトンネルみたいだ。

「そんなに広くない」

紫風は独り言を言う。

手を伸ばすと、ごつごつしたむきだしの岩壁に触れた。そっと撫《な》でていくと、天井は紫風の頭から三十センチも離れていない。

離れたところに、ぽつんと明かりが見えた。

目が慣れてくると、トンネルの天井には、点々と裸電球が灯《とも》されているのが分かる。

トンネルは曲がりくねっていて、先が見えなかった。

「だいじょうぶ?」

「今のところ、特に危険はなさそうだ」

「入るわよ」

「つかず離れずついてきてくれ」

くぐもった声が天井に響く。後ろから、蘇芳が入ってくるのが分かった。

トンネルはくねくねと折れ曲がっていた。閉所恐怖症の人間なら、とっくに音を上げていることだろう。ゆるやかな下り坂を歩いていたかと思うと、いきなり上っていたりする。

これも、我々の進行方向に合わせて景色が変わっているのだろうか？

紫風は平静を装いながらも、あまりのリアリティに混乱させられるのを感じた。

壁に触れた手の感触。時折天井からしたたる水滴の冷たさ。

もうトンネルに入ってから十五分は歩いている。あの岩が外見通りだったら、とっくに向こう側に抜けていていい頃だ。やはり、この景色は目眩《めくら》ましだ。現実のものではない、錯覚を利用した人工のものなのだ。

紫風は自分にそう言い聞かせながら用心深くトンネルを進んでいった。

「蘇芳？　萌黄？　ちゃんと離れずについてきてるな？」

紫風は後ろに声を掛けて確認する。

「はあい」

「ここにいるわ」

姿は見えないが、声はちゃんとついてきている。

この時、三人は、互いの姿を見ていなかった。トンネルは細いし、くねくねと曲がっていて、少し間を空けるとすぐに見失ってしまうのだ。近くで声が聞こえるからと、三人は安心していた。

けれど、トンネルの景色は巧妙に姿を変えていった。蘇芳と萌黄は、紫風と同じ道を歩いてはいなかった。いつのまにか闇の中でトンネルの壁は動き、蘇芳と萌黄は、紫風と壁一枚隔てた隣のトンネルを歩いていた。だから、近くに声は聞こえる。

やがて、蘇芳と萌黄のあいだにも音もなく壁が動いた。三人は、いつのまにか並行した三本のトンネルの中を歩いていた。

トンネルの闇に時間の感覚が麻痺し、更に声のする方向を確認しなくなった頃、三本のトンネルは少しずつ離れていった。そして、三人は引き離され、それぞれが異なる場所に導かれていたのである。

刀を鞘に納めるぱちんという澄んだ音とともに、目の前の萌黄の表情が曇った。

ふたつの目が真っ暗な穴になると、たちまちその顔が金属球に映したかのようにぐにゃりと歪み、やがて一本の線になり、フッと消え去っていた。

なるほど。こういうふうにも反応するのか。やはり、無駄な殺気というのはロクなことにならないな。

紫風はさっきまで青ざめた顔でこちらに向け刀を構えていた萌黄の姿を思い浮かべ、

それが掻き消えた辺りの景色を興味深く見回した。

こちらが動くと先回りしていつまでも追ってくるのは、蘇芳と萌黄を見ていてよく分かった。つまりは、この施設から自主的に出ることは不可能なのだ。相当な距離を歩いているものの、たぶん彼らは実際には距離的にほとんど移動していないのだろう。あくまでこちらの主観を利用した、まさに「幻影城」なのだ。

そのまま紫風はあえて棒立ちになっていた。構えることなく、無防備に見るともなしに周囲を眺めている。

すると、これまで何かの光にキラキラ反射していたこの「鏡の間」にも徐々に変化が現れた。

どこかで何かのきしむ音がする。モーターが回っているような――ぜんまいを巻き戻しているような。

光が唐突に消え、辺りは一瞬暗くなった。

そして、壁が動き始めたのを感じた。きしみながらゆっくりと、銀色の壁がどこかへ移動してゆく。

うっすらと目の前が明るくなっていく。

霧だ。

さっきの湿原のような、ミルク色の霧が流れている。徐々に目が慣れてゆく。

だが、さっきとは違う場所だ。湿原ではない。

がらんとした野原。

草はほとんど枯れ、灰色の絨毯《じゅうたん》になっている。

そして、その野原の奥に見えてきたものは。


まさか。


紫風は心臓がどきんと鳴るのを感じた。

黒い、こぢんまりしたお堂。

強烈な既視感が襲ってきた。

いつかミヤコの外れで見た光景。そして、さっき「幻影城」の山門をくぐって目にした光景。それが二重、いや三重映しになって頭の中をぐるぐる回る。


俺はいったい今、どこのお堂の前にいるのか。


一瞬、頭が混乱し、自分の居場所が分からなくなった。

が、足はいつのまにかそのお堂に向かってじりじりと進み始めていた。霧の中に亡霊のように浮かびあがるお堂は、陰鬱で不穏な気配を漂わせている。

まるで、悪夢の中にいるようだ。

紫風はそんなことを思いながらも、足を止めることはできず、お堂に引き寄せられるように近づいていった。


ヒュッ、と切っ先が頰をかすめるのを感じ、蘇芳はひやりとする。

むろん、すぐそこに刃があっても、その先が届かないことは長い経験と本能から知っているのだが、やはり近くをかすめたことは間違いない。

こんな奇妙でやりにくい戦いは経験したことがなかった。

なにしろ、相手は自分と瓜二《うりふた》つ、それも、恐らくは自分と同じくらいの力量を持った使い手なのだ。

しかし、相手が斬りつけてくる以上、かわさないわけにはいかないし、攻撃は最大の防御であるから、自然と身体は動いてしまう。

しかも、戦っている場所は、こんなわけの分からない、上下も左右も方向感覚が狂わされる鏡の部屋ときている。斬りつけてくる実体がどこにいるのか、果たして自分が誰に斬りつけているのか分からなくなってしまうのだった。

自分の殺気が相手を呼び寄せてしまっていることに蘇芳も次第に気付いてはいたものの、もはや斬り合いになってしまっている今、そんなことを言っても始まらない。視覚はあてにならない、と蘇芳は割り切った。

身体感覚、相手の気配のみで斬り合おう。

それは全く隙のない、呼吸すらはばかられるような戦いだった。

自分と同じ、それは完全に実力が拮抗《きっこう》しているということである。次にどこに打ってくるか、どこに飛び移るか、それが手に取るように分かるということは気味が悪いほどだった。自然、ひたすらに打ちあい、刀を交わし合うしかない。

果てるともしれぬ戦いは、何分も続いた。

こんなに長く打ちあったことは久しくない。通常、剣のレベルが上がれば上がるほど、打ちあう時間は短く、交わす刀数は少なくなるものだからだ。上級者ほど、にらみ合う時間がほとんどで、実際に刀を交わすのはほんの少しだ。

冗談じゃないわ。自分と打ちあってへとへとになるなんて。

蘇芳は内心悲鳴を上げた。

いったいいつまで打ち合うの？　このゲームに終わりはあるの？

そう考えて、おかしな気分になった。

そうだよね、これ、ダイオードのゲームなんだよね。なのに、なんでこんなに真剣に打ち合ってるんだろ。

頭の片隅で考えながらも、身体は動き、無意識のうちに刀を合わせている。

目の前に火花が散り、きゅっと唇を引き締め、大きな目を見開いてこちらを見ている自分の顔を眺めている。

ここであたしが刀を下ろしたらどうなるの？

足が針で刺したような痛みを訴えた。さっき、手裏剣でつけられた小さな傷だ。

頭の中に、自分に斬り捨てられる自分の姿が浮かんだ。

殺されちゃうのかな？　ここは、やはり帝国主義者の作った暗殺施設だったのかしら？

それでも茜を疑ったり、憎んだりする気はほとんど浮かばなかった。

いったい世界はどういう仕組みなのかしら？　どことどこが繋《つな》がっていれば、世界は正しいといえるんだろう？

不意に、全てが虚構に思えた。

すべては、まぼろし。

一瞬、世界が姿を消したように感じた。

ばちっ、というノイズが頭を貫いたように思え、蘇芳は「あいたっ」と顔をしかめた。

が、次の瞬間、辺りは闇に包まれ、どこかで何かがきしむ音がした。

あれえ。

これまで打ち合っていた少女は消えていた。

風圧を感じた刀の気配も、途切れなくゆるぎない殺気も綺麗に消えてしまっている。

少しずつ明るくなってきた。

蘇芳は目をぱちくりさせる。

霧だ。霧が流れてきた。

さっきの湿原かしら？　目を凝らすが、足元には何も見えなかった。さっきの場所とは違うみたいだ。

が、徐々に霧が晴れてきて、その向こうにあるものが浮かび上がってきた時、蘇芳はあんぐりと口を開けた。

なに、これ。

そこにあるのは、見覚えのある場所だった――忘れもしない、あのナゴヤの、銀嶺とヘリコプターで乗り付けた、あのきらびやかな帝国主義趣味満開の、ホテルのパーティルームである。

なんで。なんでここにこんなものがあるの。

蘇芳は呆然《ぼうぜん》としながらも、霧の中に歩きだした。

すぐに、足の裏に毛足の長い、豪奢《ごうしゃ》な絨毯の感触を覚える。

パーティルームは無人だった。

真っ白なテーブルクロスを掛けた丸いテーブルが幾つも並べられ、中央には豪華な生花が活《い》けられているが、他には何もない。

ここに御馳走《ごちそう》があれば、食べてたのに。

蘇芳はそこに不満を覚えたが、きょろきょろと周囲を見回していた。

振り返ると、そこは天井まで続く巨大な窓だ。あの時彼女が叩き斬った、きらきら輝きながらガラスが降り注いだはずの巨大な窓。

そして、その向こうにはおもちゃ箱を引っくり返したような、色とりどりのネオンのひしめくナゴヤの夜がある。

そんな馬鹿な。あたし、今、ナゴヤにいるの?

蘇芳は夢心地でパーティルームを一周したが、やはりどこにも人の気配はない。

この部屋だけなのかもしれない。

そう思い始めた時、廊下に出るらしき大きな扉がわずかに開いているのが目に留まった。

あ。

蘇芳はそちらに向かって歩き出した。

あの向こうも、まだ続いてるのかな。

そっと扉に手を掛け、外を覗く。

そこもまた、豪華なホテルの内部だった。広い廊下が折れ曲がりながら先に続いており、金のラインが入った壁紙が、落とした照明の明かりにうっすらと浮かび上がっている。

「おーい」

蘇芳は思わず叫んでいた。

しかし、その声はふかふかした絨毯や厚い壁に吸い込まれて、どこからも返事はない。

まさか、まるまるあのホテルがここにあるなんてはずはない。まさか、そんなはずは。

蘇芳は声を出して「はは」と引きつった笑い声を上げた。

たかがゲームなのよ。ここは、あの寂れた山門の向こうの、何もない野山だったんだもの。ここがナゴヤのはずはない。

蘇芳は、戸惑いながらも長い廊下を進んでいった。

角を曲がる時、一応警戒して壁に身体を付け、そっと奥を覗きこむ。

しかし、そこはやはり長い廊下が続いているのだった。

その気配に嘘はない。壁の感触、絨毯の感触、並んでいる調度品、花瓶の花、どれにもしっかりとした存在感がある。

正面に、エレベーターホールが見えた。よく磨かれたエレベーターの扉が薄暗い廊下の奥に鈍く光っている。

蘇芳は、エレベーターに向かってそろそろと歩き始めた。

相変わらず辺りは静かで、全く人の気配はない。いつのまにか、彼女も息を殺し、足音を忍ばせ、身体をかがめて長い廊下を進んでいるのだった。

違う。これは紫風ではない。

萌黄は自分にそう言い聞かせた。

ふうっ、と息を吐く。

目の前の首。青ざめた首。道の真ん中に転がっている紫風の首。

伸ばしかけた手をそっと引っ込める。

なんという施設だろう。ひょっとして、最初にお堂に入る時、薬でも嗅《か》がされているのかもしれない。

萌黄は意識的に眼を閉じ、何度か深く呼吸した。

覚醒剤《かくせいざい》など、ある種の麻薬を摂取すると、音が不自然なほど大きく聞こえたり、頭の中に攻撃的な声が聞こえてきたりするという。もちろんこの施設が恐ろしくよくできたハイテクのテーマパークであることは今までの経験で承知していたが、これほど個人の記憶が影響するとなると、そういう効果も疑わざるを得ない。

茜さん、あなた、いったい何に巻き込まれているの。この恐ろしい施設を使って、いったい何をしようとしているの。

萌黄は心底、それを知りたいと思った。

ふと、何かがきしむ音がした。ぴんと張った糸が、きりきりと巻き戻されるような音もどこからか聞こえてくる。

目を開けると、辺りは暗くなっていた。

足元に転がっていたはずの首も消えている。

やれやれ。

ホッとするのと同時に、壁が動いていることに気付いた。

いや、壁なのか、あたしのいる場所そのものなのか。そのことを見極めようとしたが、さっぱり分からない。

そして、壁が姿を消すのと同時に、灰色の霧が流れ出してきた。

目の前の空間が開ける気配がある。

さっきの湿原かしら。

萌黄は辺りの景色を窺った。

しかし、水はない。湿原独特の匂いも立ち上ってこない。

また別のところに出たようね。いえ、出させられたというべきかしら。

萌黄はそっと一歩を踏み出してみた。

足が固いものに触れる。

あら、これは。

足元に目を凝らす。

黒くて固いもの。見慣れたもの。

瓦《かわら》である。

萌黄は顔を上げ、周囲を見回した。

彼女はいつのまにか、瓦屋根の上に立っていた。

それも、ミヤコの中心部。学校近くの通学路。長い土塀の上に続く、長い瓦屋根の上に立っていたのである。

見覚えのある光景。

少しずつ霧が晴れてきた。

やはり、そこにあるのは彼女がよく知っている、長年通った道、見慣れたミヤコの風景である。

これは、あの時の場所だわ。

萌黄は自分の立っている位置を確認した。

あの時、警告した男。自分に向かって刀を抜いてきた男。オートバイに乗ってそのまま立ち去っていった男。思えば、あの時から何かが始まっていた。

萌黄は刀に手を掛けたまま、じっとその場に立ち尽くし、ひたすら何かの気配を待ち続けていた。

始まりの場所なのか。それとも、終わりの場所なのか。

そんな言葉が頭の中に浮かんだ。

どのくらい待ったろう。

ほんの小さな足音が、霧の向こうから響いてきた。

瓦屋根を踏むかすかな音。ゆっくりとこちらに向かってくる。

萌黄は顔を上げ、霧の中を見据えた。

黒い人影が、静かに瓦屋根を踏みしめ、萌黄のほうにやってくる。

「やはり、来たのね」

萌黄は小さく呟いた。

人影は、あの時と同じようにヘルメットをかぶっていた。

手には刀を持ち、冷ややかな殺気を滲ませ、あの時と同じ間合いのところで立ち止まる。

「顔を見せて。あなたはいったい誰なの？」

萌黄は静かに声を掛けた。

人影はしばらく無言で立っていたが、やがてゆっくりとヘルメットを外した。


お堂。

紫風は近くまで進んだものの、そこで動けなくなった。

全身に、うっすらと嫌な冷たい汗を掻いていることを自覚する。

奇妙なデジャ・ビュ。

お堂の中に入って、またお堂の中に入る。しかもそれは過去のお堂で――世界が入れ子の入れ子になったような眩暈。自分がいる場所はいったいどこなのか。

ふうっと身体が沈みこむような感覚。

今はいつなのか。じわじわと現実との境目が失われていく。額の汗。ッ、と伝って目にしみる。ぴりっとする痛み。希薄な、それでいて鋭敏な身体感覚。落ち着け——考えろ。騙されるな——頭の中に低い声が響く。

ばたん！

突然、小さなお堂の壁が花びらのようにすべて外に向かって倒れた。身体が反応し、紫風は大きく後ろに飛びのいていた。

うっすらと漂う霧の中に、小さな人影がある。

紫風は目を大きく見開いた。

「塔先生」

そう、そこにいるのは見まごうことなき、あの「塔の老人」である。相変わらず人を喰《く》った、小動物のような顔がそこにある。

「なんじゃ、その腑《ふ》抜《ぬ》けた顔は」

ぐすんと鼻を鳴らし、顔をこすり、塔先生はそう第一声を上げた。身体は浮かんではいない。お堂の床にきちんと立っている。

「あのう——失礼ながら、本当に塔先生で？」

我ながら確かに腑抜けで間抜けな声だ、と紫風は思った。それに、これがこのテーマパーク、あるいは何かの薬物が見せる幻覚なのであれば、そもそもこの質問自体が全く意味をなさないな、と頭のどこかで囁《ささや》く声がする。

「そうぞな」

塔先生、こっくりと頷く。

「『黒の楔』の地下のわしの研究室は、ここにも繋がっているぞな」

こともなげに言い放った。

「ことは、どこでしょう?」

今度は禅問答か、と紫風は自分に突っ込みを入れる。

塔先生は再び鼻を鳴らした。

「ここは、ここぞな。春日茜らが表に立ち、長年苦労してようやく実現した場所。我らが本物のミヤコ・プロジェクト、伝道の端緒を開く、『幻影城』ぞな」

ここまではっきり言うとは。これも幻覚なのだろうか? いや、今なんと言った? 本物のミヤコ・プロジェクトだと?

そんなことを考えていると、突然、塔先生は顔をしかめ、パタパタと小さく手を振った。

「やめ、やめ。どこまでそんな、ぼけたふりをしてるぞな。むろん、ここは仮想の世界だが、我々はちゃんと実存しておるぞな」

そう言いながら、塔先生はもどかしげに何度か飛び跳ねた。床がぎしぎし音を立てる。

「それをどうやって確かめればよいのでしょう」

紫風は、自分が大馬鹿になった気分である。

「それは、ほれ」

塔先生は霧の中に向かって顎《あご》をしゃくった。

「じきに向こうから現れる」


ヘルメットの下から現れたのは、やはり想像通りの顔だった。

「こんなところでお目にかかれるなんて、奇遇だこと」

萌黄は冷ややかに呟いた。

「こちらこそ」

ヘルメットを腕に抱え、佐伯も冷ややかな声で返す。

「これは幻なの？　それとも、茜さんのダイオードの魔術？」

佐伯はじっとこちらを見つめている。

狭い屋根の上。足の下の瓦屋根の感触。

少し足を動かしてみる。確かに、瓦屋根だ。

あの日と同じ光景が繰り返されている——あの時は、ヘルメットの下の顔は見られなかったけれど。

そして、あの頃知っていたこの顔は、こんなに冴《さ》えざえとはしていなかったけれど。かつて紫風に付き添っていた頃の少年とは似ても似つかぬ、したたかに凄味すら感じさせる男の顔がそこにある。

佐伯は小さく首を振った。

「いいや、ちゃんと存在しているよ。ようやく実現可能なところまで技術が追い付いた。これでやっと計画が実行に移せる。これまでの一年は、実験だったからね」

「実験？」

「行こう。じきに分かるさ」

佐伯はくるりと背中を向け、先に立って歩き出した。

ブーツの下の瓦屋根が乾いた音を立ててきしむ。

「え？　待って」

屋根の上にも霧が立ち込めてきて、佐伯の姿が霞《かす》みそうになり、萌黄は慌てて佐伯の後を追った。

瓦屋根を踏む二つの音が霧の中に響く。

長い廊下を、蘇芳は慎重に進み続けていた。

高い天井、重厚な調度品、ふかふかの絨毯。

どうみても、あのナゴヤの高級ホテルの中だ。

エレベーターホールまであと少し。

相変わらず人の気配は全くない。本当にこのホテルが存在しているのならば、大勢の人間が行き交っているはずなのに。この静けさはどういうことなのだろう。

しんと静まりかえり、ホテルどころか世界に一人きりのようだ。だんだん気味が悪くなってくる。

「誰か」

思わず声を上げたが、すぐに絨毯や壁に吸い込まれ、更に深い静寂が訪れた。

「おーい、誰かいないの？」

怖くなって声を張り上げ、小走りにエレベーターホールまで辿《たど》りつく。

が、ホールの黒い壁にきょろきょろする自分の姿が映るのが唯一の動くもので、やはり返事はない。

「どうなってるの」

蘇芳は青ざめた顔で天井を見上げた。

と、突然、チン、というベルの音が鳴り響き、ぎょっとして飛び上がる。

真ん中のエレベーターがおもむろに開いた。

「わっ」

蘇芳は反射的に飛びのくのと同時に目を見開いた。中に人が立っていたからだ。

「あ」

エレベーターの中には、茜の姿があった。


「茜ぇちゃん。本物？」

まじまじと見つめるが、確かにさっき別れた茜だ。

「そうよ。早く早く、乗って」

茜はせわしなく手招きをする。

「え？」

蘇芳はつられてエレベーターの中に乗り込む。ドアが閉まり、エレベーターはたちまち下り始めた。

「茜ぇちゃん、これ、いったいどういうこと？　本物なの？　あたし、手裏剣に切られたよ」

「ごめんごめん。怪我させるとは思わなかったわ。想像以上にリアルになっちゃって。性能よすぎだわね、調整しなくっちゃ」

茜は一人で考えこみ、蘇芳の顔に浮かんでいる表情にも無頓着《むとんちゃく》だ。

「調整？」

「ようやく始められるのよ」

茜は待ち切れないようにそわそわした。エレベーターはどんどん下りる。やがて、ロビー階に到着し、チーン、という澄んだベルの音が響く。

ドアが開いた。

「あれ、また霧だ」

「場面転換には霧が流れるようになってるのよ」

茜はそう呟きながら早足に外に出た。

そこはもうホテルの中ではなく、ゆらゆらと流れる霧が立ち込めた場所だ。

「待って、茜ぇちゃん」

すたすたと進んでいく茜を追い掛ける。

やがて霧の向こうにぼんやりと人影が見えてきた。一人、二人。こちらに向かって歩いてくる。いや、別のところに更に二人の人影が見える。どうやらそちらに向かって歩いているらしい。

「あれは」

蘇芳は声を上げた。

「萌黄！　紫風も！」

「蘇芳！」

蘇芳の姿を認めた萌黄も声を上げ、手を振っている。

霧が少しずつ晴れてきた。

「ここ、うちじゃん」

蘇芳はぐるりと周りを見回した。

彼らが立っているのは、通い慣れた道場である。

「佐伯」

紫風が、萌黄の前に立っている男に声を掛けた。特に驚いた様子はない。

「塔先生」

佐伯が軽く頭を下げる。

塔先生はぐるりと面々を見回した。

「揃ったぞな。まあまあの出来ぞな？」

「そうね。逆に精度高すぎかも。もう少し緩めないと危険かもね」

茜は腕組みをし、道場を眺めて首をかしげた。

「いったい何の話をしているの？　どうして佐伯さんと塔先生がここに？」

蘇芳は茜と塔先生を交互に見る。

「どうやら、俺たちは猿芝居をさせられていたらしいな」

紫風がボソリと呟いた。

「猿芝居？　あたしたちが？」

萌黄は怪訝そうな顔をする。

「茜さんも『伝道者』だったってことなの？」

「まあ、そういうことになるのかな」

茜は今いち気のない返事をする。

「じゃあ、及川道博も？」

蘇芳が勢いこんで尋ねる。

「そうね、そうなるわね」

茜はやはり適当な返事。どうやら、「幻影城」のシステムのほうに気を取られているらしい。蘇芳はムッとした表情で声を荒らげた。

「この施設は何？　暗殺専用の館？」

さすがにこれには茜も反応した。

「あら、失礼ね、違うわよ。世界の入口よ」

「え？」

奇妙な沈黙が降りた。みんなが、次の発言を待って互いの顔を眺めている。

なぜここでこの六人が顔を合わせているのか。

「——確かに、わしたちは『伝道者』ぞな」

塔先生がのんびりと呟き、茜もこっくりと頷いた。

「だが、わしたちが伝道するのは『ミヤコ』ぞな」

紫風と萌黄、蘇芳は不思議そうに塔先生を見る。

「この日本を、わしたちは『ミヤコ』化するぞな」

「はあ？」

「どうもおっしゃる意味が分かりにくいのですが」

紫風が遠慮がちに尋ねた。塔先生は肩をすくめる。

「もう分かってるだろう、ミヤコは綺麗な箱庭だ」

佐伯が口を開いた。今度は皆が佐伯を見る。

「そもそもミヤコは人工的に造られた、大きな箱庭に過ぎないのだ。その中で、我々はミヤコの登場人物を演じてきた。帝国主義エリアがその気になれば、元々簡単にミヤコを飲み込むことができたのだ。暁の七人の密約など、もし本気で帝国主義エリアから攻めてこられたら何の役にも立たない。ミヤコの最新鋭のテクノロジーを使っても、一日で占領されてしまうだろう」

佐伯はじっと紫風を見た。

「だが、そのいっぽうで、帝国主義エリアもミヤコを欲していた――高度なテクノロジーを内包しつつも、環境に負荷のかからない、人間的な生活が送れるのかどうか。テクノロジーの恩恵を受けながら、古き良き時代を取り戻せるのかどうか。ミヤコはその実験場として必要とされていた」

「守られてきた。観察されてきた。囲いのある庭で放し飼いにされてきた。そういうことか」

紫風が静かに呟く。

「そう。ある意味、ミヤコの生活やミヤコの人々は帝国主義者たちの娯楽であり、天然記念物みたいなもの」

茜がそれに答えた。ふう、と小さな溜息をつく。

「帝国主義エリアはもう完全に行き詰まっているのよ。若年層は労働意欲も生きる意欲もなく数十万人がひきこもっているし、過剰な資本主義で経済格差は広がり、海外との競争にも負け続けて都市は頽廃《たいはい》しているわ。環境破壊も行きつくところまで行ってしまい、新しい疫病が蔓延《まんえん》し始めている。実は、帝国主義エリアでは、凄い勢いで人口が減っているわ——彼らはもはや失敗しているの」

失敗。

蘇芳は愕然《がくぜん》とした。

そんなこと考えてみたこともなかった。帝国主義エリアは帝国主義エリアで、享楽的な春を満喫しているのだと思っていたのに。じゃあ、及川道博は——帝国主義寄りと言われていて——でも「伝道者」で——あれ？　何かヘンじゃない？

「『幻影城』の仮想世界は、帝国主義エリアのオンラインに繋がっている。まずわれわれは、ひきこもっている若年層に向けてミヤコの仮想体験を促す。ミヤコを体感してもらい、ゆくゆくはミヤコで実生活を送ってもらう」

佐伯が淡々と後を継いだ。

「すぐには社会参加できまい。しかし、ほぼ実体験に近い精度の『幻影城』で少しずつ慣らしていくことはできる。そこから我々は日本のミヤコ化を開始する」

蘇芳は足の傷にチラリと目をやった。

ほぼ実体験に近い精度。確かに。「手裏剣に切られた」と感じると、本当に身体は切れるのだ。

「今はまだ、帝国主義者とある程度手を組まなければならない――まだ経済に余力のあるナゴヤの財界人と顔を繋ぐ程度のことは我慢して、徐々に我々のほうに駒を裏返していくのだ――勘のいい財界人には、我々の意図に気付いている者もいる。気付いていて、密《ひそ》かに応援してくれている人脈もある。及川道博などは、そういう意味で積極的に動いてくれていた――この一年、『幻影城』の技術をいろいろ試してくれてもいた。三輪香雪も」

佐伯は蘇芳に目をやった。

あの奇妙なロボットや、円盤や、なんやかや。あれはそのひとつだったのか？

茜が小さく肩をすくめた。

「ミッチーはちょっと悪ノリしすぎだったわね」

「悪ノリ。あれが？」

蘇芳はあんぐりと口を開けた。

「あたしたち、あんなひどい目に遭ったのに、そんなもんで許されちゃっていいわけ」

「ごめんなさい」

茜は蘇芳たちを拝んでみせる。

「春日に対して、彼は複雑なものがあるのよ——紫風に対するライバル心は相当なもんだし——時々暴走するのはそのせいね」

「もちろん、抵抗している人たちもいる。ミヤコの年寄りたち。君らの親や祖父の年代だ。彼らはこの心地よい箱庭だけでいいんだ。今連日行われている会議の不毛なこと。彼らは、ミヤコが本当にこの国のミヤコになることを望んでなどいないし、そんなことを考えたこともない」

佐伯はかすかに軽蔑《けいべつ》を匂わせ、紫風を見た。

紫風は、頬が熱くなるのを感じた。えんえんと続く会議、顔を突き合わせて堂々巡りをしているだけの大人たち。その姿を見ていながら、何もしようとしなかった自分。

「ミヤコこそがスタンダードなんだ。ミヤコこそが日本を統べるべきなのさ。あんたがたにはその自覚が欲しかった。危ない目に遭わせたりもしたけど、そもそも、それだけのポジションにいてそれだけの能力がありながら、ミヤコの存在に対する危機感がなさすぎなんだよ」

佐伯は静かに言った。

「でも、そううまくいくもんだろうか——どうみても、多勢に無勢。帝国主義エリアにあっさりのみ込まれるのがオチなんじゃないのかな」

理想論に、紫風は懐疑的だ。

「弱気だね、生徒会長殿。学園を治められても、ニッポンはダメだというのか。それじゃあ、将来ミヤコを治めるのもむつかしいね」

佐伯は小さく笑う。

確かに——いや、本当にそうなのか——将来、自分がミヤコを治める日がやってくるのだろうか。

「全部がミヤコになるとしたら」

蘇芳が唐突に口を開いた。

「帝国主義エリアでも刀を携帯できるようになるのかなあ」

みんながあっけに取られる。

「でも、きっとそれは物騒よねえ。よっぽど試験を厳しくしないと。でも、うんと強い人がいっぱい出てきて、試合するのは面白いかも。うん。きっと、凄く強い人がいっぱいいいるんだろうな」

蘇芳は一人で頷いている。

紫風はあきれた。

「おまえは、そういうことしか思いつかないのか。他にいくらでも重要な問題があるだろうが」

「だって、もっと強くなりたいんだもん」

蘇芳は口を尖らせる。

皆が再びあっけに取られる。

佐伯が「ハハハ」とおおらかに笑った。

「そうだな。もっともっと強くならないとな」

「結局、佐伯さんと萌黄とどっちが強いのかしら。今いち決着はついてないよねえ」

蘇芳が佐伯と萌黄を交互に見る。

「さあ、どっちかな」

佐伯と萌黄の目が合った。

一瞬ののち、二人とも微笑んでいる。

「もっと強く、か」

紫風も小さく呟いた。


気がつくと、再び霧が流れ始めていた。

「さ、出ようか」

茜が皆を見回し、先に立って歩き始める。

目の前に、暗い廊下が続いていた。前方に階段が見える。

「ねえ、茜さん、あたしたちって、あの入口からどのくらいの距離のところにいるのかしら」

萌黄が茜に尋ねた。

「そうねえ、数百メートルってところかな。ぐるっと回ってまた入口の近くに戻ってきてるから」

「やっぱり、同じところをぐるぐる回らされてたわけ？」

「そういうこと。みんなが回る施設自体はそんなに大きくないのよ。山ひとつ必要なのは、装置を置くスペースが大部分ね――維持管理が結構たいへん」

狭い階段を上ると、薄暗いお堂の中に出た。

「またお堂か」

紫風が呟く。

かたんと戸を開けると、外の空気が一気に流れこんできた。

光が眩しく、鳥の声が新鮮だ。やはり、仮想の世界から帰ってきたのだ、という生々しい感覚があった。

「これが本当の現実か」

「あら、分からないわよ。まだ夢を見させられているのかも」

紫風の呟きに、萌黄がからかうような声を掛けた。

「これは、本当に一般公開もするの？」

蘇芳が茜に尋ねる。

「するわよ、費用を回収するために稼がなきゃ。入場料、高めに設定するの。でも、世界中から予約殺到よ」

「世界中」

蘇芳がその言葉に反応する。

「ひょっとして、世界をミヤコ化するの？」

佐伯と塔老人、茜は声を揃えて笑った。

「さて、相変わらず不毛な会議を続けている俗世に戻るとしましょうか」

茜がそう呟くと、頼んでいたらしいタクシーが走ってくるのが見える。

「ご協力感謝するわ。これからも、よろしくね」

車に乗り込んだ三人に、茜が手を振った。

佐伯と塔老人も少し後ろで車を見送る。車が動きだすと、たちまち三人は小さくなった。

「ほんとに、あたしたちは単なる実験台だったってことね、『幻影城』の」

萌黄がフンと鼻を鳴らした。

「あんな怖い思いしたのに。でも、ちょっと面白かったけど」

「さぞかし儲《もう》かることだろうな、開業したら」

「あたしまた茜ぇちゃんに入れてもらお。自分と打ち合うなんてなかなかできない体験だもんね」

「おまえ、打ち合ったのか」

「うん。結構手ごわかった」

「そりゃそうだろ」

車はミヤコの日常の風景の中を走っていた。

綺麗な箱庭。守られた、小さな箱庭。

紫風は佐伯の言葉を思い出していた。

その中で、これからどうやって暮らしていくのか。ミヤコはどうなるべきなのか。ゴシック・ジャパンはミヤコ化できるのか。

みんながミヤコにやってくる。現物の「幻影城」を体験しに。そして、「幻影城」から繋がった世界に、大勢の人間が、日本中から、ミヤコに。それはいったいどんな世界の幕開けなのか？

「うわっ」

突然、運転手が悲鳴を上げた。

「どうしました？」

紫風が尋ねると、辺りが不意に暗くなった。

「何、これ」

「え、円盤が、あんなにたくさん」

三人は窓に張り付き、外を見上げる。

あちこちからぞろぞろ人が出てきて、空を見上げ、円盤を指差している。

「なんだあ、ありゃあ」

ド派手ピンクの円盤が数十機、整然と並び、空に浮かんで移動していく。

空からひらひらと雪のように何かが降ってくる。

「なんか降ってくる」

「ピンク色よ」

辺りに、ピンク色のものがひらひらと大量に降り注ぎ始めた。

「前が見えない」

運転手はスピードを緩め、蘇芳は窓を開けて降ってきた紙をつかみ取る。

「ビラだ」

毒々しい蛍光ピンクのハートマークに縁どられ、ファンシーな文字がビラに躍っている。

ラブ&ピース！

愛はミヤコから！　汝《なんじ》の隣人を愛せよ。美しい世界はミヤコから。

世界にミヤコの愛の輪を広げよう。

限りない愛を込めてミヤコから世界へ。

ついでにSUOUちゃんにも愛を！

「あんな派手なもんに乗って、こんな馬鹿なことをするのは、世界にたった一人しかいないわ」

蘇芳はビラをくしゃくしゃに丸めた。

「今イチのセンスね、この書体は下品だわ」

萌黄が呟く。

「ふふん。愛の伝道者ってわけか」

紫風は高い陽射しに目を細めた。

空に浮かんだピンクの円盤は、空の水玉模様みたいに見えた。

季節はまた巡る――新しい――まだ誰も見たことのない季節へと。

ピンクのビラが降り注ぐ田圃の道を、ノロノロ運転のタクシーはミヤコの中心目指してゆっくりと進む。

車の後部座席にいる蘇芳がくるりと背後に向かって振り向く。

今、この映像を観ている「きみ」に向かって。

蘇芳はニヤリと笑い、「きみ」に目配せする。

「――とまあ、ざっとミヤコっていうのはこんなところ。どう？　面白そうだと思った？　楽しんでくれた？　ミヤコに行ってみたい気持ちになったかなあ？　そこから一歩踏み出せば、きみもミヤコに行ける。ミヤコの風に触れ、ミヤコの光を浴び、あたしたちと一緒にミヤコの五重塔を見上げながら、石畳の上を駆けることができるよ。それでもそこから動きたくないっていうんなら――うーん、そうだな」

つかのま考えこむ蘇芳の顔がアップになる。が、すぐに顔を上げて「きみ」を見つめ、スラリと刀を抜く。

一瞬の稲妻。

「きみ」の見つめるスクリーンは真っ二つに切り裂かれ、暗転する。

そして、蘇芳の声だけが響く。

「残月、見参！」

本書は二〇一三年十二月に小社より刊行された単行本を、加筆修正の上、文庫化したものです。

この作品はフィクションです。実在の人物、団体等とは一切関係ありません。

雪《せつ》月《げつ》花《か》黙《もく》示《し》録《ろく》

恩田《おんだ》陸《りく》

平成28年 2月25日　初版発行
令和6年 6月15日　5版発行

発行者●山下直久

発行●株式会社KADOKAWA
〒102-8177　東京都千代田区富士見2-13-3
電話　0570-002-301（ナビダイヤル）

角川文庫 19599

印刷所●株式会社KADOKAWA
製本所●株式会社KADOKAWA

表紙画●和田三造

ISBN978-4-04-103184-1　C0193

角川文庫発刊に際して

角川源義

第二次世界大戦の敗北は、軍事力の敗北であった以上に、私たちの若い文化力の敗退であった。私たちの文化が戦争に対して如何に無力であり、単なるあだ花に過ぎなかったかを、私たちは身を以て体験し痛感した。西洋近代文化の摂取にとって、明治以後八十年の歳月は決して短かすぎたとは言えない。にもかかわらず、近代文化の伝統を確立し、自由な批判と柔軟な良識に富む文化層として自らを形成することに私たちは失敗して来た。そしてこれは、各層への文化の普及滲透を任務とする出版人の責任でもあった。

一九四五年以来、私たちは再び振出しに戻り、第一歩から踏み出すことを余儀なくされた。これは大きな不幸ではあるが、反面、これまでの混沌・未熟・歪曲の中にあった我が国の文化に秩序と確たる基礎を齎らすためには絶好の機会でもある。角川書店は、このような祖国の文化的危機にあたり、微力をも顧みず再建の礎石たるべき抱負と決意とをもって出発したが、ここに創立以来の念願を果すべく角川文庫を発刊する。これまで刊行されたあらゆる全集叢書文庫類の長所と短所とを検討し、古今東西の不朽の典籍を、良心的編集のもとに、廉価に、そして書架にふさわしい美本として、多くのひとびとに提供しようとする。しかし私たちは徒らに百科全書的な知識のジレッタントを作ることを目的とせず、あくまで祖国の文化に秩序と再建への道を示し、この文庫を角川書店の栄ある事業として、今後永久に継続発展せしめ、学芸と教養との殿堂として大成せんことを期したい。多くの読書子の愛情ある忠言と支持とによって、この希望と抱負とを完遂せしめられんことを願う。

一九四九年五月三日

角川文庫ベストセラー

フリークス　綾辻行人

狂気の科学者J・Mは、五人の子供に人体改造を施し、〝怪物〟と呼んで責め苛む。ある日彼は惨殺体となって発見されたが!?——本格ミステリと恐怖、そして異形への真摯な愛が生みだした三つの物語。

Another (上)(下)　綾辻行人

1998年春、夜見山北中学に転校してきた榊原恒一は、何かに怯えているようなクラスの空気に違和感を覚える。そして起こり始める、恐るべき死の連鎖！名手・綾辻行人の新たな代表作となった本格ホラー。

空の中　有川浩

200X年、謎の航空機事故が相次ぎ、メーカーの担当者と生き残ったパイロットは調査のため高空へ飛ぶ。そこで彼らが出逢ったのは……？全ての本読みが心躍らせる超弩級エンタテインメント。

海の底　有川浩

四月。桜祭りでわく米軍横須賀基地を赤い巨大な甲殻類が襲った！次々と人が食われる中、潜水艦へ逃げ込んだ自衛官と少年少女の運命は!?ジャンルの垣根を飛び越えたスーパーエンタテインメント！

塩の街　有川浩

「世界とか、救ってみたくない？」。塩が世界を埋め尽くす塩害の時代。崩壊寸前の東京で暮らす男と少女に、そそのかすように囁く者が運命をもたらす。有川浩デビュー作にして、不朽の名作。

角川文庫ベストセラー

図書館戦争シリーズ①
図書館戦争
有川 浩

2019年。公序良俗を乱し人権を侵害する表現を取り締まる『メディア良化法』の成立から30年。日本はメディア良化委員会と図書隊が抗争を繰り広げていた。笠原郁は、図書特殊部隊に配属されるが……。

青に捧げる悪夢
岡本賢一・乙一・恩田 陸・小林泰三・近藤史恵・篠田真由美・瀬川ことび・新津きよみ・はやみねかおる・若竹七海

その物語は、せつなく、時におかしくて、またある時はおぞましい――。背筋がぞくりとするようなホラー・ミステリ作品の饗宴！　人気作家10名による恐くて不思議な物語が一堂に会した贅沢なアンソロジー。

ばいばい、アース　全四巻
冲方 丁

いまだかつてない世界を描くため、地球（アース）に降りてきた男、デビュー2作目にして最高到達点!!　世界で唯一の少女ベルは、〈唸る剣〉を抱き、闘いと探索の旅に出る――。

黒い季節
冲方 丁

未来を望まぬ男と、未来の鍵となる少年。縁で結ばれた二組の男女。すべての役者が揃ったとき、世界はその様相を変え始める。衝撃のデビュー作！　――魂焦がすハードボイルド・ファンタジー!!

天地明察（上）（下）
冲方 丁

4代将軍家綱の治世、日本独自の暦を作る事業が立ち上がる。当時の暦は正確さを失いずれが生じ始めていた――。日本文化を変えた大計画を個の成長物語として瑞々しく重厚に描く時代小説！　第7回本屋大賞受賞作。

角川文庫ベストセラー

ホルモー六景　万城目　学

あのベストセラーが恋愛度200%アップして帰ってきた!……千年の都京都を席巻する謎の競技ホルモー、それに関わる少年少女たちの、オモシロせつない恋模様を描いた奇想青春小説!

かのこちゃんとマドレーヌ夫人　万城目　学

元気な小1、かのこちゃんの活躍。気高いアカトラの猫、マドレーヌ夫人の冒険。誰もが通り過ぎた日々が輝きとともに蘇り、やがて静かな余韻が心に染みわたる。奇想天外×静かな感動=万城目ワールドの進化!

ロマンス小説の七日間　三浦しをん

海外ロマンス小説の翻訳を生業とするあかりは、現実にはさえない彼氏と半同棲中の27歳。そんな中ヒストリカル・ロマンス小説の翻訳を引き受ける。最初は内容と現実とのギャップにめまいものだったが……。

月魚　三浦しをん

『無窮堂』は古書業界では名の知れた老舗。その三代目に当たる真志喜と「せどり屋」と呼ばれるやくざ者の父を持つ太一は幼い頃から兄弟のように育つ。ある夏の午後に起きた事件が二人の関係を変えてしまう。

白いへび眠る島　三浦しをん

高校生の悟史が夏休みに帰省した拝島は、今も古い因習が残る。十三年ぶりの大祭でにぎわう島である噂が起こる。【あれ】が出たと……悟史は幼なじみの光市と噂の真相を探るが、やがて意外な展開に!